本を愛しすぎた男

本泥棒と古書店探偵と愛書狂

The Man Who Loved Books Too Much

アリソン・フーヴァー・バートレット
ALLISON HOOVER BARTLETT
❖訳……築地誠子

原書房

ジョンとジュリアンとソニアへ

持ち主からこの本を盗むか、借りて返さない男は……けいれんに苦しめられ、家族は皆、呪われてしまえ……本の虫は、不死の虫の証として、自分の腸《はらわた》を食いちぎるがいい。そしてついに最後の罰を受けるときは、地獄の炎に永久に焼き尽くされてしまえ。

――バルセロナのサン・ペドロ修道院の中世の写本に記された呪いの言葉[訳注1]

私は男たちが自分の運命をかけて世界の果てまで出かけていき、友情を忘れ、嘘をつき、人をだまし、盗むことさえするのを見てきた。すべては一冊の本を手に入れるためだ。

――二十世紀の古書店主、A・S・W・ローゼンバッハ

訳注1　盗難を避けるために本に記された呪いの言葉（ブックカース）。文面は書き手の自由。印刷機が登場するまでは、写本はきわめて貴重なものだった。

本を愛しすぎた男　本泥棒と古書店探偵と愛書狂

◉

目次

著者による注は巻末に、訳者による注は章末に示した。

本文中の「初版」「初版本」という表記は、とくにことわりのない限り、「初版初刷」とご理解いただきたい。「版」と「刷」は本来は異なる意味であるが、わが国の商習慣上、初版初刷のみを「初版」「初版本」と（省略して）銘打つことが多いという事実にならうものである。

序章『薬草図鑑』

私の机の上に、およそ四百年前の本がある。黄褐色の麻袋に入った、秘密のベールに包まれた本だ。友人のマルコムの弟が自殺し、彼が弟の遺品整理というなんとも悲しい仕事をしているときに見つけた。麻袋には「遺品の整理をしてくださる方へ」という書き出しで始まる弟の手書きのメモが貼り付けてあったという。ある女友だちが数年前に勤め先の大学図書館から持ち出したまま、引っ越しのどさくさでうっかり返し忘れてしまったものだ、と書かれていた。そして、彼女はこの本が図書館に匿名で返却されることを望んでいたが、自分にはそうしてあげられる時間はもうない、と続いていた。マルコムは光沢のある真ちゅうの留め金がついたその大きくて重そうな本を麻袋から慎重に取り出し、「きれいだと思わないか?」と言いながら私に見せてくれた。確かにきれいだった。けれどこれって盗んだものよね?

翌朝になってもあの本のことが頭から離れなかった。メモにあった話は本当のこと? もし違うのならば、ではいったいどこから手に入れたの? あの本はドイツ語で書かれ、ラテン語の単語があちこちに交ざっていることぐらいは私にもわかるけれど、何について書かれたものなのだろう？高価なものなのだろうか？　しばらく貸してほしいと頼むと、マルコムは承諾してくれた。私はドイツ語の話せる友人や図書館司書、稀覯本《きこうぼん》専門の古書店主の力を借りて、あの本がヒエロニムス・ボックという名の植物学者／医師によって書かれた『薬草図鑑《クロイタブーフ》』(1)であることを突き止めた。中世ヨーロッパのローマカトリック教会による焚書によって、それまでの医学的知識はすべて失われてしまったため、この『薬草図鑑』が出版された一六三〇年当時は、この本のおかげで昔ながらの治療方法――その時代には画期的な方法――を復活させることができたという(2)。

『薬草図鑑』は十二ポンド（約五・五キロ）もある。ピッグスキン(3)（豚革）で覆われた滑らかな褐色の表紙に花と葉と渦巻きの同心円模様が型押しされ、この重い本を持ち上げた人の手垢がうっすらと付いている。私はこの本をジョン・ウィンドルに見せた。彼はサンフランシスコで稀覯本専門の古書店を開いている。ウィンドルによると、十七世紀前半に『薬草図鑑』を注文し、この本のように挿絵を手描きしてもらったとしたら、代金をかなり上乗せしなければならなかっただろうとのことだった。挿絵の色はおもにオリーブ色、銀緑色、カラシ色、ワインレッドで、彩色はぞんざいだったが、実はこれこそが本物である証だと教えてくれた。もし挿絵が丁寧に手描きされていたら、それは過去一世紀のあいだに古書店員が、本の値をつり上げようとして細工した可能性が高いそうだ(4)。『薬草図鑑』を開くためには、両手で本をしっかり押さえ、本の天《てん》（上部）にある真ちゅうの留め金――エジプトの柱のような堂々としたヤシの木の彫刻が彫られている――を外さなければならない。本のページをめくると、風の強い午後にはためく旗がたてるような鈍い音がする。そして、古い木のような、乾いた匂いがした。祖父の蔵書を連想させるようなカビ臭い懐かしい匂いだ。私は古い本の匂いをかぐと、思いはそれが書かれた時代へといつも飛んでいってしまう。物語の舞台となった時代や場所から香りがじかに漂ってくるような気がしてしまうのだ。この『薬草図鑑』は、ルネサンス期のドイツから時空を超える長い旅ののちに私のもとへ届いたのだろう。ページに触れると、かすかな凹凸を感じた。湿気でゆがんだのだろうが、一ページとして破れてはいなかった。

遊び紙はなくなっていたが、これはよくあることらしい。当時紙は貴重品だったので、本の遊び紙は切り取られ、便箋として使われたり、魚を包むのに使われたりした。[5] 要するに、何も書かれずにいた紙はもっと実用的な目的のために使われたということだ。ウィンドルに『薬草図鑑』の値段についてたずねてみると、かなり良い状態だから三千ドルから五千ドルはするだろうと言われ、私は小躍りして喜んだ。自分のものでもないのに、なぜあんなに大喜びしたのだろうか――。

ドイツ語を話せる友人と彼の母親（古風な文字も難なく読めた）の助けを借りて『薬草図鑑』を読み進むうちに、喘息から統合失調症、軽い慢性病に至るまでのさまざまな肉体的・精神的疾患の治療薬について記されていることがわかった。[6] たとえば、五十ページには腋臭《わきが》の治療薬として、次のようなものがずらりとリストアップされている。松葉、水仙の球根、ベイリーフ、アーモンド、ヘーゼルナッツ、クリの実、オーク、ボダイジュ、カバノキ。処方は載っていないが、正確に使用されるべきものなのだろう。乾燥サクランボは腎結石や寄生虫に有効。乾燥イチジクとアーモンドを一緒に摂取すると癇癪《かんしゃく》に効く、等々。私のお気に入りは、気分が落ち込んだときの治療法だ――「われわれは自分が幸福と思えないときがしばしばある。だが幸福を葡萄酒にたとえるなら、われわれはまだ葡萄酒を手に入れていないだけであり、それを入手した暁には大いに満足しよう」

『薬草図鑑』の各ページに書かれた文字は、裏のページの文字がぼんやりとにじんでいるように見える。いつの日か表の文字と裏の文字が渾然一体となってしまうか、あるいは両面ともインクがすっかり薄くなって文字が消えてしまうようにも思われるが、少なくとも製本から三百七十五年たった今でも、まだまだ読める。この本が最初の状態を保持し、留め金の圧力にも屈しなかったことに、畏敬の念すら覚える。長い年月、損なわれることなく持ちこたえてこられたのは、この本にそなわった頑固な高潔さともいうべきもののためなのだろう。いつしか私は、ページをめくってもこの本が傷んだりすることはないだろうと思うようになった。

　この本の内容についてはだいぶわかってきたが、どこの図書館の蔵書だったのかはいまだにわからない。盗まれた稀覯本についてインターネットで調べてみたが、『薬草図鑑』については何も出てこなかった。私はメモにあった大学図書館に問い合わせてみた。司書は、その本についての記録は当館にはありません、と答えた。行き止まりだった。

　しかし、ライターであるわたしにとって、稀覯本の窃盗というのは面白いテーマだった。本泥棒——ワクワクしてくる。数週間あるいは数か月前に起きた窃盗事件もあれば、数年前に起きたものもある。場所もデンマークのコペンハーゲン、ケンタッキー州レキシントン、マサチューセッツ州ケンブリッジとさまざまだ[7]。逮捕された本泥棒を調べると、研究者や聖職者もいれば、もちろん転売で儲けようとした者もいた。しかし私が最も興味をそそられたのは、本のとりこになってしまった者——本を愛しすぎて盗んだ者たちだ。

さまざまな記事を読みすすめていくうちに、私はケン・サンダースという名前を何度も目にするようになった。彼は古書店が本業だが、だいぶ前から素人探偵としても活躍しており、この三年間、ジョン・ギルキーという、ここ数年で最も派手に活躍している本泥棒を捕まえることに没頭していた。私はサンダースに電話をした。サンダースは、確かに二年前のギルキー逮捕に自分は全面的に協力したが、ギルキーはもう出所している、今どこにいるのかまったくわからないし、きみが彼を見つけられるほどの幸運の持ち主だとは思えないと言った。そして、あいつは本を愛しすぎて盗む泥棒だ、と言い添えた。

本を愛しすぎて盗む――そんな泥棒なら私にも理解できそうだ。ジョン・ギルキーを探さなければ。

本の蒐集家《しゅうしゅうか》について知れば知るほど――私自身は本の蒐集家ではないが――自分は「本泥棒の世界」についての蒐集家ではないかと思うようになった。そして蒐集家がコレクションの完成に近づくにつれてますますのめり込み、むきになっていくのと同じように、私もまた彼らの世界を知れば知るほど、もっと知りたくなった。私は、羊皮紙、バクラム（表紙などに使用するにかわで固めた布）、正誤表、化粧断ちなどについて学んだ。有名な献辞について、贋作について、古書発見の歴史についても知った。取材ノートや関連資料は増え続け、積み重ねてみると『薬草図鑑』十巻分以上の厚みになっていた。本泥棒や古書店主や古書業界について情報を集めていくにつれて、これから執筆する本では古書泥棒の話だけでなく、蒐集家の古書に対する親密で複雑な、ときには危険な関係についても書いてみたいと思うようになった。

私が本書を執筆しているあいだ、『薬草図鑑』は黄褐色の麻袋に入ったまま私の机の上にでんと置かれていた。友人のマルコムがこの本を本来あるべき場所に早く返してほしいと考えているのはわかっていたが、大学図書館の女性司書は「当図書館の蔵書ではございません」と答えたのだ。急ぐ必要はない。そして、そのとき気がついたのだが、もし図書館で本が何年にもわたって紛失していたら——もうあきらめたのか、あるいは防衛本能なのか——司書がその本の関係書類をゴミ箱に投げ入れてしまった可能性だってあるかもしれない。自分たちが本を、それも貴重で高価な本を紛失したままにしておいたことを人に知られたくはないだろうから。案の定、その女性司書は、図書館のコンピューターシステムを更新した際に蔵書記録が消滅した可能性がある、と私に告げた。おそらくこれこそが『薬草図鑑』に起きたことなのだろう。

一週間たち、一か月たっても、『薬草図鑑』はまだ机の上だった。いまはこのままにしておこう。私は本を開いては、ページをめくった。リンゴの木《アプフェルバウム》の絵では、落ちたリンゴに交ざって髑髏《どくろ》と骨が描かれている。毒リンゴだ！　別の木の下では、帽子をかぶり、膝までのズボンをはいた男たちが吐いている。さらに隣の木の下では、天使のような少年たちがふっくらしたお腹のまわりに幅広の帯だけを身につけ、しゃがんで排便している。別のページでは、リンゴとは違った種類の木の下で、男と女が酔っぱらって踊っている。ドイツ語がわからなくても、その木の副作用で酔ったのはわかる。本の最後のほうには、私のお気に入りの挿絵がある。十二の顔がぐるりと丁寧に描かれ、それぞれ違った方向から吹いてくる十二の風を表している。顔の頬は膨らみ、特定の治療法や注意点が「吹き出し」に書かれている。

この挿絵全体を覆っているのは――本全体にも言えることだが――茶色の変色だ。それは「シミ」とこの業界では言われているもので、要するに本の加齢による染み。たいていは湿気か換気の悪さが原因だ。(8) そうしたページの黒ずみの中には、何かの液体がこぼれたせいで付いた「汚れ」もあるようだ。蜂蜜酒だろうか？　ろうそくの蠟？　それとも涙？　どのページにも解き明かされるべき秘密が、物語が隠れている。

『薬草図鑑』を閉じてその表紙をぎゅっと押すたびに、深いため息が出る。それからおもむろに留め金をかける。もちろんこの本は返却する、と自分に言い聞かせる。でも当分は手元に置いておこう。それでどうなるのかは、今は考えないようにしよう。

第1章　大古本市

二〇〇五年四月二十八日はよく晴れた穏やかな、春らしい一日だった。いかにも輝かしい前途がひらけているように見えるニューヨーク市の、パークアベニューと東六十六丁目の交差点では、期待に胸をふくらませた人々の列がどんどんと伸びていた。その日はニューヨーク古本市の開催日で、彼らは宝物探しが始まるのを今か今かと待っているのだった。

年に一度の古本市はパークアベニュー・アーモリーで開かれる。この元兵器庫は城のような形をした時代錯誤の建物で、塔とマスケット銃の砲門まで付いている。ある歴史家は、建物から四人横陣形で行進していけるほど広いと記述している。私がパークアベニュー・アーモリーに着いたときにはそんな陣形の行進はなかったが、建物の扉を通り抜けていく、本に飢えた人々の流れは切れ目なく続き、一刻でも早くお目当ての本を見つけて手に取ってみたいと願っているようだった。お目当ての本とは、現代文学の初版本、装飾写本、アメリカ誌、法律書、料理本、児童書、第二次世界大戦史、インキュナブラ（「ゆりかご」を表すラテン語で、およそ一四五〇年から一五〇〇年までの印行本の揺籃期の本をさす）[1]、ピューリッツァー賞受賞本、博物誌、エロティカ（性愛文学）ほか、多くの魅力的な本だ。

建物の中では警備員が持ち場につき、いらいらしている人たちに向かって二度目の説明をしようとしていた。

「小さなバッグ以外はクロークに預けてください！」

頭上のライトは舞台を照らす照明のようにこうこうと輝いている。私は、古本市の会場に入っていく自分が女優のように思えた。十代の頃から私は蚤の市にしじゅう出かけ、きれいなもの、面白そうなものはないかと探し歩いた。最近の収穫で気に入っているのは、医師の往診鞄と船舶装備品用の木型だ。往診鞄は普通にバッグとして使い、木型はわが家の壁に飾ってある。昔の腕時計の修理道具セットもお気に入りで、ガラスびんに入ったごく小さな部品まで付いていた（十代の頃は、アクセサリーと海賊版のミュージックテープを探しまわり、テープは彼氏の車の中で聞いたものだ）。けれど、この古本市は蚤の市とはまったく違った。博物館と市場《いちば》のハイブリッドといった感じで、数百万ドルの値のついた稀覯本や、インテリアデザイナーをうっとりさせるような年季の入った革の背表紙の本であふれていた。

コレクターは目指すブースに向かって大股で歩いていき、ブースの中にいる店主は棚に並べた商品を入れ替えながら、近くのブースの店主が最近手に入れた最高値の古書は何なのかを知りたくて、ライトに反射するショーケースに目を留める。さらに店主は商品の一部をカウンターに置いて、興味のある人が手に取ってページをめくれるようにする。どうやら自分の探しものを正確にわかっていないのは私だけのようだが、私の探しものはと言えば、初版本や装飾写本といったような、明確な形を持つものではなかった。

もちろん私は本を読むのが好きで、本の見た目の美しさにもひかれるが、コレクターではない。私が古本市にやって来たのは、なぜここにいる人たちはコレクターになったのかを理解するためだ。また、古書という世界を間近で見てみたかった（私はこの業界のしきたりにまったく不案内だった）。そしてもし運がよければ私も——古本市に来る誰もが幸運を望むのだが——愛するあまり本を盗んでしまう泥棒の抑えがたい欲望について何かしら発見できるかもしれない。

ここでケン・サンダースに会う約束をしたのも、そのためだった。彼はソルトレイクシティで古書店を経営するかたわら、探偵の真似事をしていた。本泥棒を捕まえるのを楽しんでいるという噂だった。また、長いことひとりで捜査にあたってきた警官のように、面白いエピソードを人に話して聞かせるのも好きらしい。私は数週間前に電話をして、この古本市での取材の約束を取りつけたのだが、その初めての電話のときから彼は本泥棒の話を聞かせてくれた。たとえば、サンダースから高価なモルモン教会の聖典『モルモン書』を盗んだ「赤いジャガーの男」。ＦＢＩがサンダースの協力を得て、ある週末に追い詰めて逮捕した「ユーゴスラビア人詐欺団」。古書店にインターネットで頻繁に注文し、北アイルランドのあるガソリンスタンドに船便で送らせていた「アイルランド・ガソリンスタンド団」。ところがこれらの話はまだ序の口で、前座のようなものだった。

一九九九年から、サンダースはアメリカ古書籍商組合（ＡＢＡＡ）の防犯対策室長として働いてきた。おもな仕事は、古書窃盗の噂を聞きつけたら組合の各加盟店に警告を流すことだ。知らせを受けた書店は紛失した本はないかただちに調べ、あれば彼に報告することになっている。最初のうち、窃盗の報告はほとんどなかったが、やがて数か月に一度の割合で電子メールや電話で情報が集まりだし、年を追うごとにその件数は増えていった。

窃盗の手口はばらばらで、パターンもないが、共通して言えることは、ほとんどがクレジットカードの不正使用によるものだった。これがひとりの泥棒の仕業か、詐欺団の仕業かは誰にもわからなかった。ある日サンダースは、サンフランシスコ周辺の古書店から十九世紀の日記を盗まれたという報告を受けた。翌週には、ロサンゼルスの古書店からH・G・ウェルズの『宇宙戦争』の初版本が盗まれた。気がつけばサンダースは、頻発する窃盗事件の真相究明に忙殺され、自分の店に出るどころではなくなっていった。

サンダースはそこまで話すと深呼吸をし、二〇〇三年にサンフランシスコで開かれたカリフォルニア国際古本市で起きた奇妙な出来事について語り始めた。その古本市はコンコース・エグジビション・センターで開かれた。サンフランシスコ・デザインセンターの端にあるぱっとしない倉庫のような建物で、数ブロック先には郡刑務所があった。アメリカの富の象徴である高価な稀覯本が収まっているショーケース群と、犯罪者が服役している刑務所はほんの数ブロックしか離れていなかった。だが、このカリフォルニア国際古本市は、世界最大規模の古書の祭典だ。およそ二百五十の古書店が出店し、一万人の来場者が集うには、それに適した広さが必要だった。

「あのでかい倉庫はどこまでも続いてるような気がした」とサンダースは評した。初日はコレクターも店主も興奮気味で、期待に胸を膨らませるのが普通だ。しかしサンダースは違った。ブースとブースのあいだを用心深く歩きまわる彼の心を占めていたのは、初日への期待でもなければ、ショーケースの中の彼の秘蔵本――ジョン・F・ケネディによって書かれた一九六三年のアメリカン大学卒業式のスピーチ『平和の戦略』と『モルモン書』の初版本――でもなかった。

数日前のこと。ソルトレイクシティの自分の店でほこりっぽい古書や古文書に囲まれて座っていると、カリフォルニア州サンノゼ警察署の刑事から電話がかかってきた。サンダースが三年かけて割り出そうとしていた（そして当時から一連の窃盗は複数ではなく単独犯によるものと直感していた）泥棒はジョン・ギルキーという名で、今現在サンフランシスコにいると教えてくれたのだ。

古本市の二日前、サンダースはギルキーの顔写真を手に入れた。想像していた顔とはまったく違っていたそうだ。

「ひとつだけ教えておこう。やつはモリアーティー教授とは似ても似つかない顔だったってことだ」。サンダースはシャーロック・ホームズに「犯罪のナポレオン」と言わしめた人物の名を口にした。

写真に写っていたのは地味な顔の三十男で、黒っぽい短髪を七三に分け、赤いTシャツの上に白いワイシャツを几帳面にボタンを留めて着ていた。生気のない表情で、恐ろしげなところはなかった。しかしサンダースの友人ケン・ロペス（長身のマサチューセッツの古書店主で、肩までの長髪。Tシャツのポケットには封の開いたキャメルが入っている）は、わかっている限りで一番最新のギルキーの被害者だった。ギルキーはスタインベックの『怒りの葡萄』の初版本を電話注文し、詐欺を働こうとした。

古本市の前日にサンダースとロペスはすべてのブースにギルキーの顔写真を配ることや、指名手配のポスターを作って扉に貼ることまで検討したが、やめることにした。ギルキーの被害者の多くは、この古本市に出店している。いつかギルキーが逮捕されたら、面通しをするために彼らは警察に呼ばれるだろう。そのとき顔写真を見たばかりに先入観にとらわれ、特定できないかもしれない。サンダースはそれを恐れた。結局、警戒を怠らずに自分が四方に目を光らせるという方法を選んだ。「炎に引き寄せられる蛾のように、ギルキーはこの古本市にやってくるとおれは思っていた。必ず来ると」とサンダースは電話口で言った。

古本市が始まって一時間もしないうちに、サンダースは知らない男と目が合った。これはよくあることだった。彼は人の名前や顔をよく忘れてしまうからだ。だが、それとは違った。

「おれがやつを見ると、やつはおれの目を覗きこむように見返した。実に妙な感じがした」

彼がそのとき考えていたのは、ギルキーの顔写真ではなかった。それはもう彼の頭から消えていた。何かほかのことが彼の注意を引いた。それは奇妙だが確かな感覚で、一瞬のうちに彼をとらえた。ギルキーなのか…？　サンダースはブースの反対側で接客していた娘のメリッサに、あの黒い髪の平凡な顔の男を見てくれと声をかけた。しかし、視線を娘から男のいたほうにもどしたときには、男の姿はもう消えていた。

慌てて通路に出て、ふたりほど来場者にぶつかりながらブース四、五個先にある友人のジョン・クライトンのブースにたどりついた。立ち止まって一息いれたものの、まだ呆然としながらサンダースはクライトンに言った。「たった今ギルキーを見た」

「落ち着け、サンダース」。クライトンはサンダースの肩をたたいた。「考え過ぎじゃないのか？」

サンダースとの会話を思い出しながら、私は彼と会う約束の時間まで会場のあちこちを歩きまわった。まわりの人を観察していると、この会場にいる人全員がギルキーのように思えてきた。血のように赤い革表紙の本ともう一冊の似たような本をためつすがめつ眺めている、カウンターから少し離れたところにいるあの老人。怪しい。十九世紀のフランス建築様式の本をちらちら見ながらこそこそささやき合っている、ダークスーツに身を包んだふたり連れ。こっちも怪しい。来場者を疑いの目で見ないようにするのは難しい。そんなことを考えながら、私は最初のブースに向かった。

正面にはアレフ＝ベット古書店があった。魅力的な児童書に心ひかれた。『ピノッキオの冒険』のような子供の頃から知っている本の初版本が並んでいる。イタリア語の初版本にもかかわらず八万ドルの値がついていて、私が子供時代に読んだ本（児童書の人気シリーズ「ゴールデン・ブック」）のおよそ二万倍の値段だ。ブースは熱心なコレクターで込み合っていたが、私はどうにか共同経営者のマーク・ヤンガーに話しかけることができた。ヤンガーは大勢のコレクターが彼のブースに押しかけている理由を説明してくれた。人は子供時代に読んだ本に愛着を覚えるので、蒐集を始めるきっかけが児童書になることがとても多いそうだ。ほかのジャンルの本に移るコレクターもいるが、多くのコレクターは好きな児童書を集めるのに生涯を費やす。ヤンガーは私に『ピーター・ラビットのおはなし』の最初の普及版（一万五千ドル）を見せてくれた。

「これには面白いエピソードがあるんですよ。彼女［ビアトリクス・ポター］の本はどの出版社からも相手にされなかったので、二百五十部を自費出版したんです。それが今では十万ドルもします」

次に彼は、八千五百ドルの値がついたドクター・スースの『キャット・イン・ザ・ハット』の初版本を見せてくれた。私にはそれが近刊の『キャット・イン・ザ・ハット』と同じように見えた。ヤンガーによれば、児童書については初版本かどうかの見きわめは難しいそうだ。版数が明記されているとは限らないからだ。となると、外見上の手がかりを見つけるしかない。『キャット・イン・ザ・ハット』の場合、初版の表紙板紙は非光沢紙でくるまれていたが、二刷以降は光沢紙でくるまれた。こういう話を聞くと、自分もこの業界の人間になったような気がする。今度、蚤の市に行くときは、『キャット・イン・ザ・ハット』の初版本を探してみよう。

さらにヤンガーはもっと珍しいものをお見せしましょう、と言った。『オズの魔法使い』の作者ライマン・フランク・ボームが、自分の作品の挿絵画家ジョン・R・ニールに宛てた二通の手紙だ。「一般的に言えることですが、高く売れるものは実に稀有なものばかりなんです、この二通の手紙のように」とヤンガーは教えてくれた。彼はその手紙が四万五千ドルから六万ドルで売れることを願っている。ボームの手紙、オリジナルの挿絵、ポスターなどは言うまでもなく、多くの古書が「実に稀有なもの」に見えたので、私は古書熱のようものに浮かされて、その場を去った。

通路を隔てた向こう側のブースには、見たこともないほど大きな本が並べられていた。コーヒーテーブル並みの大きさの、豪華な挿絵が載っている博物誌で、厚みはテーブルの二倍はあった。店主は小声でしゃべる蝶ネクタイの紳士で、この巨大な本のことを「エレファントフォリオ判」と呼んでいた。その大きさと重さを考えるとぴったりな名前だが、博物館以外の場所でこうした本が有用だとは思えない。本棚から取り出してテーブルに載せることが実際に可能なのだろうか？　そのうちの一巻は、イギリス人医師で植物学者のロバート・ジョン・ソーントンの手によるものだ。ひそやかで官能的であると同時にやや不気味な花の挿絵「月下美人」（一七九九）に感心しながら、私はそのブースを離れ、反対方向に向かった。

あるブースでは、ベートーヴェンの交響曲第五番「運命」の稀少な初版楽譜（一万三千五百ドル）と、ノーベル生理学・医学賞を受賞したジェームズ・ワトソンとフランシス・クリックのＤＮＡに関する論文「核酸の分子構造」の第一稿と第二稿の抜き刷り、著者サイン入り（十四万ドル）があった。

ニューヨーク古本市のガイドブックによれば、サンダースのブースは「Ｄ８」。私はそこに向かう途中、さらにいくつかのブースに立ち寄った。フィラデルフィアのブルース・マッキトリック・レアブックスでは、店主のマッキトリックが本の蘊蓄《うんちく》を傾けて、立ち止まった人たちを魅了していた。彼のブースはその一帯では一番混んでいたが、それは彼がふるまうシャンパンが一役買っていたのかもしれない。彼は私に十六世紀のイタリア人作家、ピエトロ・アレティーノについて語り出した。アレティーノの作品の中にはエロティカ（性愛文学）もあるそうだ。一五二四年、アレティーノはソネット（十四行詩）を書き、銅板画家マルカントニオ・ライモンディの十六の体位を描いた銅版画それぞれに詩を付けた（ライモンディは、ラファエロの高弟ジュリオ・ロマーノの官能的な絵をイメージして作った）。アレティーノの作品はいまだにルネサンス期のエロティカを代表する作品だそうだ。

「彼の作品の初版はとても稀少だからこそ、読みたくてたまらなくなります。そしてきわめてスキャンダラスです。単にエロチックだからというわけではありません。十八世紀フランスのソフトポルノとはわけが違うのです。一五二〇年代のヴェネツィアの誰もが欲しがった結果、行方がわからなくなってしまいました」

彼の話によれば、ヴェネツィアの人たちはアレティーノのソネットの海賊版を作った。そしてその海賊版が十七世紀半ばにさらに贋作され、それをマッキトリックはこの古本市で売ろうとしていた。

「海賊版の海賊版というわけです。実に面白い」

古本市にそなえて私なりに得た知識では、「稀覯本」の定義は古書店主の数並みにあるということだ。たいていはふざけたものばかり。よく引用されるのは、「稀覯本とは刊行時より値が上がった本」[2]というマンハッタンの古書鑑定士バート・アウアーバックの言葉。またアメリカ人コレクターの故ロバート・H・テイラーは、稀覯本とは「私が欲しくてたまらないのに見つからない本」[3]と定義した。まじめな答えを求めたとしても、「稀覯本」とはきわめて主観的な「あだ名」のようなものだと誰もが口をそろえて言うだろう。

「稀覯本」という言葉の初出は、一六九二年十一月発行のイギリスの販売カタログまでたどることができる。[4]しかし、十八世紀前半になってようやく、学者たちは稀覯本たらしめるものを定義しようと試みた。愛書家《ビブロフィリア》のエジプト学者J・E・ベルガーは、モンティー・パイソンふうに「稀少」「より稀少」「最も稀少」と定義した。[5]

このように稀少さの程度は主観的なものだが、それは「稀少性」「重要性」「本の状態」の三つの組み合わせで決まるという点だけは、コレクターも古書店主も一致している。とは言え、好みや流行も重要な役割を果たす。たとえばジェーン・オースティンの『高慢と偏見』やキャロリン・キーンの少女探偵シリーズ『ナンシー・ドルー・ミステリー』といった本が映画化されると、その初版本はコレクターのあいだで一時的に優良株となる。一方、映画化されなくてもディケンズの作品は昔も今も人気があり、ドクター・スースの作品は、彼の本を読んで育った子供が大人になり、それを蒐集できる経済力を持つにいたると一気に値が上がった。(6)

選りすぐりの素晴らしい本のカバーが見えるブースを通り過ぎたとき、古書店主が来場客に向かって「古書は内容で判断しちゃいけない!」と言っているのが聞こえた。コレクターがらみのジョークがわかるように古本市の前にあらかじめ調べておいたので、私は思わずにやっとした。

そう、多くのコレクターは蒐集した本を実際には読んではいない。このことを知って私は最初驚いたが、ちょっと考えればわかることだった。熱心な読者が(きっとコレクターも)自分の本を大事にするのは、結局のところ本は実体として存在するもの、つまり物体であるからだ。本とは物語(や詩、参考情報など)の入れ物であり、そしてそうである限り、物体としての本は所有者の歴史の産物、記憶の容器である。人間は、本をプレゼントしてくれた人、本を読んだ場所、そのときの年齢などを思い出すのを好むものなのだ。

私はといえば、子供の頃からの一番大事な本は、E・B・ホワイトの『シャーロットのおくりもの』だ。ブッククラブに入ってから初めて通信販売で買った本。晴れた土曜の朝、郵便屋さんが本の小包を届けについにうちの玄関に来てくれたとき、どれほどワクワクしたことか。手の切れるようなピンとしたカバーは、ビニールが貼られた図書館の本とはまったく違った。最初のページを開く。ほかの誰でもない私が最初の読者なのだ！

　それからの数日間、私は主人公の子ブタのウィルバーとともに生きていた。そして、ウィルバーの友だちのクモのシャーロットが死んだときと同じくらい、いやそれ以上に悲しかったのは、本を読み終えてしまうことだった。本に夢中の、その半ば夢のような状態をとても気に入っていたので、一日何ページまでと決めて、本の終わりを、あの世界から自分が追い払われるのを、私は少しでも引き延ばそうとした。今でも同じことをする。自分でもばかみたいだと思う――本の世界の喜びは永久に終わってしまうわけではないのに。いつでも一ページ目から読み直すことができるし、内容を思いだすこともできるのに。

『シャーロットのおくりもの』――私の次は息子の本棚に、その次は娘の本棚に移動した――を目にするたびに、郵便屋さんが届けてくれたその日のことを思い出す。それは私の人生のある章に書かれたきわめて個人的な記録であり、ほかの章にもそれぞれの思い出にからんだ本がある。そして歴史は繰り返す。娘が去年のサマーキャンプから戻ってきたとき、荷物の中に入っていたジョナサン・レセムのハードボイルド小説『マザーレス・ブルックリン』は見るも無残な状態だった。娘が小川に落としてしまったのだ。しかし、いくら読み終えていたとは言え、そのまま捨てて帰るのは忍びなかったそうだ。本がサマーキャンプという思い出にしっかりと結びついていたからだ。

　娘がこのぼろぼろの本を持ち続けてくれたらと思う。そうすれば、その膨らんで波打っている本を見るたびに、小川に足を浸しながら読んだ暑い夏の日のことを、自分がそのとき十四歳だったことを思い出すだろう。本は内容を伝える手段にとどまらない。それをはるかに超える存在だ。そして私の見たところ、この古本市はその事実が凝縮された祝賀会のようだった。

◉

俳優のアル・パチーノをたった今見かけたと来場客が話しているのを、会場の奥にある売店で耳にした。別の人は骨董品の鑑定番組「アンティーク・ロードショー」[訳注1]の鑑定士を見かけたと言っていた。番組の決め台詞（「あなたのガラクタは、実はすごく価値のある物かもしれません！」）は、ニューヨーク古本市のうたい文句のひとつでもあった。現代文学の初版本についても同じことが言える。その多くは――もちろんガラクタではないが――まったく目立たないのは事実だ。だから何度自問したことだろう。あの本はまだ家にあったかしら？　実家かな？　あれは初版本だったっけ？

私は会場を歩き続けた。知り合いになった店主は、アル・パチーノよりも「アンティーク・ロードショー」の鑑定士が会場にいることに興奮していた。でも私は黒い髪の男性を見かけるたびにじろじろ見て、アル・パチーノでありますようにと願った。女性である私よりも、彼は上手に人ごみに紛れたのだろう。会場にいるコレクターのほとんどが男性で、四十歳を優に越えているからだ[7]。その多くは研究者か、年配のヒッピーか、遺産相続してうなるほどお金のある幸運な本好きのように見える。そうしたコレクターが持つフィリップ・ロスの『ポートノイの不満』の献呈サイン入り初版本は、別の男性が持つ赤いポルシェと同等の価値があるのだ。

彼らはそうした高価な稀覯本を見るとき、書架台に本を載せ、両手で半開きにし、背表紙を割ったり、傷――裂け目や折りじわやコーヒーの染みをつけたりしないようにする。また案内係に聞いたり、会場マップで調べたりしながら、眼鏡越しにブースをちらっと見てからおもむろに近づき、背表紙をよく見ようと身をかがめる。たとえば、五百部しか刷られなかった『ハリー・ポッターと賢者の石』の初版本（三万ドル）や、メリウェザー・ルイス大尉とウィリアム・クラーク大尉による太平洋までの陸路探検を記した『ルイス・クラーク探検記』のきわめて稀少な初版本（十三万九千ドル）が置いてあるブースを突き止めようとする。

うなるほどお金のない人は、もっとささやかな掘り出し物を探す。九三年のノーベル文学賞作家トニ・モリスンの代表作『ビラヴド』（百二十五ドル）などだ。それでも手が届かなかったら、ジョン・アップダイクの『金持になったウサギ』の初版本（四十五ドル）もある。(8) 彼らは、びっくりするような掘り出し物はないかと会場をうろつく。それはトレジャーハンターすべての夢だからだ。彼らの場合、稀少で、美しく、年代物で、来歴のはっきりした本に出くわすことは、本の内容よりもはるかに魅力的なことなのだ。

こうした古本市では、魅力的な古書はたいてい人の五感に訴える。私はコレクターが目や手や鼻で楽しんでいるのを観察した。あるイギリス人は本からだいぶ離れたところにコーヒーカップを置き、『不思議の国のアリス』の本の匂いをかいだ。それから、ジョン・テニエルが描いた、そのうっとりするような挿絵にあるウサギの穴に顔を近づけた。彼は古書の匂いをかぐのが好きなのだろうと思っていたが、匂いをかぐことは実用的な予防策だと、あとで知った。カビは本をだめにするから、よく匂いをかいでカビ臭くないかを確かめるのだ[9]。私はブースからブースへ、本から本へと歩きまわるうちに、五感に訴える古書の魅力というものを実感した。分厚いギザギザのページの感触、活字のすっきりした美しさ、リネンやピッグスキンがぴしっと貼られた表紙の感触、そして紙の匂い……。

一夜漬けで詰め込んだ知識によれば、稀覯本へのこうした愛だけでなく、際限なく蒐集したいという欲望は、二千五百年も前から見られる[10]。紀元前四百年代、ギリシャの悲劇詩人エウリピデスは本好きであることをばかにされた[11]。数百年後、ローマの政治家・哲学者のキケロは、蔵書を増やすために「わずかな収入も貯めている」と記している[12]。

およそ一八七〇年から一九三〇年までの「古書コレクションの黄金時代」は、熱狂的なコレクターであふれていた。彼らは昔も今も頑固な人種だ。欲望はとどまることを知らず、本への無邪気な愛は激しい狂気へと変わり、愛書家《ビブロフィリア》は愛書狂《ビブリオマニア》へと進化する。「愛書狂」という言葉は、一八〇九年にフログナル・ディブディンが言い出した造語だ[13]。イギリスの書誌学者であり、熱心なコレクターでもあったディブディンは「愛書狂がとくに手強い理由は、一年中、そして人間が存在する限り、猛威をふるうからだ」と述べている[14]。

ニューヨーク古本市に並んでいる古書のように、謎めいた、スキャンダラスな、あるいは美しい過去があると、その魅力はいやがうえにも増し、本に書かれた歴史や詩や科学や物語は、ほぼ二次的なものに思えてしまう。古本市は、すっかり魔法にかけられた人たちで騒然としていた。

この魔法は、コレクターのあいだに伝わる古書発見のエピソードによって一層強力になる。私の好きなエピソードは、一九八八年のある春の日に起きた[15]。その朝、郷土史の本を集めているマサチューセッツの男性が、ニューハンプシャーの骨董品倉庫で大箱を物色していた。そのとき、何かが目に入った。肥料と農業機械の説明書の下にある、古びた薄い小冊子だ。茶色の表紙には『タマレーン、その他の詩集』という題がついていて、作者は匿名で「ボストン人」としか書かれていない。男性は掘り出し物を見つけたと確信し、値札の十五ドルを払ってマサチューセッツの家に帰った。

しかし『タマレーン』が彼の家で過ごしたのは一晩だけだった。翌日彼はオークションハウスのサザビーズに出向いた。すると、近年まれにみる大発見とサザビーズが請け合ってくれた。実は小冊子はエドガー・アラン・ポーの処女詩集で、わずか十四歳のときに書かれたものだった。幸運を求めるコレクターが夢見るような発見は、実は彼らが思っている以上に頻繁に起きているのだ。

つつましい、四十ページの小冊子は、薬のラベル印刷が専門のボストンの無名の印刷業者カルヴィン・F・S・トマスによって印刷されたものだ。詩集のもともとの値段は十二セント程度で、そのほとんどはどこかの屋根裏のほこりまみれの箱の中で次々と朽ち果てていったのだろうが、マサチューセッツの男性が発見したものは百六十一年たっても保存状態がよく、びっくりするような高額——十九万八千ドルですぐにオークションにかけられることになった。

一八二七年に最初に出版されたときは見向きもされず、書評すらなかった『タマレーン』は、その文学的価値というより、その後有名になった作家の処女詩集ゆえに、発見されるたびに値が跳ね上がってきた本だ。『タマレーン』が印刷された部数は五十から五百部と見積もられているが、今のところ十四部しか発見されておらず、そのほとんどが公立図書館などに保管されている。

『タマレーン』に関してほかにどんな発見話があるかといえば、一八九〇年代にボストンのある古書店主が、同業者の十セント均一ワゴンで見つけ、後に千ドルで売った話とか、一九五〇年代にふたりの郵便配達人によって発見された話がある。ふたりはガレージセールで買った、本の詰まったトランクの底でその薄い小冊子を見つけ、六か月後に一万ドルで売った。こんな宝物がまだ発見されずにどこかにあるのかもしれないと考えるだけで、熱心なコレクターは夢見ごこちになってしまう。今では私も、骨董品倉庫の奥の暗がりやガレージセールの芝生の上やリサイクルショップの片隅などに置かれた段ボール箱いっぱいの本の中に、茶色の紙の表紙の向こうから微笑む幸運の女神はいないものかと探すことがある。

別のブースでは、店主が本の献辞にまつわる有名な悪ふざけについて話してくれた。二冊セットの本があった。一冊はヘミングウェイの、もう一冊はトマス・ウルフの本で、それぞれが自分の本に相手への長い献辞を書いていた。そのセット本を見たベテランの古書店主は、おそらく大金を払って入手したであろう持ち主のコレクターに、この献辞は本物ではないから売ろうとしても希望通りの値段にはならないでしょうと、がっかりするようなことを伝えた。ところが、別の古書店主が、二冊の献辞は豪華な「贋作」だと見抜いた。ある日、酔っぱらった二人が、おたがいに相手の本に献辞を書いたら面白いだろうということになり、ウルフがヘミングウェイの本に、ヘミングウェイがウルフの本に長々と献辞を書いた、というのが真相だった！(16)

古本市を歩きまわっているうちに、別の種類の話、つまり本の窃盗・盗難の話もたくさん聞きこんだ。ますますサンダースに会いたくなってきた。アレティーノの「海賊版の海賊版」について話してくれたブルース・マッキトリックは、巻き毛の男性を指さして、「彼ならきっと何か話してくれますよ」と言った。

その男性は、アラン・モワランダという名の、長身でほっそりした、滑舌のいいスイス人古書店主だった。古本市には博識の読書家が大勢集まるものだが、その中でも彼は突出していた。話し始めて数分のうちに、ニーチェ、ゲーテ、ルネサンス建築について語りだした。そしてガラスケースから未製本の原稿が入った浅い箱を取り出した。二〇〇四年のオークションで入手したもので、「フローベルの完成作品、二百五十四ページ」とだけメモされていて、価格は「驚くほど安かった」そうだ。

「私は欲しくてたまらなくなりました。古書業界の人間ならたいていそうですが、私もご多分にもれず資金不足でした。ところが、値段は驚くほど安かったのです。皆、フローベルの名を読み違えたに違いありません。あるいは二百五十四ページを読み違えて、二十五ページだけと思ったのかもしれない。私は入札することにして……値の半分で落札しました」

彼は箱のふたを開け、そのやや黄ばんだページを、「めくってごらんなさい」と言った。原稿は茶色いインクで書かれ、やや色褪せていて、インクのポタ落ちや飛び散りがあり、乱暴に線を引いて消されている行が多かった。そのためフローベルが旅行中に書いた作品とみなされているが、私はそうではないと思っているとモワランダは言った。

「旅行中に書いたものとは思えません。よくまとまっています」

彼はフランス語で読んでから、私のためにざっと訳してくれた。

「ただしぼくなら大げさな表現は慎みます。『絵のように美しい』という言葉を一ページに六回以上使ったり、『賞賛に値する』を十二回使うようなことはしません。もし旅行中の作品なら、旅行用の革靴の匂いがするような文章にするでしょう……」

「彼が仕事部屋で推敲しているのをのぞき見しているような感じですね」と言いながら、モワランダは私の肩越しに原稿を見下ろした。

フローベルの忍耐強い推敲は有名だったので、私も同感だった。抹消線が引かれた言葉やインクの飛び散りがあるその未完成の原稿は、未完成ゆえにひどく親密に感じられた。モワランダはその原稿を私に見せたまま、接客しに行った。私は原稿にさわりながら、こういうものを自分のものにできたらどんなにいいだろうと思っている自分を発見した。出来心ってこういうことをいうんだ、と思った。なぜならそのとき私は、原稿をセーターの下に隠し、出口までダッシュすることもできたのだから……。モワランダが戻ってくるのを待ちながら、ほかにも高価な古書がカウンターに置きっ放しになっていることに気がついた。私が立ち寄ったブースは、どこもこんなふうだった。モワランダに、客を信用しすぎるのはどうかしらと言おうと思ったが、やめにした。明らかに、信用は古書業界のしきたりの一部になっている。不案内の私が口にすべきことではなかった。

盗難にあったことはあるかとモワランダにたずねたら、ドイツまで本泥棒を追いかけた話をしてくれた。ある日モワランダは、バーゼルにある彼の店から本を一巻持ち去った泥棒を捕まえたが、その男は犯行のあった時間はバーゼルにいなかったと否認した。モワランダは両親がわが子のそばかすや傷のある場所をおぼえているように、その本の物理的な特徴をよく知っていた。法廷で彼は、問題の本を手にしている裁判官に向かって、二十八ページを開いてくださいと言った。「そこには小さな穴が三つあるはずです。それから最後のページには前の所有者である古書店の蔵書印があるでしょう」。裁判官はその通りだと認め、男は有罪になった。公立学校の教師だったという。

さらにモワランダは「濡れた毛糸」を使う本泥棒の話をしてくれた。

「ある日、その男は口の中に毛糸を含んで図書館に行きます。そして本ののどに唾液で濡れた毛糸をはさみ、棚に戻して数週間後に再び訪れます。乾いて縮んだ毛糸は、そのページをすぱっと切っています」

泥棒は剃刀を隠し持つ必要などなく、ある程度の長さの濡れた毛糸を用意するだけで、貴重なページ（マネのオリジナル版画）を持ち去ることができたのだ。その後、泥棒はモワランダの店である本を売ろうとした。「ザルツブルクの大聖堂について書かれた、きわめて稀少なゲーテの初版本でした。彼の大傑作のひとつであり、ロマン主義発展への可能性を秘めた作品でもあります。けれどその本には直径十八ミリの図書館の丸い蔵書印の跡がうっすら残っていました。泥棒は消そうとしたはずですが、精いっぱいだったのでしょう。どこの図書館の本かはわからなかったので、スイスの図書館に片っ端から電話してとうとう突き止めました」。警察に通報し、マネとゲーテの本泥棒は逮捕された。

私はモワランダの店を辞し、ブースとブースのあいだを歩きながら、古書業界というのは信じられないような世界だ、こうした窃盗事件が年中起こらないのが不思議なくらいだ、と思った。

マッキトリックのブースの前を再び通りかかると、手招きされて、ちょっと待っているように言われた。彼はすばやく向かいのブースに行き、オランダ人古書店主セバスチャン・ヘッセリンクと何やら話し始めた。マッキトリックがアレティーノの「海賊版の海賊版」について話してくれたとき、海賊版以外の犯罪、たとえば古書窃盗について何か話してくれないかと頼んだが、彼には私に聞かせるような話はなかったので、向かいのヘッセリンクにきいてくれているのだろう。オーケーをもらった彼は、私にヘッセリンクを紹介してくれた。盗難事件については古書店主の誰もが進んで話してくれるとは思えなかったので、ヘッセリンクが承諾してくれたのはラッキーだった。ヘッセリンクは息子に店番を頼み、私と一緒に会場を離れ、ロビーのはずれの薄暗く静かな一角の折りたたみ椅子に座った。

ヘッセリンクは数年前に起きた事件について、オランダ語訛りがきつい英語で話してくれた。ある日、見知らぬ男が「ニューヨークから」店にやってきて、稀覯本に興味はないかとたずねた。男は、ローマカトリック教会の時禱書《じとうしよ》やアメリカ大統領の手紙も持っていると言った。興味があったヘッセリンクは見せてもらうことにしたが、実物を見たとたんに怪しいと思った。彼の店はアムステルダム郊外の「辺鄙《へんぴ》な場所」にあったのだが、そんな店にニューヨークからわざわざやってきて稀覯本を売りつけるだろうか？　売ろうと思えばアメリカで売れるような本を。

「この段階で、すでに信用できませんでした」とヘッセリンクは言った。彼はいつも以上に慎重になった。稀覯本すべてに目を通してから、買取価格を提示した。すると男はすぐに承諾した。「これも妙でした」。男が現金を望んでいるのは百も承知だったので、ヘッセリンクは時間稼ぎをするために、銀行が閉まって現金を引き出せないから小切手を書くと伝えた。それから、明日なら現金で払える、それでよければもう一度来てもらえないだろうかと提案した。男が承諾し店を出るやいなや、ヘッセリンクはアメリカの古書店仲間に連絡して、男が持ち込んだ稀覯本と同類の本が盗まれたという話を聞いていないかをたずねた。数時間後、その稀覯本はどれもニューヨークのコロンビア大学から盗まれたものだと判明した。彼らは翌日の午後四時に町の広場で男を逮捕する段取りをつけた。ヘッセリンクはインターポール、ＦＢＩ、地元のオランダ警察に連絡した。

その後の展開はまるで推理小説なのだが、私がとくに好きな件《くだり》はこれから話す部分だ。その晩、ヘッセリンクと息子は新聞紙を紙幣の大きさに切って束ね、「代金」としてビニール袋に入れた。翌日の午後四時。ユトレヒトの中心広場に稀覯本の入ったバッグを持って男が現れた。防弾チョッキを着た警官がすでに広場を囲んでいる。ヘッセリンクは男に、自分の車まで来てほしい、そこで現金を渡すからと言った。地元警察によるドタバタ喜劇のような捕り物の末、やっと男は逮捕された。その後、男は取り調べの過程でとんでもないことを言い出し、厄介な国際問題に発展しそうになったというおまけまでついてきた(17)。

私はヘッセリンクに、「お金」の入った袋を渡すのは恐ろしくなかったかときいてみた。男は武器を持っているかもしれないし、警察はすばやく行動してくれないかもしれない。「大丈夫でした」と彼は答えた。ベテランの探偵でもない普通の古書店主がジェームズ・ボンド並みの活躍をしたことに、私は感心した。ロビーで彼と別れ、古本市の会場に戻った。古書がらみの話をさらに聞き出してノートに書き留め、エピソードのコレクションをさらに増やしたかった。私がメモをしながら感じるこの興奮は、コレクターが古本市で納得のいく買い物をしたときに感じる興奮と似ているのかもしれない。

　古本市の開催日に盗難事件があったら、総責任者はその噂を聞きつけているはずだと私は考え、確かめるために彼のオフィスに向かった。総責任者は、今のところ盗難事件の報告は来ていないし、古本市ではそういったことは起こらないのが普通だと請け合った。彼の言葉を信じていいものかどうか……。

　ケン・サンダースによれば、稀覯本の盗難事件の難しさは、多くの古書店主が被害にあったことを公表したがらない点にあるそうだ。本がいかに巧妙に盗まれたかは関係ない。被害にあった店がじゅうぶんに警戒していなかったのだと、古書業界で、さらには貴重書籍専門の図書館司書のあいだで噂されることが問題なのだ。数百万ドルの取り引きが握手ひとつで行われる古書業界では信用が第一だ。盗難の被害を公表すれば、信頼できない店としてブラックリストに載せられることもあるかもしれない。当然、それを危惧する古書店もあるだろう。「盗難にあったという汚点がついてしまったら、一巻の終わりだ」とマッキトリックも言った。確かに古書店はコレクターから売却を依頼されて、高価な愛書を預かることが多い。盗難されやすい店という評判が立てば、商売に直接影響が出る。

　私はこの古本市に薄いノートしか持ってこなかったのだが、もっと分厚いのを持って来ればよかったと後悔した。古書店主はそれぞれ違った面白い話をしてくれる。そろそろ書き切れなくなっていた。ただし、複数の店主から聞いた同じ言葉というものもあった。「稀覯本はどれも盗まれた本」というものだ。彼らの説明によれば、ナチスはコレクションの凶暴な略奪者であり、ローマ人もしかり。

彼らはギリシャ人の蔵書をごっそり盗んだ。スウェーデンのクリスティーナ女王は三十年戦争のあいだ、戦利品として莫大な量の本をかき集めた。(18) さらに店主たちは、自分の欲望のために本を盗むコレクターについても話してくれた。

いずれにしろ、征服者か、あるいは堕落したコレクターのせいで稀覯本は紛失してしまう。本泥棒が盗んだ直後に一流の古書店や公共施設に本を売ろうとし、そこから足がつくようなことでもない限り、本は紛失したまま、まず誰も見つけ出すことはできないだろう。最終的には――一年後になるか十年後になるか百年後になるかわからないが――本の過去も汚れた来歴もまったく知らない人間に売られることになる。だから、本の所有者の流れを追うことは不可能だ。この程度のことは、ずる賢い本泥棒なら考えつくことだ。

角を曲がると、「D8」のケン・サンダースのブースが見えた。素晴らしい語り手の顔を一刻も早く見たかった。彼は私以上に古本市の人ごみに紛れるのが下手なようだった。見事な太鼓腹で、薄くなった髪をポニーテールにし、白髪まじりの長いあごひげはなでつけて指でねじっている。Vの字を逆さにしたような眉毛は、好奇心旺盛そうにも、怒っているようにも見えた（両方の感情が入れ代わり立ち代わり現れるのをすぐに私は知ることになる）。彼には愚か者には容赦しない雰囲気があるが、本や物語に興味を示せばいくらでも話をしてくれる。彼は自分のことを「ブックコップ（本の警察官）」と呼んでいるが、友人たちは「ビブリオディィック（古書探偵）」と呼んでいる。

私とサンダースはブースの隅にあった椅子に座って、今日の古本市の様子を話し合った。

「こういった古本市じゃ、おれの店は最低のレベルだ。パークアベニューの店とは違う」

サンダースは会場入り口付近の通路を「パークアベニュー」と呼んでいた。そこは最高級の古書店のブースが並ぶ、普通の古書店にとっては高嶺《たかね》の花のような一画だった。サンダースは年に六、七回古本市に参加するが、平等主義者の彼は、ブースの場所をくじで決めるサンフランシスコ方式の古本市が好きだった。「ニューヨークの連中はくじで決めるのを嫌ってる。やつらはいい場所を独り占めしたいんだ。おれは高級な店も普通の店も交ざってるのが好きだがな」。私はアル・パチーノが古本市に来て今もそのあたりをうろうろしているようだと言ってみたが、サンダースはまったく興味を示さなかった。それどころか、以前出店した古本市でコレクター歴の長いコメディアン／俳優のスティーヴ・マーティンと話したことが一度あり、女優のダイアン・キートンとはぶつかりそうになったそうだ。マーティンもキートンも知らないサンダースに、娘のメリッサがじれったそうに二度も彼らのことを説明したらしい。

私はサンダースに今回の古本市について質問してみた。

「おれたちは昨日の朝九時にブースに本を並べ始めた。ほかの店の者が手伝ってくれることもあるが、それは相手がどんな古書を持っているかを探るためだ。だがそれも、目利きじゃないと意味がない」

その朝、彼はある店主が別の店主から本を二百ドルで買うのを見かけた。ところが午後になると二百ドルで買った店主は三千五百ドルで売っていた。これが目利きと、そうでない者の違いだ。

話し始めて二分もしないうちに、サンダースは初めてニューヨーク古本市に参加したときのことを語ってくれた。

「初日に、始まって十分もしないうちに、おれは千ドルの古書を、友人のロブ・ルロンミラーはロジャー・ウィリアムズの三万五千ドルの本を盗まれた。そこでふたりそろって十九分署まで歩いていった。パークアベニュー・アーモリーの、文字通り裏口にあったんだ。ニューヨークの警察署だぞ。おれたちはスーツを着込んで出かけていったよ。ロブを先にしてな」

サンダースによれば、古書店主が警察に本を、それも高額の古書を盗まれたと被害届を出しにいっても、鼻で笑われるのが落ちなのだそうだ。「本なんかにそんな大金を払う人間がいるのか？」と警官は疑わしそうに訊くのだという。

「だからおれは頭を働かせて、まずはロブに『本の盗難届を出すためにやって来た』と当直の巡査部長に言わせた。ロブが盗まれた本についてくわしく説明すると、巡査部長はロブを見上げ、信じられないという顔で言ったんだ。『ロジャー・ウィリアムズ？　あのロードアイランド植民地の創設者のことか？』この巡査部長はロジャー・ウィリアムズが誰かを知っているのか？　おれはひどく感心した。それから彼は『ロジャー・ウィリアムズの初版本を誰かにやすやすと持っていかれただと！』と毒づいて、おまえは能なしかと言わんばかりの顔でロブをにらんだ。それを見ておれは決めた。自分の千ドルの本のことは黙っていよう。大騒ぎするほどの本じゃない」

それから最近の古書泥棒の話に移った。サンダースがＡＢＡＡ（アメリカ古書籍商組合）の組合員から受けた被害報告をもとに計算すると、一九九九年末から二〇〇三年初頭にかけてジョン・ギルキーはアメリカじゅうの古書店からおよそ十万ドルの本を盗んだと推測できる。過去十年のあいだで、これほど派手に盗みを働いた本泥棒はギルキーだけだ。さらにギルキーの窃盗が特異なのは、彼が盗んだ古書はインターネットやそれ以外の不特定多数の人の目に触れる場所で売りに出されることがない、ということだ。また、彼のねらう古書には統一性がなく、ジャンルと時代が多岐にわたり、中にはあまり価値のないものも含まれている。要するに、ギルキーは本を愛するあまり盗み、自分のものにしたいのだ。サンダースはそう確信したが、彼の犯行を証明することができなかった。

数週間前、私が初めてサンダースに電話をかけると、ギルキーはサンクエンティン州立刑務所での服役を終え、今は出所しているはずだと教えてくれた。ギルキーが自由の身になったと考えただけでサンダースはぞっとしたようだ。ギルキーを取材したいと思っている私に、彼を見つけ出すのは不可能ではないが相当難しいぞとサンダースは警告した。

電話の翌日、私はギルキーの逮捕歴を調べた。[19] サンダースの言うように、ギルキーはサンクエンティンで服役し、釈放された。だが再び逮捕され、今回はカリフォルニア州トレーシーの刑務所に収監されていることをサンダースは知らなかったようだ。私は刑務所のギルキーに、取材させてほしいと手紙を書いた。彼が有罪答弁していないことを知っていた私は、彼が窃盗についてくわしく話してくれるとは思ってもいなかったので、手紙には「稀覯本を手に入れるために度を超してしまった人たちが登場する話を書きたいと思っている」と記した。彼が心を閉ざさないように婉曲的な表現にしたつもりだった。

ギルキーからの返事を待っているあいだ、私は本の蒐集に関する書物を何冊か注文し、記事を山ほど読んだ。そのうちのひとつ、オーストラリアの新聞「ザ・エイジ」の記事がとくに印象に残った。本の窃盗事件が近年多発していることを伝える記事だった。[20] 本泥棒が増えているなんて、聞いたことがあったかしら？　友人たちに聞いても、やはり耳にしたことはないという。二〇〇三年の「ザ・

エイジ」の記事では、バチカン図書館の秘密保管文書の責任者が本泥棒にそなえてどれほど警戒しているかが詳述されていた。地下にある丸天井の図書館には、横に並べると八十五キロメートルの長さになる膨大な量の蔵書があり、歴史文書、装飾写本、大昔の書物、稀少な往復書簡が所蔵されている。これだけでも好奇心をそそられるが、とくに私の目を引いたのは、次の文章だった。「インターポールの捜査官ヴィヴィアナ・パディーリャは、当局の統計によれば、古書窃盗事件は絵画窃盗事件より多発していることが明らかになったと語った」

ほかに私が注目したのは、ＡＢＡＡのホームページの記事で分類されていた、本泥棒の五つのタイプだ。まず、盗まずにいられない「窃盗狂」の泥棒。金欲しさに盗む泥棒。怒りにまかせて盗む泥棒。出来心で盗んでしまう泥棒。自分のために盗む泥棒。ＡＢＡＡがこのように定義したのは、組合員の店主や図書館司書が本泥棒の動機を理解し、盗難対策に役立ててほしいと考えたからだろう。「汝の敵を知れ」ということだ。

この五つのタイプのうち、私が最も興味を持ったのは、自分のために盗む泥棒、つまり本を愛するあまり盗む泥棒だ。そういう泥棒と普通のコレクターとのあいだには、どんな違いがあるのだろう？両者とも、本を手に入れることに情熱的であり、意欲的だ。取材した古書店主の中には、稀覯本を何十年も扱っていると盗んでしまいたくなることが何度かあったが、どうにかその誘惑をはねのけてきたと打ち明けてくれた人がいた。

私は、実に稀有で目を見張るもの（フローベル自筆の作品！）を持ち逃げするのは、意外に簡単なことだと今回の古本市で知った。なぜ人は最後の一線を越えて、本の崇拝者から本泥棒に転落してしまうのだろう？　その「最後の一線」とはどれほど細いものなのだろう？　私は突き止めてみたかった。

郵便受けをチェックする日々が数週間続いたある日、待ち望んでいたもの――「州立刑務所郵便物」と大きな赤字で斜めにスタンプされた封筒がついに来た。封を切ると、罫線入りの便箋に小さな細かい字で書かれた手紙が入っていた。

「喜んで取材をお受けします」とギルキーは書いていた。

手紙と一緒に州矯正課発行の規則ハンドブックから破り取った紙が一枚同封されており、「メディアの施設への立ち入り」という項目の隣に星印がふたつ描かれ、その端に「許可を得るのは簡単です！」と書かれていた。

◉

私はサンダースのブースの外に座って、彼が接客するのを見ていた。顔なじみの客もいれば初めての客もいるようだ。どちらの場合も、彼は人当たりのいい店主で、古書の真価を知る人との会話を楽しんでいた。私は、古本市は劇場と同じだという印象を再び持った。そしてサンダースはベテランの俳優なのだ。ブースに人がいなくなると、彼はまた私の隣に座った。

「刑務所のギルキーから返事が届いたの。彼は喜んで取材に応じるそうよ」。私は思い切ってサンダースに打ち明けた。

しばらくサンダースは黙っていた。このニュースを聞いて興奮し、詳細を知りたがるとばかり思っていたが（とどのつまり、ギルキーは彼の敵なのだ）、厳しい、いぶかるような表情を浮かべていた。そして私を横目でちらりと見ながら、「盗んだ本をどこに隠しているのか聞いてくれ」と不機嫌そうに言った。「モデスト（カリフォルニア州中部の中都市）のどこかに倉庫があるはずだ。そこはやつの出身地なんだ」。サンダースは床を見つめてから、言い添えた。「もちろん、教えやしないだろうが」

ギルキーがサンダースの知り合いの店から本を盗んだのは二年以上も前のことだが、彼はそのときの一連の出来事の結果に納得がいかなかったようだ。私はギルキーが本を盗むことをどう思っているのかに興味があるだけだが、サンダースはギルキーのせいで探偵の真似事をするようになり、生活そのものが変わってしまった。彼がギルキーに怒りを覚えるのは当然なのだ。

そろそろ帰る時間だ。私がブースを離れる前に、サンダースはもうひとつ警告してくれた。

「いいか、本泥棒はみんな――例外なく全員だ――根っからの嘘つきだからな」

訳注1　Antiques Roadshow　イギリスＢＢＣ制作の同名の人気テレビ番組をモデルにして一九九七年に放送開始されたアメリカ公共放送網（ＰＢＳ）の人気テレビ番組。イギリス版同様、アメリカ各地の一般視聴者が自分の骨董品を専門家に鑑定してもらう内容。

第2章　本泥棒ジョン・ギルキー

　ニューヨークからサンフランシスコに戻ると、「州立刑務所郵便物」とスタンプされた封筒がまた届いていた。ギルキーの手紙はさらに私を励ますような内容で、面会時間（週末のみ）に関する情報と、彼の服役がもうじき、七月に終わることが書かれ、最後に「あなたからＤＶＩ［刑務所］に電話して、日程を決めるほうがいいかもしれません」とあった。そうすることにした。

　デューエル職業訓練施設（ＤＶＩ）はサンフランシスコから東に六十五マイルのところにあるトレーシー市にある。私は晩春の週末に車で向かった。空はどんよりし、風は激しく、丘はだんだんと乾いた褐色へと変化していった。ハイウエーを降りると、側道にはハーレー・ダビットソン、モーターボートを載せた車、修理が行き届いていないオフロード車などが停まっていた。キャソンロードへ入り、ＤＶＩを目指す。ＤＶＩは二重の有刺鉄線で囲まれた、二、三階建のベージュの建物群だった。

　まだ朝の九時十五分だったが、すでに暑かった。私は受付の窓の向こうにいる女性刑務官に、面会予約をしている者ですと伝えた。彼女は「順番が来たら呼ぶから」とぶっきらぼうに言い、「小銭を持っていたらビニール袋に入れるように。あと紙幣は持ち込めないから」と言い足した。ロビーで順番を待っている人たちの姿が見えたが、私は自分の車まで走り、現金をグローブボックスに入れてからロビーに戻った。

刑務所の中に入るのは生まれて初めてだったが、刑務所で取材をしたことのある友人から話だけは聞いていた。彼女によれば、女性の面会者は着飾ってやってくるそうだ。たいていは襟ぐりの深い、体のラインがはっきりわかるブラウスを着てくるので、あたりは受刑者たちの欲望であふれ、危険な雰囲気になることも多い。

ところがロビーに入ると、そこは安っぽいバーとはほど遠い雰囲気で、教会での懇親会といった感じだった。受刑者の両親、配偶者、祖父母、子供たち――ほとんどがラテンアメリカ系――が名前を呼ばれるのを待っていた。ロビーの端には売店があり、受刑者が作った工芸品が飾られている。壁には黄色い目をした恐ろしい顔のオオカミの絵がかかり、その下には願い事をかなえてくれる井戸の形をしたランプが三つ（どれもまったく同じで、二十四ドルの値札がついていた）。イエス・キリストと砂漠の風景のどちらかを文字盤の絵として選べる置き時計もあった。

緊張のあまり胃がキリキリする。なるべくほかのことを考えて気を紛らわせ、私は一時間以上待った。ギルキーが予想以上に感じの悪い男だったら、どうしよう？　彼と話してるあいだの私の身の安全は？　壁をじっと見つめているうちに、手書きの注意書きが貼られていることに気づいた。「ジーンズ禁止」「袖なしの上衣禁止」「サンダル靴禁止」と続き、「ワイヤー入りブラ禁止」のところで目が留まった。ワイヤーが金属探知機を鳴らすからだろう。私はもう一度駐車場まで走り、暑くなった車の中でブラを取った。白いブラウスを着てこなくてよかった。ロビーまで走って戻り、三十分後にやっと名前が呼ばれた。

金属探知機を無事に通り抜け、しっかりと鍵のかかった扉をふたつ通り、面会室に着いた。受付で自分の名を伝える。刑務官が囚人の中からギルキーを見つけだすまでのほんの数分が、私には数時間にも思われた。取材したいと切に願っていたギルキーに会える……。ついに刑務官はギルキーを見つけだし、面会用のブースまで連れてきた。ギルキーがアクリルガラスの窓の向こうに座った。私は窓に近づきながら、こういう取材に慣れたふりを懸命にした。彼は刑務所支給のVネックのオレンジ色の上着に、ウエストがゴムのズボンをはいていた。Vネックの襟ぐりから着古したシャツがのぞいている。私ににっこり笑いかけると、「どうぞ座ってください」とでも言うようにちょっとうなずいた。「これはいい兆候じゃない？　いらだってはいないようだから」私は自分に言い聞かせた。

ジャケットを着たままの私は、暑さと緊張で汗をかいていた。ノートに書きだした質問リストを確認する。最初のほうは当たり障りのないものにしてある。「どこで育ったのか？」「本に興味を持つようになったのはいつか？」等々。最後の質問は「実際に本を盗んだのか？」になっていたが、これは別の日まで取っておこう。私は窓の近くの黒くて重い受話器を取り、自己紹介をした。同じように緊張して見えるギルキーは「こんにちは」と早口で言い、「ぼくが最初の本をどうやって手に入れたか知りたいですか？」といきなり核心に迫ることを口にした。

一瞬息が止まった私は、ふーっと息を吐いてからメモを取り始めた。このときギルキーは三十七歳。

百七十五センチくらいの平均的な身長で、瞳は薄茶色、髪は黒いが薄くなり始めていた。指は細長く、爪を噛む癖があるようだ。彼の静かで落ち着いた話し方は、子供番組『ミスター・ロジャーズ』の司会者で教育家／牧師のフレッド・ロジャーズをほうふつさせる。私は、まず彼が最初に本に興味を持ったときのことをたずねた。

「実家のファミリールームには何千冊もの大量の蔵書があります。本をしじゅう眺めていたのを覚えています」

「それから、イギリスのヴィクトリア時代の映画もよく見ていました。たとえば『シャーロック・ホームズ』とか。イギリス紳士が古い書斎でスモーキングジャケットを着てくつろいでいるような映画が好きでした」

私は盗みの動機を探ろうと質問を続けたが、ギルキーを楽しませるだけで、何ひとつ明らかにはならなかった。ギルキーは、大きなスクリーンに映しだされた、イギリス人の昔ふうの文化的な生活への憧れが盗みの動機であるという自己分析をしており、この説に満足しているようだった。

「そうした映画を見て、初めてぼくは本を手に入れることについて真剣に考えました」

ギルキーはにっこり笑ってから、自分の言葉が少し奇妙に聞こえるのはわかっているが、それは本当のことですよ、と言わんばかりに肩をすくめた。教養もお金もある家庭に生まれなかったのならば、盗むしかないでしょうと言っているようにも聞こえた。彼の愛想のよさは話の内容と妙にそぐわなかったが、そのせいで思った以上に質問しやすかった。

刑務所の規則でボールペンもテープレコーダーも持ち込み禁止だった（両方とも金属製）。私は鉛筆を使い、腱鞘炎にならんばかりのスピードでメモをした。先を細長く削った鉛筆の芯がぽきっと折れてしまうのではないかと気が気でなかった（予備の鉛筆は持ち込み禁止）。両隣の女性たちは、かき集めてきた家族の楽しいニュースを驚くほど陽気な声で報告している。私は彼女たちの話に気を取られないように努力した。

ギルキーが好きな古書店について語り始めた。

「一九九〇年代の後半によく行った店は、ロサンゼルスの高級古書店ヘリテージでした。改装した大きな建物の中にあったんです。あなたも行くといいですよ」

あとでわかったことだが、彼はヘリテージに「行った」だけでなく、盗みも働いた。

ヘリテージ・ブックショップは二〇〇七年に閉店したが、アメリカで最も成功した稀覯本専門の古書店だった。ベンとルーのワインスタイン兄弟が始めた店だが、ふたりはリサイクルショップの元オーナーで、一九六〇年代になってから稀覯本を専門に扱う店を開いた。(1) ステンドグラスに丸天井、そしてイギリスふうの書棚が並ぶこの店は、旧世界、ヨーロッパの富を表していた。一方の新世界、つまりハリウッドふうの富は、椅子に表れていた。その椅子は映画『風と共に去りぬ』のセットで使われたものだった。洗練された旧世界と豪華な新世界の融合はギルキーにはたまらなく魅力的に映ったようだ。だから、もし書店を開けたら（彼の夢のひとつだ）、ヘリテージのような店にしたいそうだ。

「あの店で、自分にはどんなことができるのか、ぼくはわかったんだと思います。ぼくは巨大な書斎を建てることを夢見るようになりました。書斎でぼくはすてきな机に座り、本を読んだり書いたりします。机の横には地球儀を置きます」。ギルキーは、過去の話がいつのまにか未来の話にすり替わったことに気づいていなかった。

「ヘリテージで、ぼくは本を蒐集することを思いつきました」

ギルキーは子供時代に本を集めることを初めて思いついたとさっき言ったばかりだったが、私は問いただささなかった。彼は自分の話をしたくてたまらないようなので、それ以降、ほとんど質問しなかった。彼は穏やかに話し、感じがよかった。優雅と言えなくもなかった。そして、本をどんなふうに蒐集したかを進んで話してくれたのだが、「盗み」「窃盗」「刑務所」といった言葉は避けた。その代わり、本は「手に入れ」ましたが、「そのせい」で「不在」になりました、というような婉曲な表現をした。彼は知能が高そうに見えたが、ときおり単語を誤って発音した。これは、今は博識だが、幼少期にまわりに本を読む大人がいない環境で育った人によく見られることだ。

ギルキーは稀覯本以外のものも集めていると言った。中国の嗅ぎタバコ用のびん、楽器、野球カード、水晶、コイン、有名人のサイン。スティーヴン・キング、イギリスの歴史ミステリー作家アン・ペリー、故ダイアナ妃、故ロナルド・レーガンの直筆サインを持っているそうだ。この点については、ギルキーは典型的なコレクターと言える。コレクションの対象は、ひとつ以上であることが多いからだ。だが中心的なものがあり、ギルキーの場合は明らかに本だ。でもなぜ本なのか？　そして自分の自由を危険にさらしてまで、なぜ手に入れようとするのか？　ギルキーは再び大きな書斎を持つイギリス紳士のイメージを思い浮かべながら、話を続けた。

「ぼくは五千ドルや一万ドルの本を手にしたときの、あの感覚が好きです。人の賞賛の的になるのもいいですね」

自分の稀覯本コレクションが人々から賞賛されることが、どうやら彼の欲望の中心にあるらしい。本への愛だけが彼を蒐集に走らせているわけではなかったようだ。本を所有することで他人の目にどう映るかも、彼にとっては重要なことなのだ。とは言え、それは正常な野心と言える。私たちだって、どんな音楽や車や靴を選ぶかで評価が高まることがある。ニューヨーク古本市の開催中、たくさんのコレクターや古書店主と数日過ごすうちに、彼らもまたコレクションによって自分のアイデンティティを確立し、趣味や知識や富の象徴として古書を集めていることに私は気がついていた。

ギルキーを刑務所に訪ねる数日前、雑誌をめくっていると資産管理会社の広告が目に入った。上品な身なりの女性が高級古書店を出ようとしている。同じ頃、私は女性服のカタログを受け取った。カタログの写真の少なくとも半分は古い図書館で撮影されたものだ。両者に共通して言えることは、高価な古書は幸せな人生や豊かな暮らし、田舎の屋敷や外国での長期休暇といった裕福な暮らしの背景をなすものなのだ。だから稀覯本コレクションには、成功した人生、あるいは少なくとも他人の目にはそう映るかもしれない人生という、うっとりするような幻想を抱かせる力がある。

ところが調べていくうちに、まったく別の動機から蒐集する人々がいることを私は知った。シリアルの箱や農機具など手当たり次第にものを集めるコレクターの中には、自分たちが蒐集にこだわるのは、秩序を作ったり、人生の欠落部分を埋めたりするためであり、蒐集それ自体は手段にすぎないと述べた人がいるのである。(2) しかし、大部分のコレクターはなにがしかの「秩序」などは望んでいないし、埋めるべきある種の人生の欠落（不幸な子供時代、健康問題、辛い結婚生活）などもないのではないだろうか？

繰り返すが、ギルキーが抱いている自分の稀覯本コレクションを人から賞賛されたいという強い欲求は――かなりいき過ぎてはいるが――異常とは言えない。多くの点で、ギルキーはほかのコレクターとそれほど違わないように見える。ただし、違う点がひとつだけある――犯罪を繰り返すという点だ。

ギルキーが語れば語るほど、ちぐはぐな感じが増してきた。彼のふっくらした丸い顔と薄くなりかけた黒い髪の組み合わせのせいで、彼は若くも老けても見える。ひげの剃り方にむらはあるが物腰は丁寧なので、ぼんやりしているようにも、あるいは思慮深いようにも見える。そしてさらに驚くべきことは、彼は「堂々としてまるで王族のように、教養があり、金持ちのように」感じたくて本を蒐集したはずなのに、自分を裕福で学識のある人間に見せたいばかりに本を盗み、犯罪者になってしまったことだ。

面会時間は残り三十分しかなかったが、ギルキーは自分のことを楽しそうに話した。時間の経過に沿ってではなく、盗んだ本の思い出に導かれて話はあちこちに飛んだ。彼はいろいろな話をしたかったようだ。たぶん、私と同じように彼も、そんなふうに話すことが私たちのあいだに成り立つ唯一のコミュニケーションの方法と思ったのだろう。話題が仮釈放後のことになったので、何をするつもりかときくと、ギルキーは自分の計画を語りだした。

「ぼくは創造力に満ちあふれています。ここに一日二十四時間、週七日いれば、いくらでもアイデアが浮かびますよ」。彼はそのアイデアを次から次へと口にした。

「有名作家の本を一冊ずつ手に入れたいです」

「大統領図書館のことを書いてみたいです。そして大統領たちがぼくに本を送ってくれるかどうか知りたい」

「新聞に広告を出すつもりです。『ぼくを刑務所に入れないでください。入らずにすむように本を送ってください』って」

「古書店を開くつもりです」

「実は長編を書いたことがあります。ジョン・ケンドリック・バングズに刺激されて。彼はいかにも十九世紀らしい小説と芝居を書きました。ぼくは彼に敬意を表して書いたんです。ほかにはサスペンスを二編書きました」

ギルキーは二〇〇四年一月に古書窃盗の罪で三年の実刑を言い渡されて服役し、やっと仮釈放された。にもかかわらず、そのわずか三週間後に古本市で小切手を不正使用して逮捕され、今回の服役に至っている。彼は刑務所暮らしを嫌っていた。「ぼくはここではひどく目立つんです」と言い、けれど性的暴力は受けないようにしてきたとほのめかしたりもした。アクリルガラスの窓越しにギルキーを見ていると、教室の最前列に座っているような、短すぎるズボンをはき、髪をきちんととかしたおどおどした少年が、どういうわけか強姦犯や車泥棒の中にいる姿が浮かんでくる。

「ここは知能レベルが低いんですよ。ぼくはカリフォルニア大学サンタクルーズ校を卒業しましたから[3]、ここでは、それはひどい目にあってます」。それでも彼は本を読む時間を見つけた。「ぼくは次に、トム・クランシーのサスペンスを読むつもりです。最初の同房者はおしゃべりだったから、本を読むのが大変でした。今はR・ラドラムのスパイ小説『殺戮のオデッセイ』とジェームズ・パターソンのサスペンスを読んでます。ここで二十冊から二十五冊は読みました。でも、参考図書のほうが好きですね。骨董品や蒐集品について知りたいから。知識を蓄えることができます」

一九九八年、ギルキーが詐欺罪（小切手詐欺）でカリフォルニア州スタニスラウス郡刑務所で服役していたときは、ジョン・ダニングの『死の蔵書』を読んだそうだ。その中に、稀覯本について膨大な研究をして一流の鑑定士となり、その知識で収入を得ている女性コレクターが登場している。ギルキーはこの本に刺激されて稀覯本について独学し、さらに真剣に、さらに徹底的に取り組んだ。

ギルキーは「自分のお金」を本に費やすのは好きではないらしい。欲しい本をすべて買えるほどのお金が自分にないのは不公平だと言う。ギルキーにとって「公平」と「満足」は同義語のようだった。要するに、満足を得られればすべては公平、得られなければ不公平となるらしい。私はなんと答えたらいいのかわからなかった。彼がその意見を述べているときの、落ち着いた様子を見るとなおさらだった。

「ぼくは経済学の学位を持ってます」。盗む動機を経済学的に説明しようとしているらしい。「ただで本を手に入れれば、売るときには百パーセントの利益を得られます」

彼の言葉を理解するのに数秒かかった。これは冗談ではないらしい。彼はとても冷静で礼儀正しかったので、この意見はとくに衝撃的であり、公平さ、善悪、道理に対する彼のゆがんだ考えをはっきりと浮き彫りにした。また、良心が眠ったり目覚めたりするかのように、二度と犯罪は犯さないと言ったかと思うと、本を「入手する」方法をさらに披露したりする。「ぼくは二度と罪を犯したくないんです。代償があまりにも大きい……」と言ったかと思うと、「本を手に入れたときの興奮ときたら……」と言う。彼の話はこんな調子で進み、本への欲望と足を洗う計画のあいだを行ったり来たりした。私には、ふたつの願いのうちひとつだけが本物、あるいは実現可能に思えた。

ギルキーは本を買うときに小切手を不正使用して何度か逮捕されたが、違法とは知らなかったとうそぶいた。

「ええ、それは民事的な問題で、刑事的な問題とは思わなかったんです」

これはありえない話だと私にはわかった。絵本の『げんきなマドレーヌ』を手に入れたいきさつを語ってくれたばかりだが、それと同じだ。

「ぼくは蚤の市へ行って、ルドウィッヒ・ベーメルマンスの『げんきなマドレーヌ』の初版本を一ドルで買いました。今じゃ、千五百ドルの価値があります」

彼の話は今のところほとんど真実だが（サンダースから同じような情報は得ていた）、すべてというわけではなかった。

私は二〇〇三年にサンフランシスコで開かれたカリフォルニア国際古本市に話題を向けた。サンダースがギルキーを見かけた古本市だ。私はサンダースの名は伏せておいた。

「ええ、行きましたよ。でもみんな、ぼくのことを知っていたような……」

保釈金を払ったばかりのギルキーは、弁護士費用を工面するために古本市に本を二冊持っていき、お人好しの店主を見つけて売るつもりだった。彼は通路をうろうろして店主たちと雑談し、本をほめたり、アメリカの鳥類学者ジョン・ジェームズ・オーデュボンの彩色銅板博物画集を絶賛したりした。彼が売ろうとした本のひとつは、なんとH・G・ウェルズの『透明人間』だった。そのときの彼にいかにもふさわしいタイトルの本だ。

「誰かに見られているような気がしたので、すぐに出ましたけど」

サンダースは、友人のジョン・クライトンから言われたような「考え過ぎ」などではなかったのだ。初日に目が合った男は、実際にギルキーだったのだろう。

「でも警察はぼくを捕まえられません。ぼくを捕まえたのは、ABAAの防犯部長だかなんかです。確かケンなんとか……名字は覚えていません」

ギルキーは私を見つめた。その名を私が知っているのかどうか見きわめようとしたのだろうが、私はサンダース側の人間と思われたくなかったので黙っていた。結局、私はギルキーの虚実を取り混ぜた話を仕分けすることに、後半の三十分を費やした。そして真実を隠すための私の沈黙も、すでに一種の嘘と言えた。

ギルキーは入手したい本の名を挙げ始めたが、途中でやめた。刑務官が彼に時間だと合図していた。三十分たったのだ。

暑く、乾燥したトレーシーの町からひんやりしたさわやかなサンフランシスコまで車を走らせながら、私はギルキーとの会話を頭の中で再現した。彼は、予想していたような血も涙もない、けんか腰の犯罪者ではなかったが、私にすっかり心を開いたわけでもなかった。確実に言えるのは、彼は本だけでなく、本を通じて理想の自分を表現することにもすっかり心を奪われているということだ。この点はほかのコレクターと大差ないが、大きく違う点がある——犯罪だ。

彼の礼儀正しさに私は最初のうちほっとしたが、そのうちに落ち着かなくなった。冷静沈着そうな顔と彼の犯罪歴を結びつけるのは簡単なことではない。いや、ますます難しくなってきた。

第3章
仮釈放

それから数週間後にギルキーは仮釈放され、私たちはサンフランシスコのユニオンスクエアパークにあるカフェ・フレスコで待ち合わせた。高級百貨店チェーンのサックス・フィフス・アベニューの少し先にある。場所を決めたのは彼だった。彼はこのデパートで働いていたそうだ。カフェの内装はイタリアふうで、ばかでかいトマト缶とパスタ袋が金属の棚の上で埃をかぶり、その向かいには冷凍ドーナツの箱。レジではスペイン系の女性が電話をかけていた。このカフェはイタリアの田舎の魅力を表現しようとしたものの、途中で断念してしまったように見える。

ギルキーはアイロンのかかった白いワイシャツを着て「PGA Golf」とプリントされたダークブルーの野球帽をかぶり、真新しいベージュ色の革のスニーカーを履いていた。六十五歳以下の人はめったに履かないような靴だ。ワイシャツとジャケットは父親の形見で、彼がトレーシー市の刑務所で服役中に亡くなったそうだ。父親に会いたいと言って、ジャケットのポケットからしわくちゃのティッシュを取り出した。ティッシュを見つめて「ああ、これは父のだ……」とつぶやき、またポケットに戻した。私はカウンターで紅茶を注文し、ギルキーはオレンジジュースとドーナツを注文してから大げさに礼を言った。

私は彼の真向かいに座り、二時間ほど取材した。「誰が」「何を」「どこで」「いつ」「なぜ」が適当に混ざった、ストレートな質問が大半を占めていたが、この最後の「なぜ」こそ、ほかの何よりも、私が彼を取材したいと思った理由だった。なぜギルキーは稀覯本を愛するのか？ なぜ本を盗むのか？ なぜ本のために自由を犠牲にするのか？ なぜこれほどあからさまに進んで語ろうとするのか？

取材の前に、私はギルキーの出身地について予備知識を得ていた。彼自身と彼の盗みの動機についてなにかヒントが得られるのではないかと思ったのだ。ギルキーは一九六八年にカリフォルニア州モデスト市で生まれた。そこはサンホアキン・バレーにある中都市で、人口はおよそ二十万人[1]。最初の移住者がたどり着いたのはゴールドラッシュの時期で、彼らは懐は空っぽだが、頭は一攫千金の夢でいっぱいだった。だが一八〇〇年代半ばにカリフォルニアに押し寄せた多くの移住者同様、川で砂金を選り分けて大儲けすることはできなかった。ところが百年後には理想的な郊外の町として発展し、モデスト出身の映画監督ジョージ・ルーカスによって『アメリカン・グラフィティ』（一九七三）の舞台となり、人気を博した。

現在モデスト市はテレビや映画産業を積極的に誘致し、「いかにもアメリカらしい」街並みはロケ地としてよく利用されている[2]。しかしながら、きれいに洗い流された正面玄関の陰で、全米一の自動車盗難発生率を誇る町となり[3]、大気環境は有害であることが多く、ＦＢＩの二〇〇七年の統計では、レイプ、暴行事件、窃盗事件のひとり当たりの発生率がニューヨーク市より高い。なるほど、ギルキーのように偽りの自分を作り上げようとしている人間は、モデストのように町のイメージと実態がひどくかけ離れた場所で育つものなのか……。

ギルキーはびん入りのジュースを飲みながら、八人家族で自分は末っ子だったと話し始めた。父親は食品会社のキャンベルで輸送管理責任者をし、母親は専業主婦だった。

「両親はごく普通の夫婦だったと思います。母は専業主婦で子供の世話や家事をしていましたが、そういうことの好きな家庭的な人でした。父はしじゅう働いていました。朝の八時から夕方の五時まで働いて、私たちを養ってくれました。父は庭の手入れをよくしましたし、母はガレージセールに行くのが好きでした。どこにでもいるような、ごく普通の家族です」

本を蒐集し始めたのはいつからかと聞くと、「自分の部屋に『リッチー・リッチ』のコミック集がありました」と彼は答えた。

リッチー・リッチは短パンに大きな蝶ネクタイのおかしな格好の少年だが、大富豪の息子で、人から好かれる感じのいいキャラクターだ。主人公が大金持ちで、すぐに満足感が得られる夢のような話だったので、子供の心をとらえたのだろう。リッチー・リッチは欲しいものは何でも最小の努力で手に入れた。洗練された金持ちになりたいと願うギルキーが、『スーパーマン』や『X-メン』『ファンタスティック・フォー』などのヒーローものコミックではなく、『リッチー・リッチ』を集めたのは当然と言えば当然なのだろう。が、あまりにも月並みな展開のような気もする。まるでB級映画の脚本家が監督に提案するアイデア並みだ。ギルキーは『リッチー・リッチ』の魅力を説明しながら、この皮肉には気づいていないようだ。

「ぼくは、蝶ネクタイをしたリッチーが好きでした……。それに表紙が色鮮やかでした。いい話で、読みやすかった。リッチーは大金持ちでしたが友だちがいません。でも執事の計らいでピーウィーやフレックルズと友だちになり、野球をしたり、子供らしいことをしたりしました。リッチーの家は金持ちで、金庫室なんかがあって、現金のほかにダイヤモンドや宝石や宝物が入っていました。誰だって、そんな金持ちになりたいはずです」

そうかもしれない。けれど、誰もが彼のように人から金持ちに見られたくて仕方がないわけではないだろう。まさにここが、私がじかに会ったり、本や記事を通して知ったりしたコレクターたちとギルキーとの相違点だった。人からの賞賛や羨望がどんなに心地よくても、普通のコレクターにとってそれは本を蒐集する直接の動機にはなりえない。

確かに他人にインパクトを与えたくて蒐集するコレクターもいるにはいるが（サンダースはそういう連中をアフリカの大物狙いのハンターにたとえた。「狙いを定め、バーンと撃ち殺し、獲物を手に入れる！」）、それはたいてい二番目か三番目の理由のような気がする。ある女性の本コレクターは、本を蒐集するようになって十年になるが誰からも見せてくれと言われず、実際に誰にも見せたことはなかった（私が見たいと言うと大喜びしてくれた）(4)。「友人の誰ひとり、興味がないみたい」と彼女は言った。増え続ける蔵書は彼女の個人的な喜び、純粋でささやかな喜びだった。一方ギルキーには、リッチー・リッチへの熱狂が物語るように、彼女とは違った動機があった。

私は子供時代に読んだコミックのタイトルを思い出すことができない。かすかに覚えているのは、兄が持っていた雑誌『MAD』と、友人が持っていたティーンエイジャーのアーチー・アンドリュースが主人公の『アーチーズ』だけで、あまり興味がなかった。その代わり、ものの蒐集はした。私は部屋の棚にさまざまなものを雑然と並べていた。ガラス製の動物、砂浜で掘りだした紅玉髄《カーネリアン》、母が飲んでいた紅茶の箱の中に入っていた陶器の動物、それからなぜ集めていたのか思い出せないが、粉末キャンディが入った、スティックシュガーのような縞模様の紙袋。それぞれのコレクションをほどほどに楽しみながら集めていた私は、熱に浮かされたように集めたことはなかった。気の向くまま、たまに集めただけだが、ある種の継続性があり（また紅玉髄を見つけた！　ほかのより大きいけど、これも好きよ）、アイデンティティの確立にもなった（友だちの誰も集めていない私だけのコレクション）。継続性とアイデンティティの確立は、子供らしい満足感を私に与えてくれた。だがどれも二十個ほど集めると、もう興味をなくしてしまったようだ。簡単に満足してしまったのだろう。コレクターなら、そんなことはまずありえない。

　子供時代に私が唯一夢中になったのはバレエで、これについては真剣に研究した。筋肉を傷めない踊り方や、トウシューズでできた水ぶくれの治し方といった情報を集めたが、何よりも目標を持つことと、それを達成したときの深い喜びを味わうことができたのは幸運だった。ほかにも当時の私が心を引かれたことがあった。それは、問題ばかり起こしている生徒、教師に言い返す生徒、悪ふざけをして校長室行きとなる生徒だ（そうした生徒のうち二名が最後には刑務所行きになった）。私自身は大人に逆らうようなことはしなかったが、彼らの行動にはひそかにスリルを感じていた。

ギルキーと一緒にいると似たような興奮を覚えるが、それは子供時代に感じた本能的なものではなく、知的なスリルだ。逮捕の危険を冒してでも彼が手に入れたい本とはいかなるものか、私には想像できなかった。

ギルキーの子供時代の話を聞き出せば、私の好奇心はかなり満たされるのではないかと思い、さっそく質問してみた。彼は九歳か十歳の頃の、ある午後の出来事について話してくれた。その日は、両親と姉のティーナの四人でステーションワゴンに乗り、モデストの中心地、モンゴメリー区に向かった。彼はそこで生まれて初めて万引きをした。デパートの中を歩きまわって、三十九セントのミニカーや、スーパーマンやハルクなどのフィギュアに見とれたが、買わずにただぶらぶらしていた。そしてキャッチャーミットを万引きした。家族の誰もその瞬間を見ていなかったし、ギルキーがミットを持ったままデパートを出たことにも気づかなかった。ギルキーは店を出るとすぐに自分の戦利品を掲げてみせた。

「見て、すごいでしょ」

ところが両親はミットを見ても何も言わず、駐車場の車の列のあいだを歩き続けるだけだった。家に帰ってから、ギルキーは万引きしたミットが左利き用だと気づいた。彼は右利きだった。

なぜご両親は万引きした彼をしからなかったのかと質問すると、彼はただ肩をすくめた。

「両親が何も言わなくても驚きはしませんでした。返しにいったりしたら、もっと厄介なことになっていたでしょうから」

私はこの話題をこれで終わらせることができなかったのでさらに質問すると、ギルキーは私の執拗さに戸惑ったようだ。たぶんその思い出は家族の言い伝えのように、時間がたつにつれて整合性を持たされ、彼にとっては疑問を差しはさむ余地などないものになってしまったのだろう。ミットを万引きした話をしたことで似たような記憶が呼び起こされたらしく、ギルキーは本格的に話し出した。彼の家族は互いのものを盗むのが日常茶飯事だったそうだ。服役中に兄や姉が彼の本を盗んだのは間違いないと言い、自分も兄のひとりと、姉の引っ越しの手伝いをしたときにものを盗んだ。別の姉と兄は母親のものを盗んだそうだ。この家族間の盗みはひとつ前の世代でも行われていた。

「父方の祖母は本を集めていました。父は祖母からその蔵書を譲られましたが、父の姉はその一部を盗んだんです」

私は話を本題に戻した。ギルキーの稀覯本の蒐集について知りたくてここまで来たのだから。ご両親も何かを集めていたのかとたずねた。すると、ガラクタに見えるものがやがて価値のあるものになること、安く手に入れればなおさらいいということを幼い頃に両親から学んだと答えた。

「幼い頃、よくガレージセールに連れていかれ、車の中で待っていたことがよくありました。ガレージセールなんてどうでもよかったのですが、両親が買ったものについて話してくれるのがうれしかった。『見て、二十五セントで買ったのよ。絶対に七十ドルか八十ドルの価値はあるわ……。これを手放すなんて!』」

両親は掘り出し物を家に持ち帰って、ほかの愛すべき蒐集品と一緒に棚の上に並べたり箱の中にしまったりして、価値が上がるのを待った。(5)

トレーシーの刑務所でギルキーに面会したとき、実家には数千冊の蔵書があったと話してくれたが、今回は好きだった本について話してくれた。「タイムライフブックスの革表紙の本二冊、とくに昔の西部を扱ったシリーズ[訳注1]が好きでした」。ドストエフスキーの『罪と罰』と混同しそうな、挿絵入りの犯罪百科事典『罪と罰』も好きだったそうだ（またしても本人はその皮肉に気づいていないようだ）。その本はまだ本棚にあるが、両親が購入した百冊セットの法律書はもうないそうだ。「別の本を置くために、本棚から法律書をすっかり抜いてしまいました」

「立派な本棚があれば、たくさん本を並べらます。本が並んだ棚は実に美しく、読みたいときに読めるし、家の雰囲気をがらりと変えますよね？　それに価値が上がります。家には本棚が必要なのです。その喜びは……たとえば、人を初めて家に迎え入れたとき、『ここが私の書斎です』と言える喜びです[6]」

「ここが私の書斎です」って言える喜び？　私は自分の本をかなり個人的なものと考えていたので、人に見せびらかすなんて考えたこともなかった。だがギルキーにとっては、それはとても大事なことのようだ。

とは言え、わが家のリビングルームも壁一面本棚で埋め尽くされ、うちに来た人は誰でも私がどんな本を読んだのかを知ることができる。正直に言うと、私の本はある意味で勲章のようなものだ。色褪せた背表紙のジェイムズ・ジョイスの『ユリシーズ』を見て、人は「最後まで読み通したぞ！って感じだね、この本は」と思うかもしれない。カルロス・フエンテスの『われらが大地 *Terra Nostra*』はどう思われるだろう？　ヴァージニア・ウルフの『自分だけの部屋』は？　ということは、私の本への関心と本を観賞する態度は、程度の差こそあるが、ギルキーと変わらないということになるのだろうか？　そんなはずはない。なぜなら、彼は本を手に入れるために犯罪まで犯すのだ。私がそのことについて質問すると、彼はクレジットカード詐欺を初めてしたときのことを話してくれた。

ギルキーによれば一九九六年のある日、彼はモデストにあるレッド・ライオン・ダブルツリー・インに友人と泊まった。「ぼくは床に落ちていたクレジットカードの利用伝票を拾いました。友人に、『カードの番号を使って、買い物ができるかどうか試してみよう』と持ちかけました。友人はうまくいくわけがないと取り合わなかったけど、二時間後には、ホテルの公衆電話から注文したものをすべて――時計、ピザ、ヒッチコックの映画『サイコ』のポスターを手に入れました」

カードそのものを盗んだわけではなかったので、ギルキーはだまし通すことができた。また、カードの持ち主はカード会社に連絡すれば、支払いを拒否する権利がある。もっとも、カード伝票の番号が勝手に使われた場合、カードの持ち主は次の請求書が来るまでいくら使われたのか知りようがない。ひどい目にあうのは商品を売っている店のほうで、たとえ保険に入っていても、損害額が一定限度額以下の場合は保険がおりない。これはあとで古書店主から聞いた話だ。

ギルキーがさっき言った共犯者の「友人」とは、たぶん父親のことだろう。どこに行くにも父親と一緒だったと以前言っていた。彼は人のカードを不正使用して買い物をした話を続けたが、まるで悪ふざけをしているだけだと言わんばかりだ。あまりにやすやすと成功するので、彼はその後もやり続けた。「本当に簡単でした」――本を盗んだ話を私にするとき、ほとんど毎回口にする言葉だった。

当時彼は、モデスト郵便局で時給十一ドルで働いていたそうだ。

「その金額で足りるものもありましたけど、本には不十分でした」

◉

欲しい本をすべて手に入れるためには、金はいくらあってもギルキーには足りないのだろう。ジークムント・フロイトは骨董品の蒐集をニコチン依存症の次に中毒性が高いと述べている。[7]そして蒐集の対象が何であれ、その動機と快感は征服欲に根差していると説明している。「私は根っからの征服者、冒険家である。言い換えれば、そういう男に必要な旺盛な好奇心、大胆さ、粘り強さをすべて持ち合わせている」[8]。

本好きとコレクターの違いは、本への愛情の差だけではないとわかった。本好きにとって自分の本棚とは、記憶の一形態である。たとえば私の本棚には、子供時代の本、大学時代の本、好きな小説、なぜ持っているのかわからない本などが並んでいる。一方、婚活サイトやソーシャルネットワークでは、「本はその人について多くを語る」という単純な理由で、読書中の本のリストを載せる場所を提供している。これはコレクターにも当てはまる。本棚は読み終わった本を収納するだけのものではなく、その人が何者であるかを大いに映し出すものなのだ。「所有とは、人がものに対して持ちうる最も親しい関係である。ものが人の中で生き生きするのではなく、人がものの中で生き生きするのだ」とドイツの文芸批評家／哲学者のヴァルター・ベンヤミンは述べている。[9]

一九九七年の春、ギルキーの生活は生き生きとしていた。古本市に初めて行ったのもこの頃だ。とは言え郵便局の仕分け係の仕事を失ったばかりだし、両親はすでに離婚していた。父親と息子は、今や仲良し兄弟よろしく離れがたい存在になっていた。ふたりはロサンゼルスに引っ越し、一緒に住む家を借りることにした。ある朝、ギルキーがロサンゼルス・タイムズ紙を読んでいると、バーバンク市で開かれる古本市の広告が目に入った。ギルキーは行ってみることにした。

古本市を歩きまわって驚いたのは、出店している古書店の数の多さだった。その日の彼の計画は、いい本を探し出し、千ドルくらいの本を「手に入れる」ことだった。彼はコレクションというものに畏敬の念を抱いた。ぼくだってコレクションを持てる、と思ったそうだ。私にも彼の気持ちはよくわかる。魅力的な本や大量の本に囲まれていると、ただの本好きでもぼうっとなってくる。だがギルキーがそのとき味わったのは、大切な、忘れがたい陶酔感だった。ハイな気分は本への欲望を高め、欲しいものは「手に入れられる」という自信を与えてくれた。その日彼は、好きなジャンルのひとつであるホラーもの専門店が集まっている一画を見つけ、三冊の初版本を選び出した。H・P・ラヴクラフトの『ダンウィッチの怪』、アイラ・レヴィンの『ローズマリーの赤ちゃん』、イサク・ディーネセンの『七つのゴシック物語』。彼は小切手の不正使用と、すでに限度額まで使ったクレジットカードで本代を「支払った」。

古本市では、自分の不正行為が誰かに気づかれる前にすばやく出ていくことが大事だとわかっていた。買い物はうまくいった。本と一緒に、古書コレクションを特集している雑誌『ファーストツ *Firsts*』も買った。帰宅してその雑誌のページをめくっていると、バウマン・レアブックショップの広告が目に入った。「とても素晴らしい本」が置いてあるようだ。ギルキーは電話をかけ、カタログを送ってくれるように頼んだ。カタログは二日後に届いた。

カタログのページをめくっているうちに、その店にあるような本のコレクターになれたらどんなにいいだろうと真剣に思うようになった。彼はバウマン・レアブックショップに電話をかけて、お勧めの本があるかとたずねた。店員は『ロリータ』の初版本をあげた。その本なら知っていた。本は緑色の八つ切り判の箱(稀覯本には普通付いてくる保護用の箱)に収めてお送りします、と店員は説明した。初めて聞く言葉だったが、「オクテーヴォ(八つ切り判)」という音の響きが気に入った。それに、値段がその種の本にしてはそれほど高くない——およそ二千五百ドルだった。注文することにした。二日か三日で『ロリータ』が届いた。

ギルキーはそこそこ価値のある本ならすでに何冊か持っていたが、『ロリータ』は彼にとって最初の、真に価値のある本だった。単に高価だったからではなく(それ以外の本はどれも千ドル以下だった)、その歴史的重要度、その悪評ゆえだった。ウラジーミル・ナボコフの『ロリータ』は中年男が少女に強い欲望を感じて追い求める刺激的な小説で、一九五五年にパリで初版が刊行され、それ以降はずっと禁書リストの上位を維持してきた。

一九五九年、ナボコフは小説家のグレアム・グリーンに「謹呈　グレアム・グリーン殿　ウラジーミル・ナボコフ　一九五九年十一月八日」と署名した『ロリータ』を贈った。優秀な昆虫学者で鱗《りん》翅目《しもく》が専門だったナボコフは、蝶の繊細なスケッチを描き、非常に詩的な献辞——「低空を舞う緑のアゲハ蝶」——を添えた。時がたつにつれて、貴重な自筆献辞入り謹呈本としてその本の価値はうなぎ登りに上がった（二〇〇二年のクリスティーズのオークションでは、二十六万四千ドルで取り引きされている）[10]。

もちろん、ギルキーの『ロリータ』はその百分の一にも満たないが、最初に購入した高価な本として、彼の心の中で特別な位置を占めることになった。ピアノの上に飾るように置き、眺めては楽しんだ。宝石箱のようにふたが開く緑色の八つ切り判の箱の手触りも好きだったし、本が柔らかな織物に包まれている様子もたまらなかった。どの本もこうであったらいいと思った。

『ロリータ』は二巻セットで刊行され、若草色の紙表紙の上段には「ナボコフ」、中段には「ロリータ」、下段には「オリンピア・プレス」[訳注2]と印刷されていた。シンプルだが気品のあるデザインだ。それまで蒐集した本と違い、彼は『ロリータ』を読了したが、その内容は「唾棄すべきもの」だった。彼がそう言ったのは、私に一目置いてほしかったからだろう。自分は犯罪者かもしれないが道徳心はある、と言いたかったのだと思う。

彼は『ロリータ』の内容を嫌ったが、本そのものへの愛情は揺るがなかった。将来、本の値が上がるのを期待してはいたが、それは『ロリータ』を売るためというより、自分のコレクション全体のステータスが上がるようにと願ってのことだった。というのは、この作品は大手出版社ランダム・ハウス社傘下のモダン・ライブラリー社が一般読者に投票を募った「英語で書かれた二十世紀の小説ベスト百」で第四位に位置していたのだ[11]。稀覯本を探しているときにたまたまそのリストの存在を知り、その百冊をすべて手に入れようと決心していたギルキーは、リストの本を片っ端から読み、蒐集しはじめたばかりだった。

『ロリータ』を買ったときは自分のアメリカン・エキスプレスのカードを使ったと彼は言い添えたが、私はその点について何も質問しなかった。『ロリータ』が届いてから数か月後のある日、ギルキーと父親はビバリーヒルズのホテルに宿泊した。そしてバーバンク古本市で使ったものと同じ小切手帳をまたもや不正使用した。今回は外貨を買うためだった。ところが不正使用がばれて逮捕され、四十日間拘留されたのちモデスト市に送り返されると、自宅軟禁となった。そのあいだ彼は電子足輪（GPSアンクレット）を装着させられた。

一九九七年の大晦日、カジノでの損失を穴埋めするためにギルキーはまた小切手詐欺をはたらき、再び逮捕された。

「余分に少しお金が欲しかっただけです。そして負けました」とまるでそれが納得のいく説明であるかのように彼は言った。

一九九九年に再び逮捕されて服役していたギルキーは、同年十月に仮釈放された。彼の人生はこ数年、「逮捕－服役－仮釈放－逮捕」のサイクルを繰り返していた。服役中は「人にだまされて捕まった」と思い、出所後に「仕返しをする」ことばかり考えた。また、刑務所で過ごす数か月は人生の大事な時間を失っているようで、焦りを感じていたという。「一度服役すると、そんなふうに感じるようになります」とギルキーは言った。

彼は、自分自身と、八十歳近い老いた父親に誓った。

「ぼくは大邸宅を建てる」

訳注1　一九六一年に創刊。一般向けの百科事典的な内容の入門書で、各テーマはシリーズ化されていた。
訳注2　パリの伝説の出版社。ポルノ作品を多く出版するかたわら、英米では出版できなかったセンセーショナルな作品を多く出版。

第4章 金鉱

一九九九年初頭、ケン・サンダースはアメリカ古書籍商組合（ABAA）から手紙を受け取った。内容は、彼が属する南西支部の解散の賛否について投票してくれというものだった。彼はその案に反対したが、理由は単に天の邪鬼だったからだ。[1] 南西支部は最小の支部で、わずか十七名の組合員しかいなかった。大きな支部と違い、古本市もなければ総会もない。やがて、反対したのは彼だけだとわかった。賛成票多数で支部解散は決定的となったが、理事会は存続の決定をした。そして、各支部には代議員と支部長が必要であり、サンダースにそのどちらかの任に就いてくれないかと打診してきた。ただひとり反対票を投じたことを考えれば、もっともな依頼だと彼は思った。

「どうでもよかった――金が絡まない限りは」。彼はこれまでずっと金銭的な問題で頭を悩ましてきた。「わかった。引き受けよう。けれど、おれを会計担当者にはするな」

サンダースは代議員になった。

「今度はニューヨークで開かれる理事会に出席しろだと。なんてこった！」。気がつけば彼はロックフェラー・センターのバンク・オブ・アメリカビル（ABAA本部がある）の十七階にいて、理事会に出席していた。彼はある委員会に所属させられ、じきに防犯対策室長にも任じられたが、防犯対策については素人だった。

ニューヨークから戻って数週間後、自分の店を見下ろせるロフトで机に向かっていると、ABAAのニューヨーク本部から電話がかかってきた。

「ピンクシートをもう調べられましたか？」

「ピンクシートって何だ？」

彼は電話の主から送られてきた箱をまだ開けていなかった。どうせ資料とやらがどっさり入っているんだろうと放っておいたのだ。ピンクシートとは組合員（各古書店）から本部に送られてきた盗難の被害報告書のことだとわかったが、箱を開けてみると、そんな大量の被害報告よりもっと大きな問題が潜んでいることがわかった。

一九四九年の設立以来、ABAAは古書取り引きにおける倫理基準を明確にし、その維持に努めてきた。今やアメリカ全土の四百五十五店の古書店が組合に加盟しているが、組合員になるためには開店して少なくとも四年経過し、防犯に積極的に取り組み、組合員らから推薦されなければならない。[(2)] サンダースが防犯対策室長として対策に乗り出す前は、店は本を盗まれるたびにピンク色の用紙に必要事項を記入し、ニューヨーク本部に郵送していた。そして本部は組合員に送る郵便物があったときに、そのピンクシートのコピーを同封していた。各組合員は、そのコピーが届いてようやく、自店に持ち込まれた本の中に盗品がないかどうかをチェックすることができる。

言うまでもなく、このやり方だとかなり時間がかかってしまう。そのあいだに本泥棒は、たとえばカート・ヴォネガットの『スローターハウス５』の初版本をコートの中に隠したまま店のドアを開けて外にゆっくりと出ていき、別の店に入って本を売り、数千ドル（本の状態、献辞の有無、初版時の本のカバーの有無などにもよるが、最高値は六千五百ドル）を手にして店を出ていくことだってできる。サンダースのもとに送られてきたピンクシートの中には一年以上も前のものがあったにもかかわらず、そのコピーはまだ組合員に郵送されていなかった。今頃になって送っても手遅れなのは明らかだった。

今更こんなことをして誰かの役に立つのか？　サンダースは心の中で悪態をついた。防犯対策の仕事についてはＡＢＡＡからは何の指導もなかった。かと言って、彼に防犯技術の新しいアイデアがあるわけでもなかった。「キューブリックの『二〇〇一年宇宙の旅』のあのシーンを知ってるだろ？　サルが黒い石板のような謎の物体モノリスのまわりでキーキーわめいているシーン。あれが毎朝繰り返されるんだ。あのサルは、パソコンがちゃんと動くかどうか見てるときのおれの姿だよ」

ともかく、サンダースは盗難のニュースを組合員に一刻も早く伝えたかった。まず、彼らと連絡を取るためにＡＢＡＡのメーリングリストを利用した。次に理事会にかけあい、いかにも彼らしく熱くなって言い放った。「ええい、おれは防犯対策室長なんぞになっちまった！　とにかく、防犯対策用の回線を要求する！　組合員全員と連絡を取る方法を考えてくれ！　組合員の半分以上がメーリングリストに登録していないから、それに代わる方法が必要だ！」その結果、サンダースは自称「インターネット嫌い」だが、ＡＢＡＡのインターネット委員会を説得して盗まれた本のデータベースと電子メールシステムを作らせ、加盟店数百店にいっせいに警告できるようにした。その後すぐに、世界三十か国二千店の古書店が加盟している国際古書籍商連盟（ＩＬＡＢ）のメンバーにも警告できるようにした。

ＡＢＡＡの電子メールシステムが稼働してから半年後の十一月、ジョン・ギルキーが朝刊紙サンフランシスコ・クロニクルを読んでいると、ある広告が彼の目に飛び込んできた。高級百貨店チェーンのサックス・フィフス・アベニューがクリスマス商戦用の店員を募集していた。翌日、ギルキーはワイシャツを着てネクタイを締め、ピンストライプのぴっちりしたスラックスをはいて、モデストから九十マイルも先のサンフランシスコまで電車で向かった。

サックス・フィフス・アベニュー・メンズストアはユニオンスクエアパークに隣接している。その一画にはこぎれいな歩道が通り、アルマーニ、バーバリー、カルティエといった高級ブランド店が並んでいた。そこは富裕層が集まる一等地だった。そして、ギルキーにとっても魅力的な場所だった。サックスのような店で働ければ、「ろくでもない連中」などではなく、金持ちを接客することになるだろう。贅沢品専門の高級百貨店だから給料は高いだろうし、歩合も社員割り引きもあるだろう……。ギルキーの読みはすべて正しかった。

サックスはギルキーにとってほぼ理想的な職場だとわかった。仲間入りしたいと切に願ってきた富裕層の人たちと話す機会がふんだんにあるからだ。残念なことに「ほぼ理想的」止まりだったのは、彼らは金持ちではあったが、必ずしも学歴や教養があるとは限らず、大きな書斎があるわけでもなかった。もしあれほどの資産があれば、自分ならどれもすべて手に入れただろうに、と彼は思った。

ギルキーはサックスの人事部の部屋で、応募用紙に「ロサンゼルスのロビンソン・メイ・デパートで短期間働いた経験あり」と記入した。こう書けば、接客の仕事に関してはまったく問題ないように見えるだろう——礼儀正しく、実務経験があり、身なりもまあいい。名前の欄に自分の名を丁寧に書き、賞罰欄には何も書かなかった。

ギルキーは採用され、明日から働くようにと言われた。

◉

本の魅力についてギルキーに質問するたびに、彼はなんとか答えようとするが、結局は美意識ということに落ち着いてしまう。「それは視覚的なことです。棚の上で一列に並んだ本のたたずまいです」。本にほとんど性的魅力を感じるとほのめかしたこともあった。「よくわかりません。ぼくが男だからでしょうが、眺めるのが好きなんです」

作家のパトリシア・ハンプルはある本の中で、美の魔力について述べている。「ものを集めることは、単にものを所有することではない。それはものを眺めるひとつの方法であり、ものを眺めることはそれ自体が欲望の一種なのだ。そしてそんなふうにものを眺めれば、心を奪われ、夢中になってしまうだろう(3)」

コレクターが、手に入れたばかりの本、逃した本、ほかのコレクターに持っていかれた本について語るときの様子は、女たらしが数々の恋愛話をするときの様子によく似ている。ツイードのジャケットをはおり、格子縞のスカーフを首に巻いた、白髪まじりのボストンの古書店主ピーター・スターンは、二〇〇三年のサンフランシスコ古本市でこう語っている。「本の蒐集はもうこれ以上しません。けれど、目が離せなくなるような本はこれからもときおり出てくるでしょう。もしそうなったら、買いたくてたまらなくなります。欲しくてたまらなくなります」。ところが本を手に入れたとたん、心変わりしてしまう。「自分のものになったとたん――それがほんの数秒間でも――もうじゅうぶんなんです。次の瞬間には売ることもできますし、忘れてしまうことさえあります。次はどんな本に心を奪われるか、今から楽しみですよ(4)」

のぼせ上がったコレクターが本への愛について書いたものを目にすることがある。彼らは「愛書狂《ビブリオマニア》」と呼ばれるが、私から見れば、「狂《マニア》」という字でさえまだ控えめな表現だ。そんなコレクターのひとり、ユージン・フィールドは「本に感情があることに気がついている人は、ほんのわずかだ」と記している。彼は一八九六年に『愛書狂の恋愛 *The Love Affairs of a Bibliomaniac*』を上梓し、その中で「しかし、私がほかの何よりもよく知っていることがあるとしたら、それは私の本は私のことを認識し、愛しているということだ。どんなときにそう感じるか。朝、目を覚まして部屋を見渡し、私の大事な宝物の様子を見てから、彼らに向かって『愛しい友よ、良き一日でありますように！』と元気よく声をかけるときだ。すると本が私に向かってそれは愛らしく微笑み、私の睡眠が破られなかったことを心から喜んでくれる」と述べている(5)。

サックスでギルキーは、趣味の良い贅沢な世界の中にいた。メンズストアの一階にある紳士服売り場に配属されたが、そこでは高級なコットン、シルク、ウールの服が丁寧に畳まれて、床から天井までのガラス張りの高級家具に収まっていた。ギルキーの朝は、売り場の床を見渡し、前日の客が落としていったゴミを取り除くことから始まる。そして手縫いのルイジ・ボレッリのワイシャツ（三百五十ドル以上）とエトロのネクタイ（百三十ドル以上）が陳列されたあたりを歩きまわってから、同僚と雑談する。クリスマスシーズンともなると一階は客であふれ、店員不足で高級品をじゅうぶんに買えない客が出てくるほどだ。そんなときには、どの売り場でも働ける「何でも屋」が必要とされる。ギルキーが雇われたのはそのためだ。

彼は仕事を楽しんだ。地元社交界の有名人やセレブ、たとえば石油王ゲッティ一族のアン・ゲッティや女優のシャロン・ストーンが来店したときには、彼女たちをこっそり眺めた。シャロン・ストーンは当時、サンフランシスコ・クロニクル副社長兼編集長のフィル・ブロンスタインと結婚していた。ギルキーは模範的な店員であることに誇りを持ち、無遅刻無欠席だった。人当たりがよく、サックスの全店員から、「とくに損失防止部の人たち」から受けがよかった。警備員にまで気に入られたらしいが、彼がどうやって取り入ったかは手に取るようにわかる。礼儀正しい話し方、うやうやしい態度、落ち着いた物腰は、紳士服売り場では強みになったはずだ。金離れがいい上客は、そんなふうに敬意を持って接客されるのを当たり前と思っているだろうから。

彼らは自分の買い物についてギルキーに相談するだけでなく、その場でクレジットカードの口座を開きたいと申し出ることもあった。そんなとき、ギルキーは客の個人情報、つまり名前、電話番号、住所などをかしこまってメモに書き取った。カードの利用限度額を上げたいと言われれば、電話でクレジットカード会社に彼らの要求を伝えた。カード会社が客の支払い能力を調べ、限度額の増額を認めると――たとえば四千ドルから八千ドルに上げることを決定すると――ギルキーがそれを客に伝えた。

ギルキーの仕事はパートタイムで、週に二日か三日働くだけだったが、仮にフルタイムだったとしても、彼の給料では欲しいものは買えなかったはずだ。ある日、顧客のために新しい口座を開く手続きをしていたとき、彼はいま自分が手にしているメモの価値に気がついた。金鉱だ！と思った。ギルキーはその日、そのメモをポケットに入れたままランチに出かけた。通りを歩いてウェスティンホテルに行き、エレベーターで二階のロビーに上がる。プライバシーを保てる場所で客のクレジットカード番号を別の紙に書き写した。次の日も同じことをした。あとで本や商品を電話注文するときに使うためだ。これがクリスマスシーズンのあいだずっと続いた。しかし、個人情報のメモをすべて書き写すようなことはしなかった。周囲に怪しまれるようなことは避けたかったからだ。

じきにギルキーは、ほかにもカード情報を得る方法があることに気がついた。当時は顧客のカード番号がカードの利用伝票に印字されており、数枚つづりのカード伝票は一枚が客の控え用、もう一枚がサックスの監査部用になっていた。店員は客の控え用の伝票に印字されたカード番号に線を引いて消すように言われていたが、監査部用の伝票はそのままでよかった。ギルキーによれば、忙しいときは店員が監査部用の伝票を投げ捨てることがあったので、ギルキーがたまに伝票を返すのを忘れたとしても、気づかれることはなかったそうだ。

客のカード番号を使ってすぐに買い物をするような愚かなことはしなかった。ギルキーは、客がカードの不正使用を知らされた頃には使用履歴をサックスまでたどれないほど、じゅうぶん時間を置いてから使った。万一に備えて、開設した口座番号も取っておいた。一週間に五枚から十枚のカード伝票を手に入れる日々が続いた。

第5章

古書店主ケン・サンダース

「ケン・サンダース・レアブックス」は、ソルトレイクシティの町はずれにある。かつてはタイヤショップだった四百平米ほどのだだっ広い店は、天井が高く、太陽がさんさんと降り注ぐ。店は、古くて美しい、一風変わった印刷物――本、写真、広告、絵葉書、パンフレット、地図であふれかえっていて、冷やかしで店に入ったつもりでも、本好きならば手ぶらで店を出るには強い意志が必要になるはずだ。私が初めて店を訪れたとき、サンダースはジーンズにアロハシャツ姿で出迎えてくれた。

入り口近くに立った彼は、左手にある部屋を指さした。そこには稀覯本が置いてあった。彼は信心深くはなかったが、その多くは『モルモン書』だった。要するに、ここユタ州ではモルモン教関連の貴重書籍の需要が高く、当然のことながら、それらを売って生活費を稼ぐ必要があった。次に彼が指さしたのはガラスケースだ。小振りのとくに高価な本は、稀覯本の部屋の中でもさらにガラスケースに入れて別扱いにしてある。ズボンのベルト（本泥棒がよく隠す場所）にはさんで店を出ていきそうな人間から守るためだ。ケースの中には彼の愛書も飾られていた。ビート・ジェネレーションの作家の初版本だ。アレン・ギンズバーグ、ウィリアム・バロウズ、ローレンス・ファーリンゲッティ、ジャック・ケルアック。ギンズバーグの『「吠える」と他の詩集 *Howl and Other Poems*』の刊行五十周年を記念して一週間前に陳列したそうだ。

次に店のメインの売り場を案内してくれた。十万冊以上の本と本以外のもの（「印刷してあるものなら何でも来いだ」とサンダース）のほかに、マーク・トウェインとデモステネスの胸像、アングラ漫画家ロバート・クラムのキャラクターを切り抜いた厚紙、首のないマネキンが数体あった。マネキンが着ているTシャツにはエドワード・アビーの『爆破――モンキーレンチギャング』の主人公たちがプリントされていた。

店内を眺めると、サンダースが何を大事にしているのかがよくわかる。ウォレス・ステグナー、エドワード・アビー、B・トラヴェンの著書。六十年代の音楽、ラジカル・ポリティクス、環境保護運動、美しいグラフィックアート。しかし何よりも大事にしているのは子供たちだとすぐにわかった。娘のメリッサは現在はカリフォルニアに住んでいるが、以前はこの店で働き、今でもときおり手伝いに来る。サンダースが妻と離婚したのは、メリッサと兄のマイケルがまだ小さかった頃で、彼は子供たちを引き取り、ひとりで育てたのだった。

「そういった重荷を背負うことで……おれは人生のある時点、きっと子供たちのおかげで正気を失わずにすんだんだろう。子供をひとりで育てるのは、男親だろうが女親だろうが生易しいことじゃないが、男親だけというのは特別大変なんだ。後悔はしていない。きっと野生のオオカミのように育てたんだろうが、最善は尽くした。メリッサは、デスバレーに連れていった夏の日のことをいまだに恨みがましく言う。あの日は気温が五十八度もあったが、ふたりを車から引っ張りだして砂丘を歩かせた。『パパはお兄ちゃんと私を殺そうとしたのよ』ってメリッサは言うんだ」

サンダースはこのエピソードを繰り返し話してくれたが、いつも誇らしげで、必ずにやっと笑った。

カウンターには昨晩から置いたままの赤いプラスチックのコップがあり、その横には肘掛け椅子が並んでいた。サンダースは夕方の五時近くになると、カウンターの横にある小さな冷蔵庫からビールやワインやバーボンを取り出し、立ち寄った友人にふるまう。そんなひとり、「キャプテン・エディー」ことデジタルアートの芸術家エドワード・ベイトマンは、サンダースの店のことを、ソルトレイクシティの「カウンターカルチャーの担い手の溜まり場」と呼んだ。その理由はわかるような気がする。サンダースの店は、「変わり者の大叔母さんの屋根裏部屋」的魅力にあふれ、いたるところで宝物を見つけられそうだ。さらに彼は話上手ときている。みんなの溜まり場になるのは当然だった。

ゆっくりと回転するシーリングファンの低くうなる音をBGMに、ライター、作家、アーティスト、映画製作者がお酒を飲みながら、最近入荷した本や、文学史上最大のハプニングについて語り合う。それを聞きながら、サンダースは店の次の企画を考える。ロバート・クラムのキャラクター、マーク・トウェインとデモステネスの胸像、モンキーレンチギャングの主人公たちの顔が彼らを囲み、まるで会話に参加しているようだ。カウンターの後ろの壁には、友人が描いたサンダースの肖像画が飾られている。「おれはあの絵を『おれのドリアン・グレイ』って呼んでるんだ」とサンダースは言ってから、「あんなディズニー映画みたいなでっかい目がずっと欲しかったんだ——店を見張るためにな」と言った。

確かに店にはそんな目が必要だった。ソルトレイクシティ行きの件で電話をしたとき、サンダースは「赤いジャガーの男」の話をしてくれた。それを思い出した私は、店を案内してもらいながら、くわしく聞かせてほしいと頼んだ。すると彼は「本当に聞く気があるのか?」といった表情を浮かべた。私はこれまでもいろいろな話を聞いていたが、面白そうなエピソードならいくらでも大歓迎だ。それに人が自分の話を喜んで聞いてくれることが、彼にとっては何よりの楽しみのようだ。

「あれはまったくばつの悪い話だよ。おれは六年間、みんなの先頭に立って泥棒対策をしてきた。カード詐欺に引っかからないための方法を伝授したりしてな。ところが二十代の若造におれははめられちまった。ある日、『ライアン』が店にやってきて、父親とふたりでネットで本を売っているが、すごく好調だと言ったんだ。そして翌週かそこらにまたやってきて、『モルモン書』とほかの本も買っていった。三回の買い物で、全部で五千五百ドルだ。毎回カードで支払い、そのたびにカード会社に信用照会したが承認された。ところが、それからしばらくしてソルトレイクシティのある古書店から電話がかかってきた。一か月前に売った『モルモン書』の代金をカード会社から支払い拒否されたとぐちってきた。彼の店に出向いて話をくわしく聞いたところ、その本泥棒の風貌がライアンそっくりだった」

「悪い予感がしたおれは、ほかの店にも電話をしてみた。するとライアンはそのうちの二店に立ち寄っていた。そこでおれはカード会社に電話で事情を説明したが、やつらは何の手も打とうとしなかった。

あの役立たずどもめ。仕方ないから、おれはプロヴォからローガンまでの古書店全部に連絡して、ライアンのことを伝えた。するとプロヴォが立ち寄った店は五店あったことがわかった。やがてプロヴォの店から電話があり、おれの一八七四年版の『モルモン書』がイーベイ（アメリカ最大のオークションサイト）に出ていたと教えてくれた。捕まえてやると意気込んでその出品者に電話したところ、相手はフレッドという名の初老の男だった。彼は安値の本ばかりネットオークションで売っていた。おれが少しばかり脅かすと、フレッドは『おれはあんたの本を盗んじゃいないが、ライアンなら知っている』と答えた。フレッドは駐車場でライアンに会い、現金で本を買ったそうだ」

サンダースはフレッドにライアンと待ち合わせるように命じてから、警察に電話をかけた。「ライアンはスミス食料品店の駐車場で三時にフレッドと会うことを承知した。やつは『赤のジャガーに乗っていく』と言ったんだとよ。それからおれは警察に電話したが、あいつら何の興味も示さなかった。それどころか、『おまえは何者だ？　なぜ電話をしてきた？』なんて言い出した。だからおれは、盗まれた本を探してくれそうな警官をなんとか探すしかなかった」

「やっと見つけた警官に、おれはこれまでわかった事実をつなぎ合わせて電話口で説明した。ライアンが立ち寄った古書店は五店。被害総額は一万五千ドル。『あんたたちがこの件について何もする気がないなら、おれが待ち合わせの駐車場まで行って、ひとりでやつをとっつかまえてくる』とたんかを切ったら、警官がうちの店までやってきて、おとり捜査をすることをしぶしぶ承知した。おれは現場から離れているように強く言われた」

当時のことを思い出したのかサンダースは激高していて、その言葉には何のためらいもなかった。

彼はますます勢いづき、怒りのあまり暴走気味だった。

「フレッドが電話してきた。警官たちがパトカーでやってきて、ライアンを震え上がらせたってな。だがその直後に『あっ、やつが逃げ出した!』と叫んだ。で、おれはすっ飛んでったが、目に入ったのは——実に美しい光景だった。新車の赤いジャガーがドアを広く開けたまま停まってたんだ。ハーツのレンタカーだったがな」。サンダースは身を乗り出して、すばやく息を吸い込んだ。「あのガキはパトカーの中で頭を抱えて、泣きわめいてた。警官がおれを指して『この人が誰かわかるか?』って聞くと、あのガキはおれを見て、もうダメだって顔をした。いいか、話はこれからだ。忙しく動きまわっていた警官は、おれがまだそこにいることを忘れていたし、パトカーのドアは開けっ放しだった。おれはガキのすぐそばまでいって、『本を返せ!』とすごんだ。すると、麻薬組織が絡んでいるし、仲間は十四人もいるとガキは言い出した。間違いなく、怯えてた。あのガキはひどくビビってた。組織に追われるってわかってたからだ。翌日、おれは警察に電話して、あれからどうなったかとたずねた。警官は、今朝やつを尋問しようとしたら、弁護士を要求されたと答えた。なんてこった! あのガキがビビっているあいだになぜ尋問しなかったんだ? なぜ朝まで待った?」

そこまで話すと、サンダースはやっと深く息を吸い込んだ。「まあ、とにかく、今朝になってやっと警察から電話がかかってきた。逮捕から六か月もたってからだ。あのガキはいいところのお坊ちゃんだとわかり、実刑の代わりに薬物依存症のリハビリ施設に行くことで決着がついたんだそうだ」

このエピソードも、いつもと同じ言葉で締めくくられた。「やつらには、いいか、なーんのおとがめもなしだ」——本泥棒の話を終えるときの彼の決まり文句だ。

サンダースの古書店がここ何年も業績好調（二〇〇七年の売上高は百九十万ドル）なのは驚きだった。彼の商売の仕方を見ているとなおさらそうだ。たとえば、本好きの人間にはやたら親切で、儲けのチャンスを見逃すことがよくある。店を案内してもらっていたときのことだ。サンダースはカウンターにいる男性客に気づいて声をかけた。その男性は一九〇〇年出版のJ・W・ディリー著『スコフィールド鉱山災害史』の本を手にしていた。それはユタ州最大の鉱山災害を記録したものだ。彼の祖父は数少ない事故の生存者だったそうだ。サンダースは彼から本を受け取ると、本の表紙をさっと開いて値段を見た。五百ドルだった。

「これじゃないほうがいい」とサンダースは言って、表紙を閉じた。「ほかにもっと安いのがあるはずだ」。そう言うと、店員のマイク・ネルソンに声をかけた。「裏に同じ本があるはずだから探してきてくれ」

「そんなはずはないですよ。これだけです」とマイクは言い返したが、サンダースは譲らなかった。数分後に戻って来たマイクの手には、ぼろぼろの本があった。サンダースはそれを男性に渡した。「ほら、たったの八十ドルだ。それだけじゃない、この本は鉱山事故の生存者みたいじゃないか！」

サンダースはいくつかの基準に基づいて、同じタイトルの本に五百ドルとか八十ドルとか違った値を付ける。

「おれがよく知っている分野や、多少専門知識のある分野について言えば、本やコレクションを購入するかどうかはそれまでの経験が大きく物を言う。そして本の値段を決めるのも、結局は、経験と知識だ」と彼は長めのメールで教えてくれた。「古書の値は文学の流行、客の好みの変化で決まる。需要と供給も影響する。たとえば、ヘミングウェイの短編『われらの時代』の初版部数は千二百二十五部とほんのわずかだが、『老人と海』は五万部だった。だから、値は発行部数にも大きく左右される。さらに本にカバーがついているかどうかでも決まるが（なければ、価値はずっと下がる）、仮についていても傷んでいたり、破れていたり、汚れていたり、値段（裏側に印刷されている）が切り取られていたりすれば値は下がる。現代文学の初版は状態が悪いと、『完璧』な初版の一割程度の値しかつかない」

従って、『スコフィールド鉱山災害史』は（この場合は本の状態が悪いので）、きれいな本の五分の一以下の値しかつかないのだ。八十ドルというのは間違いなく適正価格だが、「キャッシュフロー問題」（サンダースの命名）の実態をマイクはよく知っていたので、サンダースが八十ドルで売ったときは、カウンターの後ろでがっかりしていた。

◉

ケン・サンダースは一九五一年生まれ。熱心なモルモン教徒ばかりが住むソルトレイクシティの、信仰を捨てた家庭で育ったが、父親からは本を読んだり集めたりすることは楽しいぞ、おれを見ればわかるだろと言われて大きくなった（父親は二〇〇八年に他界した。ユタ州製造のびんの蒐集者としては第一人者で、家の隣のガレージに「びん博物館」を作った）。サンダースは幼い頃からモルモン教の世界にかなり疑問を感じていたが、自然界には心から畏怖の念を抱き、その思いは本への愛情に匹敵するほどだった。学校でも近所でもモルモン教徒に囲まれていたので、「宗教についてはたっぷり学んだから、もう近づかないようにしているんだ」そうだ。ならば、幼い頃から読書が彼の信仰のようなものだったと言っても過言ではないだろう。

「おれは本をしっかり握って生まれてきたと、親父が冗談を言ってた」と彼は話してくれた。少年時代は、図書館司書が貸してくれる本はどれもむさぼるように読んだが、中には貸してくれない本もあった。ある日、校外学習でソルトレイクシティ図書館に行ったとき、『吸血鬼ドラキュラ』と『フランケンシュタイン』を借りようとしたが、両方とも大人の本のコーナーにあるからダメだと言われた。だが彼はその二冊を借りられる方法を最後にはなんとか考え出した。

図書館の本を借りるのは楽しかったが、自分の本を持つことはもっとうれしかった。ウッドロー・ウィルソン小学校時代は、スカラスティック・ブック・サービスとウィークリー・リーダー・ブックスが学校向けに安く提供してくれる本を買うのが生きがいだった。「どっちも二十五セントとか三十セントで買えた。おれはびんのニッケルのふたを集めて買取業者に持っていき、金を貯めた。一か月に一度、先生が本の注文書を集め、やがて学校に段ボール箱が届くと、生徒の名前を読み上げながら、こっちの生徒には一冊、あっちの生徒には二冊てな具合に手渡す。おれはいつも最後だった。残り全部がおれの注文した本だったからだ。おれ以外の生徒の本を全部合わせても、おれの本のほうが多かった。エヴェリン・シブリー・ランプマンの『クリケット川の恥ずかしがり屋のステゴサウルス』なんていう名作なんかを注文したな。あれはよかったなあ」。サンダースは今でもそれらの絵本の何冊かを持っている。当時好きだったレイモンド・アブラシキンとジェイ・ウィリアムズ共著の『ダニー・ダンと反重力ペンキ』やエレン・マグレガーの『ピッケレルおばさん、火星に行く』も店に置いてあるそうだ。

中学生になっても、サンダースは頑固な、意志の強い少年だった。欲しいものを手に入れるために手強い相手に立ち向かうことになっても、ひるんだりしなかった。そんな性格は、ABAAの防犯対策室長のときに役立った。中学生のサンダースは、土曜になると歩いて町に行った。お金を節約するためにバスに乗らず、町まで五マイルも歩き通した。町に着くと、ポケットの小銭を握りしめ、勇気を奮い起こして店を目指した。子供をいじめて楽しんでいるとしか思えない無愛想な中古品屋のおやじに立ち向かうためだった。

「おれはそこのおやじが怖かった。店に入ろうものなら、帰れとばかりに怒鳴るんだ。でもおれはコミックが欲しくてたまらなかった。だから中に入って、ラードの樽の上によじ登って腹ばいになり、懸命に手を伸ばして四〇年代や五〇年代のコミックを引っ張り出した。それから震えながらレジに向かったが、あのおやじはずっとおれのことを怒鳴っていた。からかっていただけなんだろうが、ガキだったからわからなかった」

ひと昔前のコミックを集め始めて間もなく、サンダースは『スパイダーマン』と出会った。「彼は問題を抱えていた」。サンダースはスパイダーマンの魅力について語りだした。「パワーはあったが、ドジもした。だから自信のないガキたちは、そんなところに魅力を感じた」。逆にスーパーマンは無敵だが、退屈だったそうだ。スパイダーマンは物事に疑問を抱く反抗的な青年で、自分は正しいことをしているが、世界は彼に敵意を持ち、彼を信用していないことを知っていた。先の話だが、ABAA防犯対策室長の任期が切れる頃、彼は組合員の友人から「過去六年間、まさに法律の化身のようなアウトローだった」と評された。

サンダースが十四歳のときに、祖父母――「じいちゃん」と「ばあちゃん」が連れていってくれた旅行で、彼の進路はすっかり決まってしまった。ふたりは孫のダグと彼を南カリフォルニアに連れていってくれた。訪れたのは、ディズニーランド、西部開拓時代の雰囲気を楽しめる大遊園地ナッツベリーファーム、それからサンダースが特別にリクエストした巨大古書店「バートランド・スミスズ・エーカーズ・オブ・ブックス」だった。

「どうやってその店のことを知ったのか覚えてないが、住所だけはまだ言える。カリフォルニア州ロングビーチ市ロングビーチ大通り二百四十番地。あの日はひどく暑かった。じいちゃんとおれが乗った五〇年代のフォードのセダンは、ロングビーチの海軍造船所を横目で見ながら走り、やがてエーカーズ・オブ・ブックスの目の前で停まった。おれはその巨大な店に何時間もいたが、じいちゃんはそのあいだずっとフィルターなしのキャメルを立て続けに吸いながら車の中で待っていてくれた。ある日、じいちゃんはタバコが原因で死んだがな」

単なる本好きとコレクターには違いがある。経験豊かな店主は、『ホビットの冒険』の初版本の場所（そのあたりの棚にあることはまずない）をききに来るまでの時間で、コレクターかどうか見分ける。店主のバートランド・スミスは、若きサンダースが目を輝かせながら店を歩きまわっているのを見て、喜んだに違いない。

「店はどこまでも続いているように見えた。両側に書棚がずらっと並び、深い森のように鬱蒼と生えているように見えるが、あるのは木じゃなくて本だ。その本を見るためにはぐらぐらする梯子を上がらないといけないうえ、ずっと上の天窓からしか光が射さないからよく見えない。左手には稀覯本用の部屋があって、鍵がかかっていた」

「バートランド・スミスは気むずかしそうなじいさんだったが、おれは気がついたら勇気を奮い起こして、自分の好きな作家や画家についてたずねていた。ルイス・キャロル、エドガー・アラン・ポー、マックスフィールド・パリッシュ。驚いたことに、バートランド・スミスはおれを稀覯本の部屋に入れてくれたんだ。おれはテーブルに座って、ポーの物語詩『大鴉』のページをめくった。その四行詩の挿絵は、十九世紀のフランスの挿絵画家ギュスターヴ・ドレが彫った十四×十インチの木版画だった。おれはひどく興奮した。その本のことは今でもはっきりと覚えている。本自体は縦二十四インチ横十六インチで、値段は十七ドル五十セント。おれは『大鴉』のほかに、マックスフィールド・パリッシュが挿絵を描いた『千夜一夜物語』を数ドルで買い、グウィネッズ・ハドソンの挿絵の『不思議の国のアリス』を二ドル五十セントで買った。彼女は生涯で二冊しか挿絵を描いていないが、これはいまだにおれの宝物だ」

「おれはじいちゃんとばあちゃんちに貯金箱を預けて小銭を貯めていたんだが、ばあちゃんはおれが小銭を入れるたびにそれと同額の金を入れてくれていた。だからけっこう貯まってたんだ。その日、おれは有り金をはたいてさっきの本を買った。おれはいまだに同じことをしている……。年を取り、ハゲになり、デブにもなったが、賢くなったとは言えないな」

一九七五年、サンダースは友人ふたりと、ソルトレイクシティの「コズミック・エアロプレイン」というヒッピー向けの麻薬用品販売店を買い取り、新しい場所に移して同じ名の古本屋を始めた。その頃から、安いペーパーバックを探している人たちのあいだで、コレクターが育ち始めていた。サンダースはそうしたコレクターのために棚を充実させる一方、BGMには六〇年代の伝説のバンド、エレクトリック・プルーンズの「今夜は眠れない」のような曲をかけた。店は大繁盛し、サンダースによれば、最盛期には彼ら三人で年間百四十万ドルを売り上げ、店員を三十人雇っていた。しかし何の苦労もなく店をやっていたわけではなかった。

「コズミック・エアロプレインは、でかいだけの無秩序な店だった。だから万引きにはいつも悩まされていた。いまだに忘れられない事件がある。友だちのかみさんが関係してたんだ。彼女は最初、自分の編み物の本を売りにきた。そのうち毎週、本の入ったバッグを持って売りに来た。やがてもっと頻繁に来るようになり、持ち込む本も増えていった。ところが妙なことに、本がどんどん新品になっていくんだ。どこかで万引きしているのは、誰の目にも明らかだった」

サンダースはここまで話すとため息をついた。この本泥棒のエピソードに限っては、いつものような熱気が感じられなかった。この女性は本泥棒かもしれないが、彼の友人の妻でもあるのだ。気まずい日々を思い出すのは、二十五年たった今でも辛いのだろう。

「おれたちは、彼女が店にやってくるたびに交替で見張った。彼女が本を入れてくる手編みのバッグは、立ち読みして店を出る頃にはかなり膨らんでいた。ひとつだけ言えることは、どの本もうちの店から盗んだものってことだ。おれはあちこちに電話して、彼女がキングズ・イングリッシュ・ブックストアとサム・ウェラー・ブックストアの常連客だと突き止めた。両方の店に電話して、うちが彼女からごく最近買い取った本のリストを読み上げた。もちろん、彼らの店でなくなった新刊本と一致するものがあった。彼女が次に店に来たとき、おれは警察を呼んで店の外で待機してもらった。彼女は本で膨らんだバッグを持って店から出たとたん、逮捕された」

「手編みバッグの本泥棒」は、逮捕できた数少ない泥棒のひとりだ。本泥棒はたいてい捕まらない。彼らのせいで、サンダースの怒りといらだちがすっかり治まることはなさそうだ。

一九八一年、彼はコズミック・エアロプレインを去った。その年は彼自身が犯罪を犯しそうになったが、それは「崇高」な目的のためだった。その頃サンダースは、『爆破――モンキーレンチギャング』『砂の楽園』『バカの歩み *Fool's Progress*』の作者エドワード・アビーと親しかった。

「『爆破』には主人公へイデュークが田舎をビールの空き缶で散らかす場面があるが、あれはよくないと作者に文句を言ったんだ。だがアビーはそんなおれに親しくしてくれた。あのときアビーは黙って聞いていたが、気にしてなかったと思う。ある日、彼から電話がかかってきた。電話嫌いの彼がかけてくることはめったになかったが、しゃがれ声で言ったんだ。『グレンキャニオンダムで春祭りを祝うつもりだが、［サンダースが提案していた出版プロジェクトについて］話があるなら、そこで会おう』って」

サンダースがグレンキャニオンダムに着くと、アビーと友人たちはダムの端に百メートル近い、先が細くなった黒のビニールシートを垂らして、ダムの亀裂を表現しようとしていた。それは過激な環境保護団体「アースファースト！」による、初めての国内向け公開イベントだった。逮捕はされなかったが、これはダムへの不法侵入だった。アビーとサンダースとメンバーたちはもっと人を食ったイベントをして大衆の目を覚まさせ、環境破壊という犯罪に目を向けさせなければならない、という熱い思いを新たにしてダムをあとにした。

サンダースは出版社「ドリーム・ガーデン・プレス」を立ち上げ、その後の数年間は、アビーの書物の抜粋を載せた西部の荒野のカレンダー、『爆破』のR・クラムによるイラスト本、別企画の本二冊を刊行した。彼はアビーとクラムをユタ州に招待して、サイン会を開いた。そのとき、大学内の書店で愉快なことが起きた。

「おれの車は本の詰まった段ボールでいっぱいだったし、二百人もの人がサインを求めて並んでたから、クラムとアビーは黙々と自分たちの本にサインしていた。ある男がクラムのほうに近づいてきて、『アビーさんですか？』ときいた。クラムは答える前に、アビーのほうをちらっと見た。ふたりは目くばせした。クラムはその男に視線を戻し、『ええ』と答えてから、『エドワード・アビー』とサインした！　それから本をアビーに渡し、アビーは『R・クラム』とサインした！　おれはその本を手に入れるためなら何でもする。その男はだまされたとは、今でも気づいてないだろうよ。いつかその本がこの店に持ち込まれますようにってずっと祈っている。あれから二十年、探し続けてるんだ」

サンダースは共同経営者たちと意見が合わなくなってコズミック・エアロプレインを去ったのだが、

同じ頃、結婚生活も破綻し、ひとりで九歳のマイケルと七歳のメリッサを育て始めた。

彼は小さなオフィスと本用の倉庫を借りて古書販売をしながら家族を養い、一九九六年に「ケン・サンダース・レアブックス」を開店した。その白レンガの建物の正面ドア近くに、二枚のステンドグラスの窓がある。片方の窓の図柄はサンダースの好きな恐竜、ステゴサウルス。もう片方は取り壊されたカトリック教会の窓だったもので、敗北者の守護聖人、タダイの聖ユダ。店の中は本だらけなので、もし十四歳の少年がズボンの後ろポケットに本のリストをはさんで歩きまわっていたら（サンダースがエーカーズ・オブ・ブックスを訪れたときのように）、サンダースはその少年が望む限り好きなだけ魔法の国に居させてあげただろう。

だが、本代を払わずに店をそっと出ることを考えていたとしたら、少年は後悔することになるだろう。サンダースはそうした連中を通りや路地や駐車場まで追いかけた。そして告訴した。死ぬほど怖がらせたこともある。本を取り戻すためなら、泥棒が別の本を盗もうと金輪際考えないようにするためなら、ケン・サンダースは何でもやる。

第6章 透明人間

新しいミレニアムのスタートだった。ギルキーは、来るべき年がいいことずくめのような気がした。彼には夢があり、それをかなえるためのクレジットカード番号のメモがかなりたまっていた。クリスマス商戦は終わり、サックスでの仕事も終了した。新年もスタートしたので、彼は父親をロサンゼルスに——ふたりの好きな町に連れていくことにした。「ぼくたちはロサンゼルスのショッピングモールやさまざまな店や気候が気に入っていました。そこにはセレブがいたし、チャンスもたくさんありました」

そんなチャンスは、ある晴れた日の午後に訪れた。ギルキーと父親はビバリーヒルズの高級ホテルでランチをとってから周辺を散歩し、よさそうな店があると中に入った。高級店が軒を並べ、運転手付きの車でやってくる買い物客も珍しくない地域だった。ギルキーの目に留まったのは、小さいが魅力的な店で、広い中庭がついていた。店内には五十万ドルのライフル銃、数十万ドルの宝石が陳列され、立派な書棚に稀覯本が飾られていた。

ギルキーは二千ドルくらいの値札がついた何か小さなものを手に入れようと考えていた（彼が獲物の下調べをしているあいだ、父親は何をしていたのかと質問したら、外で座って待っていたとギルキーは答えた。怪しいと思ったが、父親が彼の犯罪にどれほど関わっているのかより、彼が父親をかばう理由のほうに私は興味があった）。この店なら、こんな少額の損失など気にもかけないだろう……。彼は本を眺め、ねらった獲物について記憶した。

翌日、コインランドリーで洗濯をしているあいだ、店の公衆電話から昨日の高級店に電話をかけた。今こそ、こっそり書き写したサックスの客のカード番号を使うべき時だ。

「先日、お宅の店でビアトリクス・ポターの『のねずみチュウチュウおくさんのおはなし』を見たんですが、まだありますか？」

女性店員は受話器を置いて、調べに行った。「はい、ございます」

「そうですか……」とギルキーは考えるふりをした。「ではいただきます」。彼はプレゼント用の包装を頼んでから、言い添えた。「支払いを今お願いしてもかまいませんか？」

ギルキーは店員にカード番号を告げて電話を切った。それから洗濯を終え、再びコインランドリーの店から先ほどの店に電話をかけて、カード会社から使用許可が出たかどうかをたずねた。

「問題ございませんでした」と店員は答えた。

「ぼくの代わりに別の者が受け取りにいってもかまいませんか？　実はちょっと忙しいものですから。お祝いのパーティーに行く支度をしていまして……」。本を受け取りに行ったとき、クレジットカードを持っていなくてもおかしくない状況を考えたのだ。

ギルキーは閉店間際の六時前に店に駆け込み、飾られている本をさっと見てから「素晴らしい店だ。この本を選ぶなんて、さすが彼だ」と店員に愛想を言った。ギルキーは店員から本を受け取ると、すぐに店を出た。

ギルキーが言うように、それは本当に簡単なことだった。

その頃には、サンダースの電子メールシステムは稼働して数か月がたっていた。盗難の被害報告はときおり受け取るくらいで、彼はほとんどの時間を店で過ごした。娘のメリッサが接客し、入荷した本などのリストを作ってから棚に並べ、電話の応対をしているあいだ、サンダースはエステートセール（遺品整理や引っ越しのために家全体を開放して不用品を売ること。掘り出し物に出くわすことも多い）に出かけ、見積もりを出し、整理や引っ越しの手伝いもする。ときには二階のオフィスの散らかった机に向かい、蔵書目録を作る。彼はほかの店やコレクターや図書館などにも本を売っているので、興味深い本が手に入ると、目録を作り、翌月の注文につなげていた。また、大勢の人が箱や袋に詰めて店に持ってきた買い取り希望の本に目を通すのもサンダースの役目だ。たいていはガラクタだが、たまに宝石に出くわすことがある。

ある日、二十代の青年が両親からもらった本を持って店に現れたときがそうだった。彼の祖母の遺品だったが、両親にはその価値がまったくわからなかったようだ。

「うーん、あまり期待しないでほしいんだが」とサンダースは四×六インチのその小さな本を手のひらに載せたまま言った。「これが本物なら、六桁の価値はある」。まずは本物かどうか専門家に見てもらわないといけないと青年に伝えた。

鑑定の結果、本物とわかった。一八三三年のモルモン教の『キリストの教会の統治のための戒めの書』で、モルモン教の三つの聖典のひとつである『教義と聖約』の基になる本だった。当時、モルモン教徒は近隣の住民とうまくいっていなかった。設立者のジョセフ・スミスが反モルモンを掲げる新聞社を破壊したことで怒った住民が暴徒と化し、報復としてモルモン教の印刷所を襲った。そのとき『戒めの書』は印刷中だったが、印刷済みのページは窓から放り投げられた。

これから先の話は作り話というのが大方の見方だが、ふたりのモルモン教徒の少女がその紙を拾い集めてロングスカートに隠し、暴徒がいなくなるまでトウモロコシ畑に隠れていたというのだ。ページは綴じられていなかったので、本は後日手で縫い合わされたという。風に飛ばされずにすんだものを拾い集めたので不完全だが、扉も数年後に付けられた。正確に言えば本は未完成であり、プロの手で製本されていないので「出版された」とは言えないから、過去百七十年間で、『戒めの書』はたったの二十九冊しか出回っていない。(1)

サンダースはその『戒めの書』を貸金庫で保管し、のちにその若者のために二十万ドルでコレクターに売った。もちろんその一部を手数料として受け取った。(2) しかしほとんどの場合、そういった掘り出し物が店に持ち込まれることはない。紛失してしまう本のほうがはるかに多いからだ。一方、『のねずみチュウチュウおくさんのおはなし』の盗難については、サンダースは何の報告も受けていなかった。その店はABAA加盟店ではなかった。

新年になってからの数か月、ギルキーは忙しかった。二月になると、クレジットカード番号のメモをポケットに入れ、父親を連れてフランスとドイツへ二週間の旅に出た。ふたりはカジノやワイナリーやレストランや博物館を訪れた。カジノではそこそこもうけたので、自分は危険を冒しても——少なくともほとんどの場合は——無傷で生還できると確信するようになった。ふたりはロサンゼルス古本市に間に合うようにカリフォルニアに戻ってきた。ギルキーはその古本市で十冊以上「買った」が、その中にはE・L・ドクトロウの『ラグタイム』の著者サイン入り初版本も含まれていた。『ラグタイム』は奇術師フーディーニや自動車王ヘンリー・フォードなどの実在の人物が登場する二十世紀初頭のアメリカを描いた作品で、「英語で書かれた二十世紀の小説ベスト百」の八十六位を占めている。

どんな本を集めるかに、コレクターの個性が現れる。ギルキーが「二十世紀の小説ベスト百」の本を集めるのは、人から賞賛されたいという彼の願望をかなえるのにぴったりのコレクションだからで、ほかのコレクターのようにとことん自分の好みを追求したりはしない。「二十世紀の小説ベスト百」ならば世に認められた確かな作品ばかりであり、間違いなく人に感銘を与えるだろう。

その年の春、ギルキーは月に一冊か二冊くらいのペースで本を盗んだ。彼は盗むのもうまかったが、それを正当化するのもうまかった。彼は私にこんなふうに説明した。高級古書店の棚に並んだ高価な本を眺めていると、店主の個人コレクションのように見えてくる。大した金持ちだ！　こんなにたくさん持っているなんて！　自分は一冊の本を買うのに、大金を払わないといけない。なんて不公平なんだ。一万ドルや四万ドルや五十万ドルの値のついた本は、彼には手が届かない。彼は「正当な怒り」を感じる。どうやって手に入れようかと考える。そして、自分こそ持つにふさわしいと思った本は、自分のものにする。

けれども彼は古書店のことがまったくわかっていない。店主たちは大金を払って本をそろえるが——運よく、あるいは目利きの良さで入手したほんのわずかなものを除いて——儲けが出ることなどまれだ。なぜそんな簡単なことが彼の頭に浮かばないのだろうか。私はこの事実に目を向けさせようとしたが、むだだった。彼は自分の罪を認めようとしない。だから、自分の貴重書籍のコレクションが別のコレクターや古書店主よりも劣っていると思ったら、世界は「不公平」だと考えてしまう。そして彼流の「仕返し」をする。

こんな歪んだ世界観はどうやって生まれてきたのだろう？　多くのコレクターは蒐集という行為を通して自分のイメージを構築するが、ほとんどの人は一線を超えたりはしない。どんなに欲しくても盗んだりはしない。コレクションを通して自分のイメージを構築することについて、彼はほかのコレクターと変わらないが——もう一度言うが——ほとんどのコレクターは一線を超えたりせず、どんなに欲しくても盗んだりしない。コレクターが泥棒へ変貌するには、道徳的にも倫理的にもかなりの飛躍が必要だ。ところが、しばしば一線を超え、お金を払わずに自分のものにしているギルキーにとっては、ただで手に入れることは——彼流に言えば——本の魅力がさらに増すことなのだ。

モデストの母親の家に住んで本を集めていた頃、つまりどこかの倉庫に本をひそかにしまいこむ前は、買った本と盗んだ本をはっきり分けてそれぞれ別の棚に並べていたそうだ。ところが、買おうが盗もうが、彼の満足感は長続きしなかった。コレクターは蔵書が増えれば増えるほどもっと欲しくなるものだが、この点でも彼はほかのコレクターと同じだった。コレクターの口癖の通り、本の蒐集をしていると飢餓状態にいるようなもので、一冊手に入れたからといってもうそれで満足ということにはならないそうだ。

季節は春から夏に変わり、ギルキーは本をもっと欲しかったが、まだ仮釈放中の身なので（小切手詐欺を働いて外貨を購入し、本代と生活費にあてた）、用心は怠らないほうがいいと思い、自重した。気を紛らわせるために、高価な本の少しでも近くにいる方法を発見した。六月、ギルキーはカリフォルニアのサン・マリノ市にあるハンティントン・ライブラリーを訪れた。本や芸術の愛好家にとって、ここは天国だ。ギルキーにとっても、自分の妄想をたくましくする強力な刺激になったに違いない。

ヘンリー・ハンティントンは一八五〇年二月二十七日にニューヨーク州オニオンタ市の裕福な家庭に生まれ、書物に囲まれて育った(3)。彼は生涯、読書家で愛書家だったが、二十一歳の頃から貪欲に書物を蒐集するようになった。数十年後、カリフォルニアにパシフィック電鉄を敷設し、都市交通網を整備した頃、およそ三千万ドルの遺産を相続すると、稀覯本と写本の蒐集を本格的に始めた。そして一九一九年に「ハンティントン・ライブラリー」を創設する。現在、そこにはイギリスとアメリカの歴史と文学の分野における貴重書籍、写本、写真、版画、地図が七百万点以上も所蔵されている。書庫には研究者しか入れないが、一般向けに小規模な展示コーナーもあり、ギルキーはそれを見にでかけた。
展示されていたのは、ジェフリー・チョーサーの『カンタベリー物語』の中の「バースの女房の話・序」だった。それは、一四〇〇年から一四〇五年にイギリスで作られたベラム（上質皮紙）の装飾写本で、その複雑な「欄外飾り」はたくさんの宝石を散りばめたつる草のように見える。[4] そうした文学作品の欄外飾りは、名画を金縁の額で飾ったり、エメラルドのネックレスをマーブル紙（大理石の表面のような模様が付いた紙）で包み、サテンのリボンをかけたりするのと似ている。素晴らしい中身をそれにふさわしい外皮で覆うための努力なのだ。
展示されていたもうひとつの装飾写本はグーテンベルク聖書（一四五五）で、同じように素晴らしい欄外飾りになっている。両方とも刺したばかりのシルク刺繍のように光沢があり、美しい。宗教的書物や『カンタベリー物語』のようにとくにきわどい話（私の机の上の『薬草図鑑』にも、出版された当時は女性の目に触れるのは不適切とみなされた挿絵があった）[5] は、歴史上何度となく、町の広場で積み上げられて燃やされたことを考えれば、こうした昔の書物がいまだに存在しているのは、奇跡としか言いようがない。[6]
今にして思えば、細心の注意と巧みな職人技の結晶ともいえるこれらの本は、書物は永遠に存在するという壮大な楽観主義を表現しているようにも見える。現在では、誰もがそうした書物の画像をインターネットで検索できるし、拡大してページのあらゆる染みまではっきりと見ることができるにもかかわらず、毎年数千人の人が書物をじかに見るためにわざわざ訪れる。それらは美の対象であるだけでなく、昔の本がすべてそうであるように、過去とのつながりを物理的に実感させてくれるからだ。これは、本の持つ最もパワフルな、恒久的な力である。

　現代文学も同じように魅力的だった。ヘンリー・デイヴィッド・ソローの代表作『ウォールデン　森の生活』の原稿のタイトルページを見れば、作者が黒インクで流れるように書いた優雅な筆記体を目にすることができる。その右下の端にあるにじんだインクを見れば、これはうっかりミスもする、本物の、生きた人間の手で書かれたものであること、その人間の指はタイトルページのインクで汚れたであろうことがわかる。ギルキーはどの展示物にも心を奪われたが、中でも十七世紀のイギリス海軍の父と言われたサミュエル・ピープスの日記から目が離せなくなった。ガラスケースに収まったその日記のなんと小さく、はかなげだったことか。

　ギルキー同様、ハンティントンも本のコレクションを利用して、自分への世間の評価を確かなものにしようとした。一九一〇年十二月二十五日付『ロサンゼルス・エグザミナー』の記事に、「鉄道王ハンティントンは目の肥えた愛書家の訪問を受けて喜び、自慢のコレクションが収まったガラスケースを開けて、中から宝物を取り出して訪問者に見せた」と記載されていた。

　私は古書店主が「本の蒐集はスポーツだ」と言うのを何度か耳にしたことがある。そして、ハンティントンは勝ちをねらっていたような気がする。一九二〇年三月二十七日付ロサンゼルス・タイムズの一コマ漫画には、見事な口ひげを蓄えたふたりの紳士が図書館で立ち話をしている姿が描かれ、キャプションにはこう書かれていた。「ヘンリー・E・ハンティントンと、ミネアポリス・ジャーナルの発行者で稀覯本のコレクターでもあるハーシェル・V・ジョーンズが、サン・マリノ市でコレクションの自慢話をしている」。「エバの日記を偶然手に入れました」と言うハンティントンに、ジョーンズが「おお、それで思い出しました。先日、ノアの方舟の丸太を手に入れましたよ！」と答えている場面だ。コレクターの競争本能を見事に描いている。

◉

ロサンゼルス滞在中のある暖かな晴れの日、ギルキーは車を運転してセンチュリープラザホテルに行った。そこにはかなりプライバシーを保てる、公衆電話が並んだ場所があるので、仕事をするのに好都合だった。メルローズアベニューに近いことも気に入っていた。訪ねる予定の古書店が二軒、そこにあった。

ギルキーはそのうちの一軒、ウィリアム・デイリー・レアブックスに電話をかけ、二、三の作家についてたずねた。ひとりはマーク・トウェインだった。幸運なことに、店にはトウェインのエッセー、『ミシシッピの生活』の初版本があった。ギルキーは店員にクレジットカードの番号を告げ、ほかの者が本を受け取りに行くと伝えた。店員は、お待ちしておりますと言って電話を切った。しばらくしてからギルキーは店に車で向かった。店内ではのんびり構え、疑われないようにした。慌てているようにも、濃いサングラスは顔を隠すためのものであるとも、どもっているとも思われたくなかった。「普通に振る舞え」と自分に言い聞かせた。本を受け取って店を出ると、もらったばかりのカードの利用伝票を破って、ゴミ箱に投げ捨てた。カード詐欺をしたあとは、ほとんど毎回している自衛策だった。彼はウィリアム・デイリー・レアブックスに翌年もう二回訪れている。

ホテルまでは近かったが、スピードを上げて運転した。ほかの車に前に入ってこさせたくなかったのだ。ホテルに戻り、お気に入りの高級古書店、ヘリテージ・ブックショップ（この店もメルローズアベニューにある）に電話をかけた。彼はふだんから非常に礼儀正しく、電話のときはその口調のおかげで人をだますことができた。もちろん、本をだまし取ることについての罪の意識の無さは電話のときも同じだ。電話が店につながると、彼はH・G・ウェルズの初版本があるかどうかをたずねた。店員はあると答えたので、ギルキーはカード番号を伝え、いつものようにほかの者、「ロバート」という名の男が受け取りに立ち寄ると伝えた。それからしばらくして、ギルキーは店に向かった。「素晴らしい店ですね」と〝ロバート〟は言い、オーナーのワインスタイン兄弟の兄あるいは弟と（ギルキーは確信が持てなかった）十分ほど話し、本を数冊手に取った。注文した本はすでに包装されていたので、いつでも店を立ち去ることができた。〝ロバート〟は受取書にサインをし、『透明人間』をかかえて店を出た。

◉

ギルキーは稀覯本を手に入れると、歳月を経た本の匂いやぴんとした紙の感触を楽しみ、悪いところはどこにもないかを確認してから、そっと本を開き、数ページぱらぱらとめくってみる。作者が生きているなら、サインが欲しいかどうかを考えてみる。ギルキーに言わせれば、『透明人間』のような本は高級ワインと同じで、所有すること、自分のコレクションに加えることこそが喜びであり、読むことが目的ではない。そして、実際にほとんど読まない。彼が愛着を感じるのは――ほとんどの本のコレクターと同じように――本の内容というより、本が象徴しているものすべてに対してであった。

サンフランシスコに戻ると、ギルキーは次から次へと本を注文した。その中にボッツフォード卿の一八九四年から始まる日記『トドル・アイランド』（百十三ドル）という本があった。

その頃、各地の組合員から送られてくる盗難の被害報告書を読んでいたサンダースは、この本の盗難記録におやっと思った。この本はバークレーのセレンディピティ・ブックスから盗まれたものだが、店主のピーター・ハワードはサンダースの昔からの友人で、アメリカの各地で開かれる古本市でよく顔を合わせる仲だった。高価な本ではなかったが、何か嫌な感じがした。

彼はＡＢＡＡの組合員全員に電子メールで『トドル・アイランド』の盗難を報告し、これ以上起こりませんようにと願った。

しかし二か月もしないうちに組合員から盗難の報告を次々と受けた。彼らのほとんどが北カリフォルニアの古書店で起こっている、一見無作為に見える、一連の本泥棒の犠牲になっていた。ただし、クレジットカード詐欺による犯行という点だけは共通していた。サンダースは辛辣なメールの中で、この本泥棒のことを「北カリフォルニア・クレジットカード泥棒」と呼ぶようになった。

二〇〇〇年十一月、クリスマス商戦が本格的に始まった。サックスがギルキーを再び雇った。

北カリフォルニアは愛書家にとって理想的な場所で、実際にあちこちにコレクターがいる。最近、私はサンフランシスコ古本市に出かけたが、会場をぶらぶらしていると知った顔に出くわした。私の家の近所にあるペット用品店のオーナー、セリア・ザックだ。私はその店によく行き、うちのイヌとネコ用のペットフードを買っているが、彼女が本のコレクターとは思ってもいなかった。古本市では挨拶を交わしただけだったが、次に私が店を訪れたときに本の話になった。ザックは目を輝かせて語りだし、本に造詣が深いことがわかった。

彼女は本専門のオークションハウスで七年間も働いていたそうだ。両親も彼女と同じような熱心なコレクターだったが、友人もきょうだいも、彼女ほど本を愛してはいない。だから、新しい本を手に入れてもその喜びを分かち合う人が誰もいなかった。数週間後、ガーデニングと料理の本を数冊購入した彼女は、本を見に来ないかと私を誘い、私は彼女の家を訪れることになった。

ザックは、カストロ地区にある大きくはないが美しいヴィクトリアふうのアパートに住んでいた。彼女のペット用品店は一九五〇年代の置物やペットに関係するビンテージ品であふれており、私は何となく、変わったタイトルの本が少しあるだけかとたかをくくっていたが、大外れだった。食堂は素晴らしい書斎に姿を変えていた。作り付けの本棚で覆われた壁は、床から天井までほとんどが革張りや布張りの美しい本で埋め尽くされ、部屋の中央のどっしりした木のテーブルには彼女のお気に入りの本が二十冊以上積み重なっていた。まるで私設博物館だった。私は、マンションの一室にこういった秘密コレクションを持つ人がここサンフランシスコにはどれほどたくさんいるのだろうか、と思った。

個人の蔵書を見るのは人の家族アルバムを見るのとよく似ているが、それになぞらえて言えば、ザックのアルバムの写真家は、木製大判カメラで撮影したエドワード・ウエストンか、ニューヨークのハーレムやジャズミュージシャンを撮ったロイ・デカラヴァといったところだろう。どの書物にも、プロのカメラマンが撮った写真のようにエピソードが隠されていた。彼女が案内しながら立ち止まったのは本棚から秘蔵の本を取り出して見せてくれるときだけだったが、それでも全部案内してもらうのに一時間半もかかった。

ザックの興味の対象は多岐にわたっていた。左側の壁の本棚には現代文学とレズビアン文学がずらりと並び、次の壁の本棚まで続いている。「文学」の次の棚には、大人のための絵本作家エドワード・ゴーリーの絵本、第一次世界大戦もの、博物誌、料理本、環太平洋博覧会、小売業の入門書が並んでいる。

大量の書物が美しく芸術的に並んでいるのを見て感心した私は、だんだんうらやましくなってきた――私もこんな蔵書を持ってみたい。でもその願望にブレーキをかけている何かがあることも、私にはわかっていた。それはいったい何なのだろう？　ザックが見せてくれた書物の多くは、それほど高くはなかった。もっと高い靴を私は履いている。いや、はるかに高い靴も持っている。だから金銭的なことではなく、私は彼女の並々ならぬ努力に圧倒されていたのだと思う。

彼女のように、価値のある本はどれかとわかるようになるには、私はどれほどリサーチし、どれほど探しまわらなければならないのだろう。そしてこのような貴重な本の蒐集にひとたびのめり込んだら（すべてのコレクターがのめり込むとは限らないが）、購入するたびに自分に言い訳をすることになるのだろう。それが購入する価値のある本であり、他人が購入したら「よい投資だ」と思うような本だとしても。コレクターならば、たとえお金がなくても、蒐集する価値のある本はどうにかして買う方法を考え出すだろう。

私とコレクターとの違いは何なのだろう。私は本に見とれるだけだ。しかし彼らは、本を自分のものにせずにはいられない。走り出したら止まらないのだ。

ザックの本はすべて高額というわけではなかったが、どれも彼女にとって特別な意味があった。苦労して入手した献呈サイン入りの初版本もあれば、純粋な好奇心だけで買った本もあった。いくつかのお気に入りの入門書がそうで、一八四七年に出版された『イギリスおよびヨーロッパふうの塩漬け、酢漬け、燻製による肉と魚の全料理法』という本や、大恐慌時代に出版された直売店を始めるための入門書『道端の直売店経営法——野菜栽培家、果樹栽培家、家禽飼育家、農家がその産物を消費者に直接販売するための完全アドバイス』というものもあった。それらの本は、現代人の目に触れることのほとんどない歴史の断片を映していた。

最後に彼女は、自分の好きなタイプの本——手沢本《しゅたくぼん》[訳注1]を見せてくれた。そのうちの何冊かはレズビアン作家の恋人への献呈本だった。たとえば、ゲイル・ウィルヘルムの『死者への便りなし *No Letters to the Dead*』（一九三六）。彼女は恋人のヘレン・ホープ・ルドルフに「愛するヘレンへ　この本はチョコレートの箱のようだと人に言われたことがあります。だから、愛をこめて六シリングのチョコレートの箱を贈ります。　ゲイル」という一文を添えた。

ザックは顔を上げて言った。「作家の人生の、ある親密な時間を目の当たりにしたような気がするの」

ザックは女性で、かつ四十歳以下であり、まずこの段階でコレクターとしてはめずらしい部類に入るが、同じようにコレクターの型にあてはまらないある人物と私は出会ったことがある。私が『薬草図鑑』をサンフランシスコのジョン・ウィンドル・ブックスに初めて持ち込んだとき、スペイン系アメリカ人の青年が店内にいるのに気づいた。ウィンドルは青年を名前で呼んだ。つまり、彼は常連客なのだ。そのとき私は、はっと気がついた。古本市や古書店では有色人種のコレクターを見かけることはめったにないことを。貴重本の蒐集は長い間、年配の白人男性の娯楽だったのだ。だが、古書の世界も変わりつつあるようだ。

ホセ・セラーノは三十五歳で、サンフランシスコ育ち。少年時代に母親がラテンアメリカ文学を読んで聞かせてくれたそうだ。がっしりした体格の愛想のいい青年で、長方形のメタルフレームの眼鏡越しに長いまつげと茶色の瞳が見える。彼はこんなふうに自己紹介した。「自分はほかのコレクターとは違う。学歴はないし、博識でもなんでもない。本好きのただの変わり者だ」。当時彼のナイトテーブルにはサルトルの戯曲『出口なし』とフィリップ・ロスの『ポートノイの不満』が置かれていた（もちろん読むのはペーパーバックで初版本などありえない、と断りを言った）。

セラーノは子供時代に、エルサルバドルで製本家として働いていたおばさんから革表紙のセット本をもらった。それがどれほど特別なものか、彼にはよくわかった。十六歳のときにはサンフランシスコの高級住宅地、パシフィックハイツの花屋で配達のアルバイトをした。「だいたいどの家にも、広い壁一面に本が並んでいた」そうだ。そんな壁一面の本を所有することが、彼の夢になった。レッカー車の運転手をしていた二十三歳のとき、初めて高価な本を買った。J・D・サリンジャーの『フラニーとゾーイー』の初版本を百ドルで買ったのだ。「『ライ麦畑でつかまえて』のほうが好きだけど、買えなかった」そうだ。

『フラニーとゾーイー』を買ってからは、エステートセールに行ったり、リサイクルショップで有名な「サルベーション・アーミー」や「グッドウィル」の店に通ったりするようになった。レッカー車の運転は好きではなかったが、利点もあった。レッカーの依頼が来るまでの待ち時間に、内容を覚えられるほど古書店のカタログを熟読できたからだ。

引き続きエステートセールやリサイクルショップを見てまわりながら、「どんな品物に価値があるのかを知ろうとした」。そうやって買ったものを売って生活費を稼ぎたかったので、最初は本を二ドルか三ドルで買い、二十ドルから百ドルで売ることを考えた。また自分自身のコレクションも集めていたので、自分がいいと思う無名の作家の本を買っておき、将来その作家が有名になったら、自分が蒐集しているジャンルの本（カリフォルニア文学、ラテンアメリカ文学、二十世紀文学）と交換しようと考えた。自分の蔵書の中で気に入っているのは、ベアフラッグ反乱について書かれた最初の本だ。これは、メキシコ支配下のカリフォルニア地方に入植したアメリカ人が、一八四六年にメキシコの守備基地を占領して起こした反乱だ。のちにこの一地方の名は州名となり、「ベアフラッグ」は州旗となった。

「昔は、百ドルの価値のある本をたったの二ドルで買ったっていうのが愉快だったけど、本が人の人生を変えてしまうことを知ってから——オーウェルの『一九八四』のような論議を呼ぶ重要な本のことだけど――そういう本を本当に集めてみたくなったんだ。そうするためには掘り出し物を探さないといけない。だから、エステートセールに行くようになったんだ。そこに来る人は本棚なんか見向きもしない。家具や美術品にしか関心がないんだ。一度なんか、床に腰をおろして棚から何気なく本を取り出したら、なんとそれがヘミングウェイとフォークナーの初版本だった。まさに掘り出し物だ！」

冒険家が数世紀前に沈んだ難破船の宝物を求めていまだに海を探しまわるように、ブックハンターはセラーノの掘り出し物のようなエピソードを聞いては望みを抱き、決意を新たにする。セラーノは今でもリサイクルショップに通っているが、古本市や古書店に行くのも好きだ。そういうところで店主と話せば、自分の本の知識を試すことができる。

彼は、自分の知識は素人鑑定士程度だと言うものの、今はオンラインの古書店を始めようとしている。彼は古書の魅力をこんなふうに説明した。「とても手が届かないような本に出会う。でもあきらめきれず、どうにか工面して買ってしまう。女房に言わせると、それは中毒患者と同じだって。だけど、そんな本に出会えたら最高だね！」

ときには、その最高の気分は古書店主も味わうことができる。コレクターの要望に応えようと本探しの手助けをするときだ。サンダースの話にたびたび出てくるロンドン在住のデイヴィッド・ホーゼインは、放浪者などのアウトサイダーが書いた本を集めている。仕事で世界中を飛びまわっている彼は、旅先で古書店に立ち寄っては、お目当ての本を探す。私はホーゼインのメールアドレスを教えてもらい、彼にメールを送ったところ、次のような返事が届いた。彼はコレクションへの思いを語ってくれた。

私のコレクションは、聖像破壊者やカルト信者、社会規範の外で合法的／非合法的に活動している人々の書物に集中しています。具体的に言えば、囚人、アウトローなバイク乗り、ホームレス、ポン引き、ヤク中、詐欺師、環境活動家、トレーニングシューズ（スニーカー）のコレクター、ヒップホップ・カルチャー以前の人々。それから日本の百姓一揆の本も。コレクションの中心は、囚人の書いた膨大な数の書物です。

私は二十世紀の人々の目撃談を集めたノンフィクションと、その時代の写真入りの研究論文もここ十年以上、手当たり次第購入しています。ただし興味があるのは美品の本だけです。この点については、スティーヴン・キングの熱狂的ファン同様、私もオタクです。

サンダースは彼の奇抜なコレクションに夢中になった。私もそうだ。実際、ホーゼインのようなコレクターがいるおかげで、古書業界は常に新鮮でいられる。今ではサンダースは路上生活者や放浪者が書いた本に目を光らせ、見つかるとホーゼインのために取っておく。

「ホーゼインのような人間は時代を先取りしているんだ。彼こそコレクションの開拓者だよ。彼が集める本に目をつける連中がいずれ現れるだろう」

サンダースによれば、ホーゼインが蒐集しているような独創的なコレクションの買い手を見つけるには創意工夫がいるそうだ（そういったコレクションを集めるときにも必要だが）。買い手になってくれそうなのは個人コレクターではなく、先見の明のある古書店主や図書館などだ。「結局、蒐集という観点から言うと、本を探し出して自分のものにすることでコレクターのやる気が出てくるし、コレクションは充実する。だがときにはコレクターが力尽きてしまったり、コレクションを手放すことがある。それは、彼らがコレクションの対象を絞り込むあまり、新しいものに手を出さなくなるからだ。コレクションがこう着状態に陥ると、コレクターは燃え尽きてしまうんだ」とサンダースは説明してくれた。

つまり、コレクションを充実させるのはもっぱら個人の探求心次第なのだ。ホーゼインのようなコレクターは、自分のコレクションに買い手がいるとは思ってもいないだろう。しかし彼のようなコレクターがコレクションの売却を決心すると——それがどんなコレクションでも——蒐集に費やされた努力は報われることになる。その買取価格は、蒐集した各ジャンルの総額をはるかに上回ることになるだろう。

コレクションに値しないような本でも、ひとたび「名著」という評判が立つと、その価値は上がる。あるとき友人が富裕層対象の高級雑誌『ワース』で見かけた記事を送ってくれた。その記事によれば、過去二十年間で、文芸作品の価格上昇率は株式債券市場の価格上昇率を追い越したそうだ。それを表すグラフはほとんどマンガのような上向きの線を誇らしげに描き、そうしたコレクションがいかに優良投資であるかを示していた。これは古書業界にとって朗報だと、世間知らずの私は思い込んだ。稀覯本は賢い投資だと一般の人が知ったら、取り引きは増大すると思ったのだ。さっそく私はサンダースにこの件についてメールを送った。ところが、いかにも彼らしい返信が返ってきた。

これは必ずしも朗報とは言えないと思う。人は本への純粋な愛や喜びのために本を集めるべきだ。本を投資の対象と考えたりしたら、単なる製品、商品になってしまう。それは、文化遺産としての本の価値が失われるだけでなく、作家や読者をおとしめることだ。ウォール街の連中は豚の三枚肉の値段を心配してりゃいいんだ。

実は、やつらがいなくても、インキュナブラ（揺籃期本）や最盛期の現代文学などさまざまな本が、普通のコレクターはもちろんのこと、かなり裕福なコレクターでもすでに手に入りにくくなっている。『グレート・ギャツビー』の初版本が百ドル以上するんだ。美術市場で起こったことを思い出してみるといい。数千ドルだった絵が今や数十万ドル、数十万ドルだった絵が今や数百万ドルもしている。

もしウォール街の連中が本を買い入れ、高価な投資品に変えてしまったら要注意だ。もうこれ以上誰も本を買えなくなり、蒐集する喜びが消えてしまうだろう。そして本の大部分が数百ドルから数千ドルの範囲で取り引きされる……。

好きな本や楽しい本を蒐集している普通の個人が、なんとかやりくりすれば最高の本を最高の状態でいつでも買える——それが、よい投資なんだ。

◉

二〇〇〇年末にクリスマス商戦が始まり、ギルキーは再びサックスで働き始めた。そして、すぐにクレジットカードの利用伝票をポケットに入れるようになった。彼はそれを「ビジネス」と考え、一日二、三枚の割合でカード伝票をくすねることにした。計画は順調に進んだ。それは快楽だった。伝票をポケットに入れる瞬間、気分が高揚するのを感じた。だが、そろそろ次の段階に進む頃だ。

一階のフロアー以外でも、ギルキーの助けが必要になることがあった。顧客に電話をかけて特別催事の案内をする仕事だ。電話をかける部屋にはパソコンもあり、カード伝票の入った茶封筒も置いてあった――あまりにも誘惑が強すぎて、彼は抵抗できなかった。

ギルキーはそれほど忙しくなかったので、パソコンを使って本の検索をしたり、古書店のホームページを隅から隅まで読んだりした。何か欲しいもの――耳にしたことのある作家名や本のタイトル――が決まると、昼休みまで待ち、近くのホテルに向かった。クラウンプラザ・ホテルやウェスティン・セントフランシス・ホテルなどの、人に聞かれずに公衆電話から本の注文ができる場所だ。サックスからは決して電話をかけなかった。身元が割れるのを恐れたからだ。

とは言え、ギルキーにはこれまでの成功がうまくいき過ぎているように思えてきた。そして、サックスを疑いの目で見るようになった。ネットスケープ・コミュニケーションズの最高経営責任者（CEO）が高級靴を買ったとき、そのカード伝票をポケットに入れたい衝動を抑えるのに苦労したほどだったのだが、後日そのCEOが靴についてサックスに電話をかけてきたとき、ギルキーの上司は彼に靴売り場に行って相手をしてきてくれと頼んだ。それを聞いたギルキーは、罠だと思ったそうだ。その日は、プラチナカードを持った顧客が次から次へと彼に声をかけて、八百ドルや九百ドルもする高級靴を買っていった。サックスは彼の正体に気づき、罠を仕掛けているのではないか……。そう思い込んだ彼は、一日の仕事が終わったとき、ポケットに突っ込んだ伝票をすべてびりびりに破いた。

サックスに対するギルキーの疑いは、もちろん根拠のないものだった。だが年が明けた二〇〇一年一月、ギルキーの保護観察官は彼がサンフランシスコで働いていることを知り、仕事を辞めさせた。仮釈放の条件にモデストから離れないことも含まれていたのだ。保護観察官からモデストで仕事を探すように言われ、ギルキーはひどく腹が立った。サックスで働けることは、彼の身に起きた最高の出来事のひとつだったからだ。仕事は楽なうえ、きちんとした身なりで働き、同僚もいい人ばかりだった。もちろん何より重要なのは、この仕事をしている限り、利用限度額が高いクレジットカードに近づけることだった。

もうひとつ、サンフランシスコを離れたくない理由があった。実は別のアルバイトを始めていた。映画配給会社からの依頼で観客の好みを市場調査する仕事で、サックス同様、好条件だった。「ぼくは映画産業で働いているんだ」とギルキーは思った。それはセレブ好きの人間にとって、刺激に満ちた仕事だった。ところがアルバイト先の市場調査会社が彼の身元調査をして犯罪歴を発見し、首にした。彼がそこで働いたのは、たったの二週間だった。

仕事をふたつ失うくらいではまだ不運とは言えないとばかりに、一月十四日、ギルキーのひいきのフットボールチームが大敗した。アメリカン・フットボール・カンファレンス（ＡＦＣ）のチャンピオンシップゲームで、彼が応援するオークランド・レイダーズがボルチモア・レイブンズに三対十六の大差で負けてしまった。父親と一緒にゲームを観ていたギルキーは、レイダーズが勝つと信じていた。レイダーズが負けると、彼は自分が侮辱されたような気がした――保護観察官からサックスの仕事を辞めさせられたときと同じように。彼は、自分が不当な扱いを受けたと感じたときにする、あることをした――本を一冊盗んだのだ。今回も小切手の不正使用だった。本はたったの二百ドルだったから見過ごされるだろうとギルキーは甘く見ていたが、警察に通報され、逮捕されてしまった。

ギルキーによれば、公設弁護人が法廷で精神障害を主張したらどうかと提案したそうだ。ギルキーは素晴らしいアイデアだと思ったが、精神障害ならば精神医療センターで一年間過ごすことになると裁判官が言ったとたん、「もうけっこうです。ぼくにはどこにも悪いところはありません」と答え、懲役六か月半の刑期に同意した。この種の犯罪では実際の服役期間はその半分になる可能性が高いことをギルキーは知っていたのだ。さらに収監日の延期を申請すると、裁判官は四か月後の六月から収監することに同意した。ギルキーは仕事を失ったことやまたもや服役する羽目になったことを不公平だと腹を立てていた。しかし、これからの四か月を自分がどう過ごしたいかはすでにはっきりしていた。

そっちがその気なら相手になってやる、とギルキーは思った。彼の復讐の矛先《ほこさき》は世間に、とくに古書店に向かった。それはまさに戦争だった。

訳注1　学者や文学者などの旧蔵者が繰り返し読み、手のつやがついた本。あるいは書き込みのある本。

第7章 この男は嘘をついている

ギルキーは収監されるまでの四か月、父親とふたりでカリフォルニアの海岸を車で旅行してまわった。タホ湖、サンフランシスコ、ロサンゼルス、サンディエゴに数日ずつ滞在し、実家のあるモデストにも寄った。

三月十四日、ふたりはサンフランシスコ空港のホテルに泊まった。駐車料金が町のホテルより安いからだ。素晴らしい天気だった。ふたりはレンタカーでウェスティンホテルに向かい、到着するとギルキーはさっそく電話帳を開いた。古書店についてはすでにモデストの家の自分のパソコンで調査済みだ。ブリック・ロウ・ブックショップの膨大な古書の在庫には強い印象を受けていた。店に電話をかけながら、ギルキーはクレジットカードの利用伝票をポケットから取り出した。

電話口で「ダン・ウィーヴァー」と名乗り、店員のアンドリュー・クラークと話した。クラークは〝ウィーヴァー〟の話しぶりに好印象を受けたらしく、敬意をこめて応対してくれている。上得意になりそうなタイプに思えたのだろう。

「贈り物を探しているんですが、二千ドルから三千ドルのあいだで何かありませんか？　サッカレーの『虚栄の市』とか……」と〝ウィーヴァー〟は上品な声で言った。

「申し訳ありませんが、『虚栄の市』はございません。ですが、興味を持っていただけるような十九世紀の小説ならあります。トマス・ハーディーの『カスターブリッジの市長』はいかがでしょうか？」とクラークはたずねた。

「そうですねえ……」と〝ウィーヴァー〟は考えるふりをした。

「二巻セットです。リヴィエール工房による茶色の半モロッコ革装、小口はマーブル、箔押《はくお》しの背文字となっています。美品の初版本で、二千五百ドルです」

「それなら、予算に収まりますね」と〝ウィーヴァー〟は答えてから、クレジットカード番号を読み上げ、午後に本を受け取りに行くと伝えた。

クラークは『カスターブリッジの市長』を無地の茶色の紙で丁寧に包んだ。そしてランチに出かける前に店主のジョン・クライトンに、買った客の代わりにほかの人間がその本を受け取りに来ますと伝えた。

その日の午後、七十代後半の男性が店に駆け込んできた。そして息子のダン・ウィーヴァーの代わりに本を受け取りに来たとクライトンに告げた。

「急いでいるんだが」と男は顔をしかめて言った。「二重駐車してるんだよ。早く本を渡してくれんかね」

クライトンはカード会社から使用許可が出たかどうかをチェックした。間違いなく出ているので、請求明細書を添えて本を手渡した。

ギルキーの父親はエレベーターで下りるとレンタカーに乗り込み、息子に本を渡した。あとでギルキーがした説明では、父親が本を受け取りにいったのは、トイレに行きたいと言ったからで、そのついでに本を受け取ってきてもらっただけだそうだ。父親はギルキーが人のカード番号を使って本を買ったことを知らないと主張したが、クライトンによれば父親はダン・ウィーヴァーの代わりに本を受け取りに来たと言ったそうだ。だから父親が共犯者であることを知らなかったというのはありえない。繰り返すが、ギルキーが父親を犯罪に巻き込んだことよりも、犯罪における父親の役割を強く否定したことのほうが私には理解できなかった（とは言え、両方とも私を当惑させ続けたが）。

ギルキーは、『カスターブリッジの市長』のような美本の古書、しかも文学史に名を連ねる名作を自分が手にしているかと思うと、とても満ち足りた気分になった。これ以上の幸せはなかった。それは高価で、「誰もが欲しがる」本でありながら、所有しているのは自分だけなのだ。ゾクゾクする。ギルキーは『カスターブリッジの市長』を念入りに点検してから、注意深く後部座席に置いた。父親が本を受け取りに行っているあいだは少し心配だったが、父親はうまくやってくれた。ふたりはほっとして車で走り去った。

一か月後、クライトンの店にカードの正当な所有者である本物のダン・ウィーヴァーから電話がかかってきて、「なぜお宅の店は私に二千五百ドルも請求するのかね？　たかが本代に？」と詰問した。すぐにクライトンは調べて、確かにその注文は不正なものだと突き止めた。

なぜこんなことが起こったんだ？　クライトンはＡＢＡＡの防犯対策室長を務めたことがあるので、いつも万全の注意を払っていた。すぐにサンダースにメールを送り、事件の詳細を知らせた。サンダースはただちにＡＢＡＡとＩＬＡＢ（国際古書籍商連盟）のメンバーにメールを送り、本泥棒がブリック・ロウ・ブックショップにかけた電話の内容、盗まれた『カスターブリッジの市長』の詳細な外見的特徴、そして何よりも重要な、本泥棒の特徴（年配の、見た目のかなりみすぼらしい、しゃがれ声の男）を伝えた。

　今やＡＢＡＡ加盟店の誰もが警戒しているはずだった。

　二か月後、ギルキーはほかの郡でも本を手に入れたくなった。盗みが次々と成功したので、大胆になっていた。サンフランシスコ北部の、高額所得者が多く住むマリン郡の小さな町サンアンセルモに、ヘルドフォンド・ブックギャラリーがあった。ギルキーは女性店主のレーン・ヘルドフォンドと電話で話した。自分は今は旅行中だが、贈り物をふたつ、児童書と著者サイン入りの本を購入したいと伝えた。レーンは、オズの魔法使いシリーズの『オズのパッチワーク娘』（千八百ドル）とギルキーの好きな作家トーマス・マンの『ヨセフとその兄弟』の第三部『エジプトのヨセフ』を勧めた。『エジプトのヨセフ』はトーマス・マンのサイン入りで価格は八百五十ドル。ギルキーはその瞬間、今お宅のホームページを見ているのだがと言ってしまった。さっき旅行中だと言ったばかりなのに[1]、口がすべってしまったのだ。レーンはそのことに気づいたが、問いただしたりはしなかった。ギルキーは彼女に、「明日、いとこが受け取りに伺います」と伝えた。

　翌日は快晴だったので、ギルキーはフェリーでサンフランシスコ湾を渡ることにした。裕福なマリン郡の中では、サンアンセルモは活気のない小さな町で、雑然としたリサイクルショップや昔ながらのコーヒーショップの魅力でいまだに客を引き付けるような数少ない町のひとつだ。

ヘルドフォンド・ブックギャラリーはV字形の建物の鋭角の部分を占める三角形の店で、とがった角の部分がクッションの付いた小さな窓席になっている。レーン・ヘルドフォンドは四十代の小柄な女性で、オリーブ色の肌に長いウェーブのかかった髪を垂らし、いつも人懐こい笑みを浮かべている。古書店の店主だけでなく彫刻家としても働き、センスの良さは棚の上の本の並び方にも反映されていた。かなり昔から古書を集めていたレーンと夫のエリックは、一九九一年にこの店を開いた。ふたりは自分たちの手に届きそうな本を買い集め、値上がりするのを待った。ふたりの読みはたいてい当たり、売り上げは伸びた。夫婦ふたりで切り盛りするような小さな店にとっては厳しい経済状況だったにもかかわらず、経営は順調だった。

ギルキーから二冊の本の注文を受けたレーンは、電話を切ってから夫に話しかけた。

「何かしっくりこないわ」。嫌な予感がした。注文がひどくあっさりしていたからだ。

「カード会社の承認はおりたのかい？」と夫はたずねた。そして、おりたなら何も心配することはないと請け合った。

レーンは棚から、くすんだ黒い表紙の『エジプトのヨセフ』と、鮮やかな挿絵のカバーがかかった『オズのパッチワーク娘』を取り、紙に包んで、レジカウンターの下に置いた。

ギルキーはサンアンセルモに着くと、ヘルドフォンド・ブックギャラリーから少し離れた郵便局まで歩いていき、もう一度店に電話を入れて、カード払いに問題がなかったかを確認した。大丈夫だった。
店の入り口でギルキーはあたりを見回し、警察の車が通りに駐車していないかを確認してから、片手で口を押さえながら店に入っていった。

「歯医者で治療を受けてきたばかりなので」とギルキーは芝居をして、口の片側だけで話した。電話の主と同じだと見破られないように声を変えようとしたのだ。一か八かの賭けだったので心臓がドキドキしてきたが、自分は電話の主のいとこのはずだと思い直し冷静になった。いつものように雑談はせず、黙ったまま入り口近くにいることにした。そして本を受け取るとすぐに店を出て、角を曲がると一気にバス停まで走った。これで、倉庫にしまう本がさらに二冊増えたことになる。

ヘルドフォンド・ブックギャラリーの壁には、オスカー・ワイルドの引用が書かれた栞《しおり》が飾られていた。「私は誘惑以外のことならどんなことでも抵抗できる」

◉

私は、本の蒐集へと駆り立てるものはふいに生まれるのではなく、たとえば、一冊か二冊の本を買ったはずみで生まれるのではないかと思うようになった。だから、もし私がライターとして影響を受けた本の初版本を買うことがあったら、私もコレクターと同じようなことを感じるかもしれない。いや、実際にコレクターになるかもしれない。そのときは、手始めとして、私の好きな物語ふうノンフィクションの初版本を集めるのがいいだろう。たとえば、トルーマン・カポーティの『冷血』、重い癲癇《てんかん》と診断されたラオスからの難民少女がアメリカで治療を受けた際の文化的軋轢《あつれき》を描いたアン・ファディマンの『悪霊に捕まって倒れる *The Spirit Catches You and You Fall Down*』、サイモン・ウィンチェスターの『博士と狂人――世界最高の辞書OEDの誕生秘話』、スーザン・オーリアンの『蘭に魅せられた男――驚くべき蘭コレクターの世界』の初版本だ。私はだいたいの値段を知るためにオンライン書店を見ることからはじめた。献辞の言葉やその本独自の特徴を知るにつれて、コレクターの本への渇望とはいったいどのようなものなのか、私も初めてわかったような気がした。

そうやっていろいろ知るうちに、初版本が広く愛されている根拠のようなものを繰り返し目にした。つまり、自筆原稿以外で読者が作家に最も近づけるのは初版本なのだ。「本は作家の分身である」とでも言える、本に対するこのような感覚を持つことは、今始まったことではない。一六四四年、ジョン・ミルトンは次のように書いている。「なぜなら書物は絶対に死んだものではなく、生命力を内包し、それを生み出した魂同様、生き生きとしている。否、書物は、それを育てた活発な知性の、最も効力のある抽出物をガラスびんに保存しているのだ[2]」。およそ二百五十年後の一九〇〇年、ウォルト・ホイットマンも同じように感傷的なことを述べている。「同志よ！　これは本ではない。これに触れる者は人に触れるのだから[3]」。絵画のコレクターは世界にふたつとないものを手に入れられるが、本のコレクターは――自筆原稿を除けば――最良の選択として初版本を手に入れようとする。しかし、初版本をじゅうぶんに手に入れることはできない。私がたまたま知った「なぞなぞ」によると、こうした本への偏愛はかなり厄介だ。

「どちらの人間が幸せか？　世界の古典をほぼすべて所蔵している男か、十三人の娘を持つ男か？」

「十三人の娘を持つ男だ。彼は『足る』とはどういうことかをよく知っている[4]」

私はとにかく前に進むことにし、ゲイ・タリーズの二冊の本から始めることにした。タリーズがもうじきサンフランシスコに来ることになっていたので、サインしてもらえるかもしれない。ＡＢＡＡに加盟していない店で本を注文するのは危険だと忠告されていたが、急いでいたし、電話をしたＡＢＡＡ加盟店はタリーズの本を置いていなかった。私は、ネットで見つけた二軒のＡＢＡＡ非加盟店で、タリーズの『ザ・オーバーリーチャーズ *The Overreachers*』（一九六五）と『ザ・ブリッジ』（一九六四）の初版本をそれぞれ四十ドルくらいで買った。本が配達された。私はエアークッションをはがすのももどかしかった。『ザ・オーバーリーチャーズ』は「良品」で、私の最初の初版本となった！　『ザ・ブリッジ』も「良品」だったが、初版本ではなかった。『ザ・オーバーリーチャーズ』の扉裏には「初版」と明記されていたが、『ザ・ブリッジ』には版数の記載がなかった。これでは第何版なのかわからない。私は買った書店と連絡を取った。店の者は手違いを認め、差額分を返済することを約束した。いい教訓になった。

ゲイ・タリーズは『ザ・オーバーリーチャーズ』にサインしてくれた。私は家に持ち帰り、ほかの普通の本と一緒に本棚に並べた。タリーズの初版本はその栄誉にふさわしい場所に置かれるべきなのかもしれないが、そのままにしておいた。

私はニューヨーク古本市でフローベルの自筆原稿にこの手でさわることができ、人が自筆原稿を欲しいと思う気持ちについてはよくわかった。けれど正直に言えば、初版本に対する熱い思いをすっかり理解できたわけではなかった。初版本を蒐集する人の大半――いやほとんどだろう――は、本への思いにつき動かされてのことなのだろうということは、頭では理解できる。が、感情的には無理だ。

本そのものに私が最も強くひかれるのは、その本が私個人の思い出に関係するときだ。子供の頃、インフルエンザで学校を休んだとき、母が子供時代に読んだ『赤毛のアン』を私にくれた。私は内容はもちろんのこと、その古風な本の美しさにもひかれた。アンの横顔が描かれた、褐色がかった灰色の布張り表紙はすでに色褪せていて、表紙の裏には「フローレンスへ　フレディおばさんからの一九一一年のクリスマスプレゼント」と書かれてあった。つまり、母だけでなく祖母のフローレンスも読んだということだ。

ほかにもある。父の『ピーター・ラビットのおはなし』も私の宝物だ。鮮やかな挿絵で、悪魔のような目をしたピーターの顔が狂気を帯びているように見える。それからネコの一家のダイカット絵本シリーズ（マーゴ・ヴォイトの『母さんねこ』『こねこのフラフィー』『こねこのマフィー』、そして一番人気の『こねこのパフィー』も宝物だ）。また、祖父母の蔵書の中で私が一番興味を持ったのは、フランスの小説家アルフォンス・ドーデの短編集『風車小屋だより』だ。フランスの片田舎の生活が美しい水彩画で描かれている一九四八年のフランス語の本（私が単語ひとつ読めない本を絶賛するということは、愛書狂に少しは近づいているということ？）。風車の絵が描かれたペーパーバックで、端が破けたグラシン紙で覆われていた。グラシン紙で挿絵がぼやけて見える様子が、昔の電車の窓をほうふつさせた。

どの本も古書市場では何の価値もないが（チェック済み）、私は内容はもちろん（ただし英語で書かれたもののみ）、代々家族に受け継がれてきたからこそ、これからも大事にするだろう。でも初版本だったら、少し違うのかもしれない。たとえば、子供の教育費にまわせるほど高価だったら、手放すことになるのだろう。悲しい別れになるだろうが……。

というわけで、私のタリーズの初版初刷本は第二刷や第三刷、あるいは第十二刷の本にはさまれて並んでいる。私は読書が大好きで、古い本の審美的、歴史的魅力を認めてはいるが、コレクション中毒にはまだかかっていない。

◉

しばらくしてレーン・ヘルドフォンドは、クレジットカード会社から連絡を受けた。『エジプトのヨセフ』と『オズのパッチワーク娘』の初版本の支払いに使われたカード番号は不正使用されたものだと言われた。彼女はショックを受けたが、損失は保険でカバーされるだろう。夫と六歳になる娘と三人でハワイで休暇を過ごせるくらいのお金が支払われるはずだ。しかし、それは勘違いだった。保険ではカバーされなかったのだ（カード加盟店がカードの正当な所有者のサインをもらっていない限り、だまされて売った品物の代金は自己負担しなければならない）。

怒りが収まらないレーンは、ケン・サンダースに詳細を書きつづったメールを送った。古書店の多くが盗難の被害を公表したがらないのに対し、彼女は進んで公表した。失った本の情報を皆が共有することがなにより大事だと考えたからだ。かなり古書にくわしい男が電話をしてきて、贈り物用に本を買いたいと言ったことをサンダースに伝えた。この男はクレジットカードで支払い、親戚が受け取りに行くと言ったが、今回受け取りに来たのは初老の男ではなく、たぶん三十代の黒っぽい髪の男だったことも書き加えた。

これまでサンダースはABAA組合員に「北カリフォルニア・クレジットカード泥棒」と銘打って警告してきたが、それは間違いだったようだ。「泥棒」ではなく「泥棒グループ」とすべきだった。窃盗団の仕業だったのか？　サンダースは幽霊を追いかけているような気がした。盗まれた古書について、ほかの組合員がレーン・ヘルドフォンドのように進んで話してくれていたら、自分の捜査はもっと楽になっていただろうに……。

◉

ギルキーは父親との長期休暇を楽しんだが、ただで多くのものが手に入るので楽しさは倍増した。彼には一泊分の宿泊料を払わなくてすむ方法がふたつあった。盗んだカード番号を使う方法と、トイレの水があふれたとホテルに苦情を言って、ホテル代を返金させる方法だ。ほとんどのホテルは宿泊客に百パーセントの満足を与えることを謳《うた》い文句にしているので、総支配人に文句を言えば、ほとんどの場合、宿泊料は請求されない。同じことがレストランについても言える。

ただし、この方法がうまくいかなかったホテルが一軒だけあった。サンフランシスコのウェスティン・セントフランシスとマンダリンオリエンタルだ（ギルキーは五つ星のホテルに泊まってみたかった）。ウェスティン・セントフランシスは、ギルキーがホテル代を現金で工面してくるまで荷物を預かった。マンダリンオリエンタルでは、トイレの水があふれたと苦情を言っても返金の申し出はなかった。彼はバスルームのシャンプー、石けん、スリッパを捨てて、溜飲を下げた。

数週間が過ぎ、六月の収監日が近づくと、ギルキーはペースをあげ、一週間に二冊ほどの割合で盗んだ。本の値段はそれほど高くなかったが、そのうちの一冊は彼の好きなスティーヴン・キングの『デッド・ゾーン』だった。彼は本自体より、本を手に入れるときの過程が気に入っていた。人が自分のコレクションを眺めるときの最大の喜びは、それぞれの本がどんなふうにして棚に並ぶようになったかを思い返すことである。『デッド・ゾーン』の場合、ギルキーはビバリーヒルズ図書館の公衆電話から注文したが、真向かいには警察署があった！

ギルキーにとってスリル満点の時間は、本を受け取りに行くときだ。彼は万一に備え、必ず書店の様子を近くから観察した。店の者が警察を呼ぶといけないので、何かおかしな動きはないかを確かめるためだ。また、店に入ったときのルールも作った。リラックスしているように見えること。五分から十分、店員と雑談をすること。怪しげな車や人がいないか、常に外をチェックすること。店員の様子がおかしくないか確認すること。店の本をほめること。

本の受け取りはたいてい自分でするが、ときにはタクシーの運転手を利用することもあった。運転手に「面倒臭いから代わりに取りに行ってくれないかな？　チップをはずむよ」と声をかけたり、あるいは自分で受け取りに行くことができないと思わせるために、足を引きずって歩いたり、頭痛がすると言ったり、気分が悪いと言ったりする。運転手はみな、「かなり強欲だから、お金のためならたとえ五ドルでも、何でもします」。一度ギルキーは神父の格好をして本を取りに行こうかと考えたが、さすがにそれはやり過ぎだと思いとどまった。

二〇〇一年の一月から六月までのあいだに、ギルキーは二千ドル、五千ドル、一万ドルの高額本を盗んだ。この間の盗みをすべて合計すると少なくとも十万ドルになる。今回のように働くのをやめて本の蒐集に専念すれば、百万ドルのコレクションも夢ではないのだとギルキーは計算した。

一方で、自分の本の盗み方に人の注意を引くようなあるパターンが——とくに北カリフォルニアで——できつつあるような不安もあった。そこで、店の範囲を広げ、同時に大手古書店に狙いをしぼり、稀覯本を五十冊手に入れることにした。たとえ警察などが盗みのパターンを特定しようとしても、これなら決して見つけられないだろう。彼はオレゴン州、アイダホ州、アリゾナ州の古書店にそれぞれ別の本を注文した。ニューヨークやフィラデルフィアにも行き、外国にも行った。古書市場は世界中にあるので、「ある古書はアルゼンチンで、別の古書はイギリスで買いましたし、南アフリカやバハマ諸島でも買いました」。

さらに、本を受け取る方法を変えることにした。自分で受け取りに行く、あるいは誰かほかの者に行かせる方法はやめた。その代わりに、注文した本をホテルに届けてもらい、あとで自分でホテルに取りに行くことにした。店にホテルだと言う必要はなく、ただ住所を言うだけでよかった。

六月になると、ギルキーはついに収監された。小切手を不正使用した罪で服役するためだ。刑期は六か月半だが、実際は三か月半で仮釈放されるだろうから、服役中は次はどんな手でいくかを考える時間にあてることにした。収監される前に、彼は父親に昔の約束は忘れてくれと言った。「大邸宅のことは忘れて。ぼくは広大な土地を手に入れるつもりだから」

◉

予想通り三か月半後、ギルキーはロサンゼルス郡刑務所を仮釈放され、数週間後にはサックス・フィフス・アベニューで再び働きだした。新年にかけてまだ仮釈放中の身だったが、高価なデザイナーブランドの服を買った客のクレジットカード番号をこっそりとメモした。そしてそのカード番号を使って、月に一冊かそれ以上の頻度で本を盗んだ。

一年後の二〇〇二年末のクリスマス商戦たけなわの頃、彼の仕事ぶりに大いに満足していたサックスの上層部は、優良顧客管理係への昇進を打診してきた。その職場に移動になれば、現金のほかにクレジットカードの利用伝票とギフトカードを自由に入手できるだろう。だが昇進をきっかけに身辺調査が行われ、自分の犯罪歴が明るみに出るのを恐れたギルキーは、昇進を辞退しようとした。ところが彼の警戒心は常に働いていたわけではなかったようだ。上司から昇進を熱心に勧められて何枚かの書類に記入するように言われ、うっかりモデストの住所を書いてしまった。彼はモデスト市にあるスタニスラウス郡刑務所で一九九八年に小切手詐欺で六十日間服役していたことがあった。モデストの住所を書いた直後のある朝のこと、出勤早々人事担当副社長に呼ばれた。副社長は「賞罰なし」と書かれた履歴書を彼に突きつけ、首を言い渡した。

ギルキーはサックスでの仕事をほかのどんな仕事よりも楽しんでいた。同僚は彼に親切だったし、客は彼の心のこもった接客態度を評価してくれていた。それについては紳士服売り場の同僚トニー・ガルシアが請け合い、ギルキーのことをこう評した。「いつも穏やかでプロに徹し、進んで接客していました」(5)

いきなり首になったギルキーは、世界は自分に対して不公平だ、自分をのけ者にしていると再び感じるようになった。もっとも、カードの利用伝票を貯め込んでいたので、仕返しをする方法はいくらでもあった。そう考えると気持ちが軽くなった。

二週間後の二〇〇三年一月二十八日火曜日、ギルキーは母親の家で目を覚ました。服を着て、朝食は取らずにバスでモデストの中心街に出て、少しぶらぶらしてからダブルツリーホテルに向かった。ロビーからちょっと離れたゆったりしたスペースに、公衆電話と座り心地のよさそうな椅子があるので、そこに落ち着いた。

彼は記録魔だった。欲しい本と盗んだ本を書きだし、どのカードを使い、どんな状況でだまし取ったかを几帳面に記録していた。彼のルールでは一日に二、三冊以上は注文しないことになっていたが、必ずしも計画通りにいくとは限らず、その朝は電話をする予定の古書店が七、八軒あった。本のほかにも、カタログで見た古文書とアンティークの純銀製の赤ん坊のガラガラも欲しかった。ギルキーはアイダホの古書店に『爆破――モンキーレンチギャング』の初版本を注文するのに成功した。奇しくもサンダースの友人エドワード・アビーの作品だ。ギルキーは本をスタンフォード大学のあるパロアルト市の、ある住所に発送するよう依頼した。ウェスティンホテルの住所だった。

それからニューヨークとシカゴの古書店に電話をかけたが、探している本が置いてなかったり、カード番号を言うだけでは購入できなかったりした。最後にマサチューセッツ州西部にある古書店、ケン・ロペスの店に電話をした。古書コレクションの雑誌『ファースツ』に載っていた広告を覚えていたのだ。ギルキーは電話口で「ヒース（Heath）・ホーキンス」と名乗り[(6)]、五千ドルから七千ドルくらいの本を購入したいと告げた。そしてジョン・スタインベックの『怒りの葡萄』の初版本についてたずねた。ロペスはギルキーにその本の特徴を説明し、六千五百ドルすると言った。ふたりはしばらく雑談した。〝ホーキンス〟は愛想がよく、古書について多少知識があるようだった。ふたりは値段について話し合い、最後にロペスが五千八百五十ドルまで負けた。

それから〝ホーキンス〟はロペスに、その本には宝石箱のようにふたが開く箱がついているかどうかとたずねた。おやっとロペスは思った。六か月前、〝アンドルー・ミード〟と名乗る男から電話がかかってきて、ケン・キージーの『カッコーの巣の上で』の初版本（七千五百ドル）について聞かれたことがあった。その男も本を入れておく箱についてたずねたのだ。そして支払いの段になり、クレジットカード会社に男のカード番号を問い合わせると承認がおりなかった。その旨を伝えると、〝ミード〟は折り返し電話をして別のカード番号を教えると約束したが、二度とかかってこなかった（なぜなら〝ミード〟はギルキーであり、ギルキーはミード名義のカード番号をひとつしか知らなかったからだ）。

ロペスは、同業者であるボルチモアのロイヤル・ブックスのケヴィン・ジョンソンが数か月前に〝アンドルー・ミード〟にねらわれ、ジャック・ケルアックの『オン・ザ・ロード』の初版本（四千五百ドル）を盗まれたのを知っていた。またサンダースがＡＢＡＡ組合員に送った「北カリフォルニア・

クレジットカード泥棒」に関する警告メールをしっかり読んでいたので、この電話の男こそ皆が必死で探している本泥棒だと確信した。

ロペスは〝ホーキンス〟からアメリカンエキスプレスのカード番号を聞くと、クレジットカード会社に信用照会したいから、折り返し電話をくれないかと頼んだ。急いでロペスがアメリカンエキスプレスに電話をかけると、〝ホーキンス〟が言った住所は銀行口座の住所とは違っていた。

〝ホーキンス〟から折り返しの電話がかかってきたので、ロペスは「請求書送付先は、これでよろしいですか?」とたずねた。

「ああ、さっき言ったのは家の住所じゃありません。実際の住まいはニューヨークなんです」

「そうなんですか?」とロペスは調子を合わせた。

〝ホーキンス〟はニューヨークの正しい住所を伝えた。

「それでは、もう一度問い合わせてみますので、数分後に折り返しお電話ください」とロペスは伝えた。

ロペスは〝ホーキンス〟から聞いた、本の送付先の住所をインターネットで調べた。それはパロアルト市にあるウェスティンホテルの住所で、近くにはシェラトンホテルもあった(ギルキーは同じ日に本を両方とも受け取りに行く予定だった)。一方ロペスから再度、信用照会の電話を受けたアメリカンエキスプレスは、本当のカード所有者であるニューヨーク在住のヘザー(Heather)・ホーキンスと連絡を取り、古書を注文したかとたずねた。彼女は何の話をしているのか、さっぱりわからなかった。

〝ホーキンス〟から折り返し電話がかかってきて、カード会社から使用許可が出たかとたずねられたロペスの妻は「ロペスは電話中ですので、しばらくお待ちください」と答えた。そのときロペスは別の電話でケン・サンダースに連絡し、目下進行中の事件について相談していたのだ。サンダースは詳細を聞くと、〝ホーキンス〟の言う通りにするようにロペスに伝え、彼の注文を受け付けて翌朝配達で本を送ることを約束するよう指示した。ロペスは電話を切ると、〝ホーキンス〟が待っている別の電話を取り、カード会社から承認がおりたので注文を受け付けると伝えた。

うまくいったことをギルキーが喜んでいた頃、サンダースはただちに行動を起こした。まずサンノゼ警察署のケン・マンソン刑事に連絡した。マンソンは、ボルチモアの古書店主ケヴィン・ジョンソンが『オン・ザ・ロード』の盗難届を出したときの担当者だった。サンダースはマンソンに、ロペスの店に電話をかけてきた〝ホーキンス〟と名乗る男こそ『オン・ザ・ロード』の窃盗犯であり、ほかの一連の窃盗事件の容疑者だと教えた。

「ケン三部作」――自分とロペスとマンソンの名前が全員「ケン」なので、サンダースは古書店主らしくそう呼んだ――は、こうして仕事に取りかかった。

マンソン刑事は探偵小説が好きで、とくにマイケル・コネリーのファンだった。彼はとことん調査しなければ気がすまないタイプの刑事だ。担当している普通のインターネット詐欺にはうんざりしていたし、彼がいつも担当している事件とはだいぶ違うので、この本泥棒には大いに興味をそそられた。被害者はサンノゼではなくマサチューセッツ市民だったが、おもに詐欺事件を扱う彼のハイテク犯罪チームはかなり自由に動きまわることができた。また、本の送付先のホテルは彼の管轄区域でもあった。

マンソンはサンダースから連絡を受けると、すぐに行動を開始した。ロペスが送った本（おとり捜査が失敗したときにそなえて図書館版の複製）は、翌日の午前中に〝ホーキンス〟指定のホテルに届くよう手配された。

この本泥棒は頭が切れる、とマンソンはにらんだ。本泥棒の餌食になった古書店やカード所有者が詐欺にあったことを知るのは、一、二か月後の請求書が届いてからだ。慌てて利用代金明細書を見ても、わかるのは電話番号と住所だけで、しかも公衆電話からかけられ、ホテルの住所になっている。さらにこの泥棒はさまざまな場所に出かけていき、さまざまな管轄区域で犯罪を重ねている。仮に所轄の警察がほかの州の人間の逮捕状を取ることができても、地方検事は容疑者を引き渡してもらうためにわざわざ千ドル、つまり容疑者の飛行機代を払うことはないだろう。マンソンはそのあたりの事情にくわしい犯罪者に会ったことがある。ほかの州の、大勢の人から少しずつ金を盗んだ場合、捕まることはまずないことをその男は知っていた。〝ホーキンス〟もそういう連中のひとりなのだろう。

マンソンはサンダースとロペスの意見に同感だった。ケヴィン・ジョンソンから『オン・ザ・ロード』を盗んだのが誰であろうとも、その泥棒はロペスの店にたった今電話をかけてきた男と同一人物だ。もっとも、ホテルで五時間張り込んでも男が現れなかった場合、おとり捜査は中止になる。

マンソンはパロアルト市のウェスティンホテルに電話をして、ヒース・ホーキンスとヘザー・ホーキンスの名で予約が入っていることを知った。〝ホーキンス〟は予約した直後に、自分宛てに届く小包を預かっておいてほしいとフロントに頼んでいた。スタンフォード大学のすぐそばにあるこのホテルは、外観とインテリアがあまりにもかけ離れていて、二重人格に苦しんでいるように見える。外観はスペインふうで、赤いタイル貼りの屋根に化粧漆喰のアーチ型の入り口が並んでいるが、インテリアはアジアふうで、中国の獅子が飾られ、漆の衝立が置かれていた。

次の日の朝、男女ふたりの覆面捜査官がホテルのロビーですでに待機していた。ジーンズにポロシャツ姿のふたりはソファにくつろいで座り、休暇を楽しんでいる夫婦のように見える。ふたりは早めにホテルに到着し、十時半までに配達されるはずの宅配便を待ちかまえていた。本泥棒は本が配達されたらすぐにホテルに現れる、とマンソンたちはにらんでいた。マンソンは、ホテルの駐車場に停めた覆面車の中からおとり捜査を指揮していた。すでにホテルの従業員たちは、〝ホーキンス〟がフロントにやってきて小包が届いてないかとたずねたら合図をするようにと言われていた。もちろん、彼らの誰ひとりとして目当ての人間については何も知らなかった。受け取りにくるその本泥棒が男なのか、女なのか、ふたり連れなのか——まったくわからなかった。

マンソンが覆面車で待機しているあいだ、サンダースはABAA組合員の協力をあおごうとしていた。「北カリフォルニア・クレジットカード泥棒」を有罪にするため、組合員に一斉メールを送り、最近の盗難の被害で「クレジットカード泥棒」の犯罪手口に合致するものがあればできるだけ早く知らせてくれと頼んだ。

返信メールが続々と送られてきた。すべてが役に立ったわけではなかったが、耳寄りな情報もあった。ニューヨークのある女性店主から送られてきたメールには、恋人の子供に贈る本を買いたいという男性から二度電話があったが、本の送付先と請求書の送付先が一致しなかったので注文を受けなかったと書かれていた。

サンダースは次のように返信した。「くわしいことが知りたい。そして、もしその男がもう一度連絡してきたら、どうか調子を合わせて本を送ることを承知してほしい。今この瞬間に、カリフォルニアのあるホテルで警官による張り込みが行われていて、その男が『怒りの葡萄』を受け取りに午前中にそこに現れることになっている。すべて順調にいけば、明日の今頃は男は檻の中だろう。ここだけの話だが……失敗したら、また別のおとり捜査をしなければならない」

それからしばらくして、バークレーにあるセレンディピティ・ブックのピーター・ハワードからメールが届き、二〇〇〇年にある男に二冊の本を盗まれたが、男は年配のおじを本の受け取りによこしたと知らせてきた。

ヘルドフォンド・ブックギャラリーのエリック・ヘルドフォンドからもメールが届いた（ギルキーはこの店で二〇〇一年に二冊の本を盗んだ）。メールによれば、エリックの妻のレーンはその日、店番をしていて電話で注文を受け、電話の主のいとこに本を手渡したそうだ。「逮捕された男の写真を妻が見たら、役に立つかもしれません。妻は観察力が鋭く、記憶力の良さときたら恐ろしいほどです」と書いてきた。レーンによれば、男は「二十代後半から三十代前半。身長は五フィート九インチ（百七十五センチ）。茶色の髪で中肉中背。ひげはきれいに剃られ、カジュアルな服装」だったそうだ。また、しゃべり方がおかしく、歯医者で治療したばかりだと言い訳をしたそうだ。

ワシントン州のエド・スミスは、ジョーゼフ・ヘラーの『キャッチ＝22』を盗まれたと書いてきた。「カバー付きのほぼ美品で、実にきれいな本だった。ほかにもサミュエル・ベケットの『ノーのナイフ *No's Knife*』限定版（通し番号1／99）も盗まれた。これは新品同様の美品で、革表紙にグラシン紙のカバーがかかって、箱に入っていた」。おとり捜査については「大ニュースは……まだ他言無用かな？」と追伸に書いてきた。

その直後、サンダースはこれまでにわかったことをまとめて組合員に一斉メールを送った。被害にあった組合員には、警察で写真を何枚も見せられても、容疑者を特定できるかという質問も添えた。

ギルキーはロペスに『怒りの葡萄』を注文した日の夜、サンフランシスコのウィンダムホテルに泊まった。次の日の朝、身元が割れるようなものをポケットから出すと、ホテルのルームキー、テレホンカード、クレジットカードの利用伝票二枚、ランチ用の現金二十ドルだけを持って出かけた。十一時頃にサンフランシスコからカルトレインに乗り、南へ一時間ほど電車の旅を楽しんだ。次々と変わる車窓の景色。落書きで覆われた工場群。うらぶれた街並み。ヤシの並木。外車販売店のある通り。ギルキーはパロアルト駅で降り、二ブロックほど先のウェスティンホテルに向かった。

ホテルの駐車場をぶらぶらして、宅配便の車が停まっているのに気がついた。車がここにあるということは、本は今配達の最中か、まもなくフロントに届くかだろう。ホテルに入り、フロントに向かって歩き出すと、カチッという警察の無線機のような音と人の声が聞こえたような気がしたが、何でもないだろうと無視して歩き続けた。たった数フィート先に、『怒りの葡萄』が待っているのだ……。

フロントで、自分宛ての小包が届いていないかとたずねた。フロント係が確認のため郵便物を保管している背後の一画のほうに歩きだす。次の瞬間、ギルキーは覆面捜査官たちに手錠をかけられ、「おまえを逮捕する」と言われた。捜査官は駐車場で待機しているマンソンに無線で報告をした。

「ぼくはサンフランシスコからやって来たばかりです。調べものをするためにスタンフォード大学の図書館に行くところです」とギルキーは説明した。

「じゃあ、ここで何をしている?」とマンソンが質問した。

「カルトレインで乗り合わせた人から、ここに本を受け取りにいけば二十ドルお礼すると言われたんです」

マンソンはその話を信じなかった。ギルキーは「不安そうに、目をきょろきょろさせている」じゃないか……。ただし、重大な詐欺事件を何度も扱ったことがあるマンソンは、謝礼をもらって荷物を受け取りに行く旅行者がいるということも知っていた。この男の話が嘘とは言い切れない可能性もあった。

「わかった。それじゃあ、こうしよう」とマンソンが言った。「手錠を外して、おまえをカルトレインの駅まで連れていく。そこで本の小包を渡すから――おまえはその男に会え。いたら、おれたちに教えろ」

「逃げるんじゃないわよ。後ろに私たちがいることを忘れずにね」と女の覆面捜査官が警告した。

ギルキーはその警告についてよく考えた。駅まで歩くあいだ、六人もの警官が自分を見張りながら付いてくるのだ。だが、スタンフォード大学はすぐ左手だ。大学に向かって猛ダッシュすれば、警官たちを巻くことができるかもしれない。「待て。最悪のことが起こったらどうする？　撃ってくるとは思えないが……」とギルキーは自問した。やはり遠すぎる。ギルキーは覆面捜査官たちにあとを付けられているあいだ、クレジットカードの利用伝票をこっそりポケットから出して口に入れ、よくかんで吐き出した。駅に着いてもギルキーは逃げ出さず、歩きまわっていろいろな人に近づいては声をかけ、警官に説明した人相の男性を見かけなかったかとたずねた。

マンソンも駅員や売店の店員に、杖をついた四、五十代の白髪の白人男性――この男のいう人相の男――を見かけなかったかと質問した。だが目撃者はひとりもいなかった。ギルキーは三十分ほど駅の構内をうろついていたが、やはり証言を裏付けてくれる人はいなかった。間違いない。この男は嘘をついている。警官たちは尋問のために彼を連行した。

警察署でギルキーは、自分は人助けをしただけだ、杖をついて歩きにくそうだった男性を助けようとしただけだと主張した。[7] そして姓名は名乗ったが、住所などは黙秘した。ポケットの中のホテルのルームキーを没収されたが、どのホテルのものかは明かさなかった。やがてマンソンはこの男が保護観察中の身であることを突き止めた。ギルキーが正直に本名を言ったからだ。

次第に謎が解明されていった。ギルキーは電車で乗り合わせた男から「ヒース・ホーキンス宛ての本を受け取ってきてほしい」と頼まれたと警官に答えたが、ホテルのフロントでは「ヘザー・ホーキンスの代わりに本を受け取りにきた」と言っていた。ヘザー・ホーキンスはクレジットカードの所有者の名前だ。

「で、ヘザーという名前をどうやって知ったんだ？　おまえはたった今ヒースと言ったばかりじゃないか」とマンソンは問いただした。

「そうでしたか。たぶん杖の男性がヘザーとヒースのホーキンス夫妻とかなんとか言ったんでしょう」とギルキーはとぼけた。

「本当のことを言え」とマンソンは脅すように言った。

　この時点でもギルキーは落ち着いて見えたが、自分の作り話にまだ固執していた。一方マンソンは突破口を開いた。ギルキーのポケットの中に折れ曲がったテレホンカードがあったので、電話会社に調べてもらったところ、カードは前日の午前十時十一分、十時五十六分、十一時二十五分に使われていた。三回ともマサチューセッツのケン・ロペスの古書店に〝ホーキンス〟と名乗る男から電話がかかってきた時間と一致した。

「ええ、あのときは嘘をついていました」。ギルキーはクレジットカードの名義人の名前をつい言い間違えたと言いたいのだ。「でも今はついていません」

　ギルキーは留置場に入れられた。

第8章 宝島

ギルキーは二日間警察署で留置されることになった。サンダースは古書店主エド・スミスにメールを送った。彼はギルキーの被害者の可能性があった。

件名：サンホセへの道
知っての通り、あの男は捕まったが、たったの四十八時間だ。あの刑事が証拠をそろえて金曜の朝に地方検事に提出できるよう、われわれは積極的に彼に協力している。
あの男は（もちろん）嘘つき野郎だ。あいつらはいつもそうだ。
さらなる情報を求む。

翌日になると、盗難の被害報告が次々と送られてきた。
マンソン刑事はサンダースから得た情報をもとに、ヘルドフォンド・ブックギャラリーのレーン・

ヘルドフォンドにメールで写真を何枚も送り、彼女の店に本を受け取りに来た泥棒をその中から特定できるかとたずねた。彼女はもともと記憶力が良かったが、人の顔立ちについての記憶はずば抜けていた。六枚の写真を見てから、そのうちの一枚の男がよく似ているが、記憶の中の男より顔色がやや赤く、髪もやや薄く、顔が多少ふくらんでいるように見えると答えた。どれもほんのわずかな違いだが、それでも彼女は気づいたのだ。

マンソンはレーンの観察眼に脱帽し、その男が前と違って見える理由を説明した。実はギルキーは薄毛の治療中だった。そのせいで肌が赤くなり、顔がやや膨らんだのだ。レーンはギルキーを特定しただけでなく、二〇〇一年にたった一分ほど見ただけの顔がどんなふうに変わったかまで言い当てたのだ。

レーン・ヘルドフォンドの決定的な証言のおかげで、マンソンは被疑者の特定ができた。二〇〇三年二月一日、サンダースはABAA組合員に一斉メールを送り、おとり捜査の顚末を語った。同時に、ギルキーが貯金をはたいて保釈金を払い、釈放されたことも知らせた。そして「現在所在不明」と書き足した。

すぐにサンダースの受信トレイは感謝のメールでいっぱいになった。ギルキーは保釈されたが、サンダースの努力のおかげで古書業界は泥棒を刑務所に送り込むまであと一歩――これほど近づいたことはなかった――のところまで来たのだ。

過去一世紀のあいだ、本泥棒は古書店にとってずっと脅威ではあったが、盗んだ本を売るのは今ほど楽ではなかった。今はインターネットがある。ケン・サンダースによれば、最近の本泥棒のニュースと同じくらい彼をいらだたせるのは、アメリカ最大のオークションサイトであるイーベイ（ｅＢａｙ）だった。イーベイに出品されるのは価値のあるものばかりではなく、あらゆる種類のまがいものもある、とサンダースは言う。善良な出品者でさえ、ブッククラブ版と初版の区別が必ずしもできていない。さらに初版初刷と第二刷以降の区別さえつかない者もいる（私はまずそこから教わった）。精通している出品者もいるが、その中には無知な入札者をだまそうとやっきになる輩《やから》もいる。

「ソルトレイクバレーに住むあるご婦人がおれのところに電話をかけてきて、言うんだ。『たった今、ネットオークションで著者サイン入りの「ライ麦畑でつかまえて」を千五百ドルで落札したの』。おれはすぐに彼女を黙らせた。『そんな本は見たくもないし、うちの店に持ち込んでほしくもない。それはインチキだ。偽物だ。あんたはだまされたんだ。金を取り返せ』。Ｊ・Ｄ・サリンジャーの本物のサイン入りの本は、どんなものでもその十倍払ったって買えやしない。まして『ライ麦畑でつかまえて』なんてありえない。おれは彼女にそれを教えてやろうとした。『いいか、本に精通した数百人ものコレクターや古書店主がイーベイを見ているのに、彼らを差し置いて手に入れられるほど、あんたはラッキーなのかね？』とね。それは二十世紀で一番人気の作家の、最も入手困難なサインだ。しかもそのサインが彼の一番人気の本に？　ありえない。もちろん、それは初版本じゃない！　やつらが貴重な初版本に偽のサインをして、台無しにするわけがない。そこらの版を選んで、偽のサインを書くんだ」

サンダースによれば、一般の人が詐欺にかかりやすい理由のひとつは、彼が命名した「アンティーク・ロードショー・イーベイ症候群」のせいだ。『アンティーク・ロードショー』（サンダースは古書の専門家として後に番組に出演する）とイーベイのために、古書の潜在的価値がかなり知られるようになったが、入札者は詐欺師から自分の身を守るための知識をじゅうぶんに持ち合わせていないそうだ。

「みんなおれのところに電話をかけてきて言うんだ。『『風と共に去りぬ』の初版本を手に入れたわ』って。そんなことあるわけがない」。そもそも『風と共に去りぬ』は、百回以上も「初版」が印刷され、どれも初版と呼ばれているが、「一九三六年五月発行」と記されたごく初期の初版だけが真の初版本なのだそうだ。さらにその中から、美品や良品の初版本を、とくにカバー付きのものを見つけるのは至難の業らしい。「入札者たちは初版とは何なのかも知らないくせに、これは何かいいもの、何か価値があるもの、などと思いたがる。『アンティーク・ロードショー』の観すぎだ。そのテレビ番組と高速のインターネットと超巨大企業を合体させたのが、イーベイだ。警察なんかに言わせると、イーベイは世界最大の合法化された盗品売買所だ」

私はマーク・サイデンというコンピューターシステムのセキュリティアナリストに電話取材し、もっと冷静な意見（サンダースの意見は熱のこもり過ぎ）を聞こうとしたが、彼はサンダースと同じことを一言一句たがわずに言った。「イーベイは世界最大の合法化された盗品売買所です」。サイデンによれば、イーベイには競売の主催者もいなければ、物理的な場所もない。要するに専門的なオークションハウスではなく、それを理由に法的責任を回避してきたのだ。「イーベイは市場《いちば》に過ぎないと彼らは言ってのけます。以上です」とサイデンは言って電話を切った。仮にネットオークションがどんなに合法だとしても、破廉恥な出品者はそこで暗躍している——これが事実なのだ。

次にサンダースと話したとき、私はサイデンがあなたと同じことを言っていたと伝えた。それを聞いて、サンダースは再びイーベイへの怒りを爆発させた。彼は、イーベイでしょっちゅう偽物を目にすると言った。「ある出品者がジョン・レノンの直筆サインを一ドルで売っているのを見たから、その男に電話して、鑑定書があるのかと聞いてみた。すると男が『ああいった古書店は鑑定書代として百ドルも請求するからやめた』と答えたから、『どうして鑑定書を手に入れなかったんだ？本物って鑑定されたら、五千ドルで売れるぞ』と言ってやったんだ。すると『糞くらえ』って言って電話を切りやがった」

数年前に、サンダースとケン・ロペスはイーベイの代表者と会い、詐欺師を退治する方法を提案したが、むだに終わったそうだ。「ロペスとおれは九か月間イーベイと交渉したが、時間の浪費だった。あの連中はひとつの提案も受け入れなかった。おれたちに調子を合わせていただけで、何ひとつ変える気はなかった」

サンダースは、人々がだまされるのは、皮肉なことに鑑定書を出す習慣のせいなのだと言う。「本が入荷すると」とサンダースは古書店の昔ながらの仕事の手順を説明し始めた。「その来歴を明らかにしようとするが、多くの場合それは不可能で、ある時点で途切れてしまう。となると、本をよく見て、仕入れたときの状況をよく考え、自称専門家に頼んで調べてもらうくらいしかできない。そうやって、やるだけやって集めた情報をまとめて蔵書目録に記入する。それが古書店の仕事だ。

ところがイーベイのせいで、今や誰もが鑑定書を欲しがるようになった。だがおれは聞きたい。その鑑定書に署名したのはどんなやつなんだ？　おれに言わせれば、身元が確かな古書店や直筆サインの専門店ならば、鑑定書なんて出しはしないものだ。鑑定書が付いてるってことは、逆に『気をつけろ』という警報が出てるみたいなものだ。つまり、鑑定書自体が売り物ってことだ。イーベイじゃ、今や鑑定書が当たり前になった。鑑定書のおかげで詐欺師はますます成功し、大繁盛だ」

私がニューヨーク古本市で知り合ったダン・グレゴリーは、ニュージャージーのグロスタシティでビトゥイーン・ザ・カバーズ・レアブックスという古書店を営んでいる。彼はイーベイが抱えるもうひとつの問題点を危惧している。偽物のカバーのことだ。カバーの専門家であるグレゴリーが、その現状について説明してくれた。『グレート・ギャツビー』の初版本はカバーがないと百五十ドルだが、あれば四千ドルもする。となると、自分でカバーを印刷したり（現代のテクノロジーと豊富な知識があれば可能だ）、あるいは初版ではない本のカバーをつけたりする不届き者が出てきてもおかしくないというのだ。

「私が善人ではなく悪人だったら、そうします」とグレゴリーは言い、次のような未来を予測した。「十年後か二十年後、イーベイのオークションは眉唾物ではないかと気づいた人が自分のコレクションを売ろうとしたとします。そのとき彼は、実際その通りだ、取引は眉唾物だったと思い知ることになるでしょう」

ギルキーを捕まえるのが難しいのは、彼は盗んだ本をイーベイやほかのオークションサイトで売ろうとしないからだ。だから、ギルキーの逮捕はサンダースにとってひとまずは大満足すべきことだった。しかし――。

サンダースはＡＢＡＡ組合員にギルキー逮捕を知らせる一斉メールを送った直後に、あの思い出の二〇〇三年カリフォルニア国際古本市に出店するためにサンフランシスコに向かった。大規模な古本市ではよく見られることだが、初日には数千人のコレクターが押しかける。彼らは正面の扉を通り抜けるやいなや、お目当ての本を見つけるのに大忙しだ。サンダースはこうした目をぎらぎらさせたコレクターに囲まれ、自分の秘蔵の本をブースで展示しているにもかかわらず、心ここにあらずで、ギルキーのことばかり考えていた。

ＡＢＡＡの防犯対策室長として三年間、組合員には盗難の被害報告をするように、盗品の古書を売るような動きがないか見張るようにしつこく言ってきた。しかし、結局何も変わっていないという思いがあった。すぐそばまで迫ったというのに、あの「ろくでなし」を身動きさせなくしたわけではなかった。腹立たしいことに、ギルキーは保釈金を払って仮釈放され、今はこのサンフランシスコのどこかにいるのだ。

サンダースとロペスは、ギルキーの顔写真や指名手配のポスターを作って古本市のあちこちに貼るのはやめることにした。容疑者を並ばせて面通しをするときに、店主たちに先入観を持たせないようにするためだ。だから、ギルキーを見分けられるのはほんのひと握りの店主だけだった。

当のギルキーは、古本市の正面の扉を通って中に入ったとたん、人の視線を感じたような気がしたが、気のせいかもしれないと思い直した。彼は持ってきた本を買ってくれそうな店をどうしても探さなければならなかった。弁護士費用を工面しなければならないからだ。古書店のブースをあちこち見てまわり、本をほめたり、いくつか質問したりした。

お気に入りの古書店、ヘリテージ・ブックショップのブースでは、アイン・ランドの『水源』を絶賛した。オーナーのひとりであるワインスタイン兄弟のうちのひとりは、ギルキーのことを知っているようだった。ギルキーが「彼と取り引きをした」――「盗み」という言葉の代わりにギルキーが使う婉曲表現――ことがあるからだ。数年後にギルキーに取材したとき、彼は「ぼくは彼から何も取っていません。運転手を受け取りに行かせただけです」と反論した。

なんとギルキーはヘリテージで盗んだH・G・ウェルズの『透明人間』を、またヘリテージで売ろうとしたのだが、断られてしまった。少なくとも千ドルで売りたかったのに、ヘリテージは五百ドルしか出せないと言ったからだ、そこでブリック・ロウ・ブックショップのジョン・クライトンのブースに向かった。クライトンは、『カスターブリッジの市長』を受け取りに来たのがギルキーの父親だったとは知らなかった。ギルキーは、サムナー・アンド・スティルマン・レアブックスでおよそ二千ドルの値のついたジョージ・オーウェルの『一九八四年』の初版本を欲しそうに眺めた。別のブースでは、ルイス・キャロルが本のカバーを考案したと店主から聞いて、興味をそそられた。(1)

ギルキーは、作家のジョン・ダニング(元刑事の古書店主クリフ・ジェーンウェイが活躍する稀覯本ミステリーシリーズの作者。ギルキーはかなり影響を受けた)が古本市でスピーチすると聞いていたが、ダニングには会えなかった。会えていたら、サインしてもらっていただろう。

ギルキーによれば、サンダースのブースにも立ち寄り、ウォレス・ステグナーの本を数冊見たが、歴史家・作家・環境保護活動家であるステグナーの名前はこれまで聞いたことがなかった。モルモン教に関する本も見たが、まったく興味がなかったので、長居せずに立ち去ったそうだ。サンダースが数週間前の逮捕劇を仕組んだ男とは、夢にも思ってもいなかったと言った。

数名の店主が目を光らせる中、ギルキーは盗んだ本を売り払おうとしたが、結局売れなかったようだ。そのせいか、古本市のあった三日間、犯罪行為はまったく報告されなかった。(2) 本の紛失は一件もなく、盗品と思われる本を売り込もうとした男もいなかった。サンダースがギルキーの犯罪の再開を知ったのは、次の月の三月二十五日になってからだった。ギルキーがサンフランシスコに姿を現し、不正小切手で本を買おうとしたのだ。サンダースはＡＢＡＡ組合員に警告メールを送った。

今日の午後早く、やつはトム・ゴールドヴァッサーの店に行き、ジョン・ケンドリック・バングズの初版本を数冊買おうとした。目を光らせてくれ！　ギルキーは身長五フィート九インチ（百七十五センチ）、体重百三十ポンド（六十キロ弱）。三十代半ば。まっすぐな茶色の髪。ひげはきれいに剃られ、猫背。穏やかな話し方で、ウインドブレーカーに野球帽というカジュアルな服装。今日、ゴールドヴァッサーの店に来たときは、新聞紙と美術雑誌『アートニュース』を抱えていた。ジョン・ケンドリック・バングズを集めていると言ったそうだ。それと、人の注意をそらすための年配の男もいた。五十代、やつよりも長身の六フィート（百八十センチ）、白髪まじりの髪。

二日後、サンダースはマンソン刑事から、ギルキーが弁護士なしで法廷に現れたことを知った。そのためギルキーへの法廷審問は延期され、彼は再び裁判所に出頭することになったが、証言録取まで六か月から一年かかるだろうとマンソンは言った。お決まりの裁判期日の遅れのせいで、ギルキーは最長一年間は自由の身ということになった。

逮捕後の一年間の自由と保釈金の支払い——それは彼流の復讐の始まりだった。ギルキーは逮捕された後でさえ、いや、たぶん逮捕されたからこそ、今ならやりたいことを何でもできると思ったはずだ。何しろ逮捕という最悪のことはもうすんでいる。一年後に出頭しても、裁判官が数か月以上の刑を言い渡すとは思えない。数か月なんて大したことはない。彼の計画がちょっと中断するだけのことだ。差し当たり、すべきことは自分のコレクションを増やすことだ。

サンダースが組合員に警告メールを送ってから一週間もしない四月一日に、フィラデルフィア・レアブックス・アンド・マニュスクリプツのシンシア・デイヴィス・バフィントンからメールが届いた。

六千五百ドルの本を電話注文する者あり。アメリカンエキスプレスの名義はイセル・ゴットリーブ。会話におかしな点はなく、カード会社から承認はおりた。電話の主は、カードの現在の住所が本の送付先のオークランドの住所に変更されていないかもしれないと言及。サバンナから引っ越したばかりだそうで、昔の住所も教えてくれた。インターネットで調べたら、オークランドの住所はヒルトンホテル、電話の局番はサンフランシスコの……。アメリカンエキスプレスに電話で事情を説明したところ、カード詐欺と言われた。

サンダースはバフィントンに、言われた住所に偽の小包を宅急便で送るように指示した。小包は翌朝ヒルトンホテルに届いたが、誰も受け取りに来なかった。ギルキーは偽名でホテルの予約もしていなかった。マンソンと部下はホテルの外で午前十時から午後四時まで六時間もギルキーが現れるのを待っていた。

次のチャンスまで待とう、とマンソンはサンダースにメールを送った。

二週間後、ギルキー（偽名は使わなかった）はロサンゼルスで、九千五百ドルのA・A・ミルンの『クマのプーさん』のシリーズを、それよりもはるかに安い値で売ろうとしているという情報が入った。ギルキーは最初はウィリアム・デイリー・レアブックスに、次にヘリテージ・ブックショップに持ち込んだ。本は、『クリストファー・ロビンのうた』（一九二五）、『クマのプーさん』（一九二六）、『クマのプーさんとぼく』（一九二七）、『プー横丁にたった家』（一九二八）の四作。サンダースからのメールでギルキーの名前を覚えていた店主たちが、彼に報告してきたのだ。ウィリアム・デイリーのメールには、ギルキーは店を出ると、「SHERBET」というナンバープレートを付けた日産の車に乗りこんだと書かれていた。サンダースは組合員全員にこれらの情報を伝えた。

デイリーは、ギルキーが残していった「ゲートビュー・コート」という住所もサンダースに転送した。サンダースはさらに組合員に「サンフランシスコ在住の人で、ゲートビュー・コートがどこにあるかを知っている人は要返信」と一応メールを送ったが、たぶんでたらめな住所だろうと思っていた。

ところが、数名の返信からと、さらにマンソンから、この住所はトレジャーアイランドに実在することがわかった。トレジャーアイランドは帯状の人工島で、サンフランシスコ湾の中央に位置する。ニューディール政策期の一九三〇年代に大統領令により発足した公共事業促進局（ＷＰＡ）のプロジェクトとして、サクラメント三角州でさらった泥で築かれたこの人工島は、その名前から泥の中に埋もれているかもしれない金《きん》を連想させた。サンフランシスコ初の空港も軍事基地もトレジャーアイランドにあり、一九三九年のゴールデンゲート万国博覧会はここで開かれた。島は、きらきらとした海、華やかなサンフランシスコのシルエット、セレブたちが多く住むマリン郡、イーストベイ（サンフランシスコ・ベイエリアの東側の土地）に四方を囲まれている。しかし島の建物の多くはすでに使用されておらず、今ではこの人工島の大部分はゴーストタウンのようだ。人もほとんど住んでいない。

本泥棒がトレジャーアイランドに住んでいるかもしれない（そして本を隠しているかもしれない）というのは、話としては完璧のように見える。なぜなら、「宝島」という島の名前はコレクターに人気の高い、有名な本のタイトルと同じであるだけでなく（稀少な初版本は三万ドル以上）、宝探し――本の蒐集がまさにそうだ――をほうふつさせるからだ。

ギルキーが正しい住所を人に教えるとは思えなかったが、サンダースは一応マンソンに折り返しの電話を入れた。

「仕事の邪魔をしてすまないが、おれにはこの住所が役に立つとは思えない」

ロサンゼルスの古書店主アーノルド・ハーは、サンダースの最新の警告メールから、ギルキーがA・A・ミルンの本を売ろうとしていることを知っていた。その日、ふと顔を上げると、写真のギルキーによく似た男が店内にいた。ギルキーのことを考えていたから彼の姿がちらつくようになってしまったのか……。いや、違う。すぐそこにいるのは確かにギルキーだ。カウンターのほうに近づいてくるぞ……。ハーは、しっかりしろと自分に言い聞かせた。(3)

「いい店ですね」とギルキーは声をかけてきた。「ぼくは『クマのプーさん』のシリーズを四冊持っています。とても良い状態です。ご興味がおありでしたら、買い取っていただけませんか?」

ハーは四冊の本を丁寧に見て、時間稼ぎをした。「そうですね、興味のありそうなお客さんを知っています。一時間後にお電話ください。それまでに彼女に聞いてみますから」

「そうですか……。一時か二時にはホテルをチェックアウトするので、今すぐ売りたいんです」

ギルキーがハーの店を出るいなや、彼の言葉はそっくりそのまま、サンダースに報告された。サンダースの指示に従って、ハーはギルキーが以前『クマのプーさん』を持ち込んだウィリアム・デイリー・レアブックスに電話をかけ、ことの次第を伝えた。店主のデイリーは、残念だがその本が盗品であるかどうか、電話の話だけでは証明できないと言った。ハーはウエスト・ハリウッドのハイアットホテルに泊まっているギルキーに電話をかけ、彼がまだ本を売りたがっていることを確かめてから、ミルンの本に興味のある客は週末は町にいないが、月曜なら連絡を取ることができると伝えた。ギルキーはハーに携帯電話の番号を教えた。

十二分後、サンダースはロサンゼルスにあるフール・ブックスのジョージ・フールからメールをもらった。メールには、ギルキーはミルンの本を売りに来て、たった今、店を出たところだとあった。ギルキーはタクシーを拾うつもりだと言ったが、ナンバープレートのない黒っぽい車に乗り込んだ。運転手の顔は見えなかった。店の前には駐車スペースがたくさんあったにもかかわらず、車は一ブロック先に停めていた。

サンダースはＡＢＡＡ組合員にギルキーの最近の動きを伝え、彼が青のシーザーズパレス・ジャケット（ラスベガスの高級ホテル、シーザーズパレスのオリジナルブランドのサテンのジャケット）に黄褐色のズボンをはいていたことも伝えた。そして、南カリフォルニアの古書店主たちには特別な指示を与えた。電話連絡網を作り、ＡＢＡＡ加盟店でない店にも警告するように、というものだった。

その晩遅く、十一時近くに、ＡＢＡＡ非加盟店のブックフェローズ・ファイン・アンド・レアブックスのマルコム・ベルからサンダースにメールが届いた。彼は電話連絡網で警告を受けたひとりだった。

残念なことに、私は事情を知るのが遅すぎたようだ。ギルキーは私の店に土曜の午後四時に来て、四冊の『クマのプーさん』シリーズを二千ドルでどうかと言った。私は興味がないと伝えたが、彼は感じがよく、話し好きだった。私にはちゃんとしたコレクターに見えた。うちの本をじっくり見てから、ＳＦものを陳列したガラスケースを開けてくれないかと妻に頼み、シャーリイ・ジャクソンの短編『悪魔は育ち盛り』の初版本（百ドル）と、ロバート・Ｅ・ハワードの『狂戦士コナン』の初版本（二百ドル）の二冊を選んだ。
彼は小切手で払い、身元確認にパスポートと免許証を見せた。妻と私は月曜に銀行に行く予定だが、その小切手が換金されることはまずないだろう。彼は小さなキャリーバッグを持ち、これから飛行機で旅に出ると言っていた。

次の日の朝、ベルからサンダースにメールが届いた。「ＡＢＡＡへの加入を申請した」。

◉

数日後の二〇〇三年四月二十一日、ケン・マンソン刑事は金《きん》を掘り当てた。捜索令状を手に入れたマンソンは、ギルキーが残したトレジャーアイランドの住所を家宅捜索することにした。マンソンがマンションの呼び鈴を押したが、返事がない。マンションの管理会社から入手した鍵を使ってドアを開けた。中に入ったとたん、マンソンは「ビンゴ！」と心の中でつぶやいた。どこもかしこも本だらけで、間違いなくギルキーの家だ。マンソンと三人の警官は、政府助成事業による陰気な三ＬＤＫのマンションを捜索して、本棚はもちろんのこと、寝室やキッチンで、カウンターやダイニングルームの椅子の上で本を見つけた。一番古いのは一四八〇年頃の時禱書《じとうしょ》の装飾写本の絵で、プラスチックのフレームに収まっていた。一八三一年の土地の権利書や、第七代アメリカ大統領アンドリュー・ジャクソンのサインもあった。
ギルキーは古書のほかに、コイン、切手、古文書、野球カード、ポスター、サイン入り写真も集めていたようだ。そうした蒐集品やその価格に関する本、広告、記事の切り抜きもあった。警官たちは本のタイトルと作家名が書かれた購入リストらしきものを発見し、ホテルの領収書、オークションハウスや古書店の名前が書かれたメモも見つけた。マンソンは、メモの中に過去三年間に詐欺にあった古書店の名があることに気づいた。さまざまな外国のホテルの領収書とパスポートなども見つかった。ジョン・ギルキーと父親のウォルター・ギルキーはこのマンションに住んでいるようだ。息子の寝室でサックス・フィフス・アベニューが発行したクレジットカードの利用伝票と、カードの持ち主の名前、カード番号、有効期限が書かれたメモの入った茶封筒も見つかった(4)。

マンソンは携帯電話を取り出し、サンダースに家宅捜索について報告した。

サンダースは自分の耳を疑った。すぐ飛行機に飛び乗ってサンフランシスコに行きたかったが、マンソンの報告を聞くことでがまんすることにした。マンソンはギルキーのマンションの様子をくわしく説明した。

「本をみんな段ボールに詰めて車で運び出し、所有者ごとに仕分けしてくれないか?」とサンダースは頼んだ。

しかしマンソンは、盗品であることを示す証拠がなければ、ここから何も持ち出せないと答えた。マンソンは見るからに高そうな本が並ぶ書棚の前に立ち、間違いなく盗まれた本はどれか教えてくれとサンダースに言った。

サンダースはABAA組合員からの被害報告を見ようと慌ててパソコンを立ち上げ、すばやくファイルを開いた。

「ジャック・ケルアックの『オン・ザ・ロード』はあるか?」

「ある」とマンソンは答えた。

「取れ!『カスターブリッジの市長』は?」

「ある」

「ジョゼフ・コンラッドの『ロード・ジム』は?」

「ある」

　こんな具合にサンダースの協力を得て、マンソンはその日、盗まれた本を二十六冊特定することができた。サンダースが何よりもうれしかったのは、ロサンゼルスのマルコム・ベルのところから盗まれた本が、たった三日で「ケン三部作」の手で取り戻せたことだった。「これは新記録だな」とサンダースはひとりごちたが、盗品の証拠がない大部分の本は、そのままギルキーのマンションに置いておかれた。


　ギルキーはその日、警察の捜索が終わったあとに家に帰ってきた。マンションの建物に近づくと、ゴミ箱のふたが転がり、中身が歩道に散らばっているのに気づいた。警察が来た、とピンときた。マンションに入った瞬間、自分が誘惑に負けたからこうなったのだと後悔した。本を手元に置いておきたい、貸し倉庫に隠しておくよりそばで本を愛でたいという誘惑に負けたのだ。もう身の破滅だ……。

その日、サンダースは組合員に一斉メールを送った。

サンノゼハイテク犯罪チームがトレジャーアイランドのギルキーのマンションを家宅捜索したことを報告できるのは、望外の喜びだ……。ギルキー本人、あるいは偽名を使ったギルキーに本を盗まれた組合員は至急連絡してほしい。これは緊急要請だ！

ギルキーのマンションは宝の山で、担当刑事たちは盗品と思われる本を段ボールに詰め込んでいる最中だ。本のほかに有名人のサイン、コイン、映画のポスター……もあったもよう。ギルキーはまだ逮捕されていないが、近い将来、逮捕されるはずだ。

サンダースはメールの最後をいつもの警句で終えた。「自己管理せよ」

次の二日間、サンダースの受信トレイはいっぱいになり、盗まれた本のタイトルとその特徴（破れたページ、献呈サイン入り、染みなど）が書かれたメールがアメリカじゅうから送られてきた。そして感謝のメールはそれよりもさらに多かった。シカゴのフローレンス・シェイは長いあごひげのサンダースに「あなたはポアロそのものね。あごひげと口ひげの違いはあるけど」と送ってよこした。

四月二十四日、ギルキーは法廷審問のために再び裁判所に出頭した。裁判官は警察から、彼がロサンゼルスとサンフランシスコでこれまで犯してきた犯罪の報告を聞き、保釈金を二十万ドルに上げた。

ギルキーの相棒、あるいは仲間は誰なのかという問題は、「ケン三部作」を悩まし続けた。「SHERBET」のナンバープレートを付けた車の運転手と、本の受け取りに何度か現れた年配の男の正体がわからない。ギルキーは、父親か兄か叔父か甥が本を受け取りにいったと言っていたが、全部で何人いるのか？　全員親族なのか？　それとも単なる犯罪仲間なのか？　サンダースはABAA組合員にメールを送った。「マンソン刑事がジョン・クライトンの協力を得て、面割り用の容疑者の写真を作っている」

その日、マンソンは「SHERBET」というナンバープレートの車の登録を調べた。所有者はジャネット・コールマンという女性で、彼女はハリウッド・ポスター・エクスチェンジという映画ポスター専門店を経営していた。さらにくわしく調べた結果、コールマンはシロだと断定した。ギルキーからポスターを買った彼女は、車を貸しただけだった。彼女とギルキーのあいだにはそれ以上のつながりはなかった。

しかし、ギルキーの犯罪を証明する証拠は山ほどあった。マンソンの調べで、ギルキーが使ったクレジットカード番号は、その所有者がすべてサックスの顧客だったことが判明した。大勢の古書店主に教えた電話番号は彼が泊まったホテルか、本の送付先のホテルと一致した。サンフランシスコ近くのブリスベーンにあるラディソンホテルの請求書には、オークションハウス（ライオンハート・オートグラフス、バターフィールド・アンド・バターフィールド・オークショニアズ、R&Rエンタープライズィズ、ユニバーシティ・スタンプ・カンパニー等々）への電話代が含まれていた。

四月三十日、サンダースはケン・ロペス宛てのメールで、ギルキーは来週裁判所に出頭し、公設弁護人が選任されることになるだろうと伝えた。つまり、ギルキーが二十万ドルの保釈金を払えなかったり、自分で弁護士を雇えなかったりした場合はそうなるということだ。マンソンは、公設弁護人が選任されることを望んでいた。そうなれば、ギルキーは司法取引に応じて三年の刑になる可能性が大きい。そうならなかった場合は、陪審員による裁判を受けることになる。

次の日、マンソンと部下の警官は、サンフランシスコのブリック・ロウ・ブックショップに行き、店主のジョン・クライトンに六枚の写真を、一度に一枚ずつ見せた。ギルキーの父親ウォルターが写っていたのは二番目の写真（彼の免許証の写真）だった。クライトンは一枚一枚よく見てから、ウォルターは最初に見た三枚のどれかだと思うと答えた。マンソンがもう一度その三枚を見せると、クライトンは二番目と三番目の写真に絞り込んだ。最後に見たときには、『カスターブリッジの市長』を受け取りに来た男は二番目の写真の男だと正しく特定した。

これでマンソンは被疑者の身元をもうひとつ特定できたことになる。彼は捜査報告書にギルキーの父親の名前を書き加えた。ウォルターは過去に盗品所持で告訴されたことがあったが、今や息子の犯罪疑惑でも告訴されたことになる。「（被疑者）ジョン・ギルキーと（被疑者）ウォルター・ギルキーは、カリフォルニア州刑法百八十二条――共同謀議罪、刑法四百八十七条――重窃盗罪、刑法五百三十条と五百三十五条――なりすまし犯罪、刑法四百八十四条――アクセスカードの窃盗罪、刑法四百九十六条――盗品所持罪で告発されるべきである」。

七月初旬から九月にかけて、マンソンはギルキー事件の進展をサンダースに知らせ続けた。ギルキーはマンソンの期待に反して公設弁護人のほうを選ばなかった。そして最初の数週間、弁護士を次から次へと雇っては首にし、法廷審問を遅らせた。[5] カリフォルニア州副検事総長は、言いたいことがあるならギルキーの話を聞くが、罪を認め三年の刑期を受け入れなければならないとついに言い渡した。もしギルキーがこの司法取引に応じなければ、裁判所は、父親の関与を含む十から十二の重罪が追加された起訴状を受理することになるだろうと申し渡した。

ギルキーは二〇〇一年に逮捕されたとき公設弁護人から精神障害を主張したらどうかと言われたことを思い出し、その手でいこうとした。だが裁判官はそれを認める気はなく、ギルキーは仕方なく有罪答弁をして司法取引に応じた。ところが彼は三年という量刑については不服を申し立てたいと裁判官に言い出した。そうすれば、州刑務所よりもずっと快適な郡刑務所に入っていることができると考えたからだ。女性裁判官はまったく耳を貸さず、ギルキーをサンクエンティン送りにした。

二〇〇四年二月二十四日、パロアルト市のウェスティンホテルでギルキーを逮捕してからほぼ一年後、マンソンはサンダースにメールを送り、ギルキーが州立刑務所に送致されたことを知らせ、「ギルキーは、郡刑務所ほど快適じゃない場所から不服の申し立てをするわけだ」と書き添えた。

まさにサンクエンティン州立刑務所こそが、ギルキーが一日二十三時間独房で過ごし、[6] 不服が認められる方法はないかと思案した場所だった。ギルキーは、申し立てがたとえ認められなくても、おそらく三年の刑期の半分だけ服役すれば仮釈放されるだろうと考えた。もっとも、一年半ですんだとしても、彼に言わせれば、「本好きという理由だけで服役させられるには、恐ろしく長い」時間だった。

彼はほかの受刑者と関わらなくてすむように、昼はほとんど寝て過ごした。そして夜になると、世界はなんと不公平にできているのかと腹を立て、自分はもっと良い生活を送るべきだ、多くの貴重書籍に囲まれているべき人間なのだ、と嘆いた。これは、彼の人生の中のある局面になると繰り返し出てくる考えだったが、繰り返されるがゆえにその考えはますます強まっていった。「仕返ししてやる」。彼の思いは、強く激しくなっていった。

第9章

ブリック・ロウ・ブックショップ

二〇〇五年にギルキーがトレーシー市の州立刑務所から仮釈放された二か月後、私は彼とサンフランシスコのギアリー・ストリート四十九番地の建物の前で待ち合わせをした。その建物には画廊や古書店が数軒入っている。九月の朝のことで、彼は真っ白なスウェットを着て、タックの入ったカーキ色のズボンにベージュの革のスニーカーを履き、ＰＧＡツアー（アメリカの男子プロゴルフツアーを運営する団体）の野球帽をかぶっていた。書類ばさみを持ち、その一番上には手書きの番号付きリスト――その日にすべきことのリストがはさまれていた。

「で、どんなふうにこれをしたいんですか？」とギルキーがたずねた。

一週間前のこと。彼がどうやって本を選ぶのかを知りたくて、本探しに私も同行させてほしいと頼んだところ、承諾してくれた。私はリサイクルショップのグッドウィルに行くことを提案した。今やサンフランシスコのほとんどの古書店に出入り禁止のギルキーは、仕方なくグッドウィルに本探しに行っていた。しかし、なんとギルキーは私をブリック・ロウ・ブックショップ――『カスターブリッジの市長』を盗んだ店に連れていきたいと言い出した。私は彼が別の店を選んでくれることを願いながら、気持ちが顔に出ないように気をつけながら言った。

「本気？　グッドウィルじゃだめなの？　グッドウィルがどうしてもだめと言うなら、どこかほかの店はどう？」

彼は私の困惑に気づいたのだろう。ためらいながら言った。「ブリック・ロウ・ブックショップにしたいんです。たぶん店の人はぼくに気づくでしょうが……」。そこまで言うと、彼はちょっと考え込んだ。「でもよく考えれば、それは問題にはならないと思います」

私は家に帰ってからサンダースにメールを書いた。ギルキーが言ったことをそのまま伝え、「店主のジョン・クライトンは――私はまだお目にかかったことはないけれど――私がわざわざ本泥棒と一緒に店に来たと知ったら、不審に思ったり、怒りだしたりしないかしら？」とお伺いを立てた。私は、たとえ婉曲的で穏やかなものであろうとも、ギルキーの被害者が怒りをあらわにする現場に居合わせるなんてごめんだ。

「クライトンはいいやつだ」とサンダースは請け合ってくれた。ギルキーが言ったように、問題にはならないと思ってよいようだ。

そして今日、ギルキーの本探しに同行する日がやってきた。

私はまだ不安だった。一方で、好奇心を抑えきることもできないでいた。高級古書店で水を得た魚のようになるであろうギルキーの姿を見すごすというのか？

それにしても、自分の犯罪現場に戻ってくるとは、いったいどういうつもりだろう？　私は取材を通してギルキーを知るようになったが、彼がこの世の中で、とりわけ彼の理想の古書店でどんなふうに振る舞うのかを、まだ知らなかった。彼にはほかのコレクターと共通する点がたくさんあるが、本を盗むという行為にまで突き進んでしまうという点で、普通のコレクターとは一線を画している。彼には道徳心がないのだろうか？　それとも心が病んでいるのか？　道徳と非道徳、正常と異常の線引きはどうやってなされているのだろう？

ギルキーに同行してブリック・ロウ・ブックショップに行く――それは、すべてをこの目で見る絶好のチャンスだった。また、稀覯本コレクターのあいだでとても評判がよいこの店を見てみたいという気持ちもあった。私は雑誌『サンフランシスコ・マガジン』にギルキーとサンダースの記事を書くことを約束していた。私は私で宿題を抱えながら、これまで見たことのないギルキーを観察するため、店に向かった。

ギルキーはブリック・ロウ・ブックショップの入っているビルの前に立ち、「いつもどんな本を探し、どんなふうに取りかかるのかを見せましょう」と言った。

彼は不安そうには見えなかったが、私はすでに胃がキリキリしていた。私たちが店に入ったら、クライトンはどんな態度を取るだろう。見当がつかない。少なくとも気まずい雰囲気にはなるだろう。

私たちはビルに入り、エレベーターに乗って二階で降りた。エレベーター前の案内図では、ブリック・ロウ・ブックショップは廊下の左突き当りとなっていたが、ギルキーは右に行った。私が案内図を指さして「左じゃない?」と言うと、ギルキーは「店舗はこっちに移ったはずです」と答え、「ブリック・ロウは最近、経営があまりうまくいっていないんでしょう。前の店舗は広すぎたんです」といくらかうれしそうにコメントした。

私たちはジョン・ウィンドルの店の前を通り過ぎた。ウィンドルは、私が数か月前に十七世紀のドイツ語の『薬草図鑑』について相談したときにいろいろ教えてくれた人だ。この本をきっかけに古書への興味が芽生え、その結果、ギルキーとサンダースへと私は導かれていったのだ。ウィンドルは、私たちが店の前を通り過ぎたとき、私だと間違いなく気づいたはずだ。ギルキーのことも気づいたんじゃないだろうか?　私は自分の立場を説明しなくてすむように体ごとそっぽを向いた。

古書店はどこも狭くて静かだ。客はひとりが普通で、ふたりいたら「にぎやか」、三人いたら「ざわついている」と言っていい。ギルキーと私はすぐにブリック・ロウ・ブックショップの扉の前に着いた。店に入った。ふたりの男性がこちらを向いた——店主のジョン・クライトンは店の奥のほうに立ったまま、店員は入り口近くの机に座ったまま、私たちを見た。ふたりは彼がギルキーと気づいただろうか?　警察を呼ぶのだろうか?

一週間前にギルキーに会ったとき、今は何をしているのかと私はたずねた。私としては、読んでいる本のことや、いつもしている調べもののこと、ほとんど毎日のように図書館に通っていることなどを話してほしかったのだが、彼は新しい問題が起きていることを報告しだした。

「ぼくは発言に注意しなければなりません。ふたりの業者が昔のことをむし返して訴えを起こし、ぼくを困らせようとしています」

ギルキーによれば、仮釈放中の週に一回の面談時に保護観察官からそう言われたそうだ。ロジャー・グロスというニューヨークの直筆サイン専門業者が、イーベイで見かけた出品中の絵葉書について警察に通報してきたとのこと（実際、サンダースもイーベイでその絵葉書を見かけたそうだ）。絵葉書には十九世紀のドイツの作曲家ヨハネス・ブラームスの直筆サインがあり、これはギルキーが数年前にグロスから盗んだものだ。しかし、警察は証拠がなかったので（グロスは盗難届を出していなかった）、トレジャーアイランドの家宅捜索後、ギルキーに返していた。

ギルキーはその面談の前の週に、トッド・ミューラーというコロラドの直筆サイン専門業者にブラームスの絵葉書を売ってしまったので、自分にはもう何の責任もないと思っていた。「その男［ロジャー・グロス］は損失を保険でカバーしたでしょうから、自分のものを取り返したいだけなんですよ」とギルキーは言って、「信じられない」とでも言うように頭を振った。彼が自分の犯罪と自分自身を切り離して考えることに――おかしなことだが――私は慣れっこになっていた。そして彼はこう続けた。「今となっては、ぼくは何の関係もないんですから。グロスは、ぼくから絵葉書を買った男から取り返すべきなんです。けれどどういうわけか、ぼくの名前が出てきてしまって……」

「どういうわけか」ですって？　ギルキーはその絵葉書を手放したとたん、もう自分には何の非もないと思っているのだった。

ブリック・ロウ・ブックショップは自然光が窓から差し込み、壁沿いと窓の下に置かれた本棚と、店の中央に長々と置かれた優雅なアーチ型の本棚を照らしていた。そこは通りの喧騒から逃れられる、静かな隠れ家だった。どっしりしたオーク材の机の上にあるパソコンと電話に気づかないふりをすれば、十九世紀の書店だと言っても差し支えないだろう。

ずらりと並んだ立派な革表紙本の背文字の多くは金の箔押しで、そばを歩くときらきらと光って見える。私はギルキーのヴィクトリアふうの夢の書斎の話を思い出し、なぜ彼がこの店を好きなのか、どうして私をここに連れてきたかったのかを理解した。ソルトレイクシティのサンダースの店とは異なり、ここは整然としていて、厳格な秩序がある。サンダースの店は、一般の人がかなり読み込まれたペーパーバックを探しにくる店であり、コレクターは「たまに交ざっている」程度（しかも選りすぐりの本は店の奥の小部屋にある）だが、ブリック・ロウは本格的なコレクターしか足を踏み入れることができない雰囲気に満ちている。

入り口近くの右手の壁に、鍵のかかった本棚がある。扉に金属製の伸縮シャッターがついていて本のタイトルが読みにくいが、中はクライトン秘蔵の本がぎっしり収められている。映画関係者がブリック・ロウを上流階級の家の書斎としてロケに使用するのももっともだ。「ここはとても高級な感じがします。ほかの店は普通の本棚に本を並べているだけですから」。ギルキーらしい言い方だ。

クライトンが机の向こうから声をかけてきた。

「何かお探しですか」

その言い方には、それ以上の意味が含まれているように感じた。彼はギルキーをじっと見つめていた。

「買い物に来たわけではありません。差し支えなければ、見てまわりたいんです。ぼくたちはただ見にきただけですから」とギルキーらしい愛想のいい答え方をした。

クライトンは返事をせず、まだ私たちを見ている。彼は五十代だがすでに白髪で、血色のよい顔に澄んだ青い瞳をしている。毅然としていて、めったに人にごまかされないタイプに見えた。

ギルキーは「二十世紀の小説ベスト百」の自分のリストを見ながら、本をどうやって探すかを私に説明し始めた。彼はリストのナサニエル・ホーソンを指さしながら、クライトンにたずねた。

「ホーソンの本はありますか？」

「ない」とクライトンはぶっきらぼうに答えた。

ギルキーは私に「あるのはわかってます」とささやいた。

その言葉には古書店主全般への敵意が感じられた。前に取材したとき、ギルキーは彼らに対する敵意をはっきりと口にしていた。そのとき彼は、古書店で不正行為が蔓延していると主張した。だから自分には非はなく、むしろ被害者なのだと語った。

彼が引き合いに出したのは、製本のし直しだ。彼の説明によれば、第二版以降の本の表紙と扉をはずし、汚れて商品価値の下がった初版本の表紙と扉だけを付け替えて、製本し直すそうだ。

「そうやって、美品の初版本のように見せかけるんですよ。彼らがやる不正の一部です。実際、それは合法ですが」とギルキーは言った。

こうした製本のし直しは合法ではないが、珍しいことではないことを、私はあとで知った。本が高価になればなるほど、誰かが製本し直した可能性は高くなる。そうした不正行為は昔からあった。たとえば、十八世紀には昔の写本のページが人の手で、ほぼ完璧に近い形で複製されたことがあった。もちろん、そうした贋作はいつも見破られずにすんだわけではない（とくにそのページが十八世紀のものと特定できるぼかし模様の入った紙に複製されたときには）。

現在でも古書店主は、きれいに見せるためにページに手が加えられた本を目にすることがある。信頼できる店は、製本し直しの証拠はないかと丁寧に本を調べるが、それをしない店もある。「イーベイではその手の本が多く見られますが、ＡＢＡＡ加盟店ではありえません。そんなことをしたら、組合から追い出されます」と、ある店主は語ってくれた。

本棚に近づくと、ギルキーは自分のリストにある別の本を指さしながら言った。「カート・ヴォネガットです。彼の本も何か欲しいです。それからＤ・Ｈ・ロレンス。彼もいいですね」

クライトンはあっけにとられたように見えた。そして私たちに背を向けてから、もう一度振り返り、ギルキーをにらんだ。ギルキーがどの本を見つけたいかを私に説明していると、クライトンが彼に声をかけた。

「名前は？」

「ジョンです」

ジョン……。クライトンはその名を聞いて、納得したかのように見えた。私はうつむいて自分のノートを見た。心臓が早鐘のように打ち、まわりの音がかき消された。

「ジョン…何？」

「ギルキーです」

クライトンはちょっと間を置いてから机を見下ろし、それから顔を上げ、私たちをじっと見つめた。そのあいだ、ギルキーはさまざまな本を指さし、まるで図書館か博物館にいるかのように小声で話しながら、自分が興味を持っている作家を私に教え続けた。ウラジーミル・ナボコフ、ウィラ・キャザー。聖書には興味がないとも言った。

「で、きみは？」クライトンが私に向かって言った。

私はジャーナリストで、本のコレクターについて記事を書いていると説明した。クライトンはしばらく私を見つめた。本泥棒とジャーナリストが自分の店にやってきた理由を考えているのだろう。それから私に名刺を差し出し、電話をくれと言った。

「さらに取材が必要ならば」

私は居ても立ってもいられなかった。クライトンに自分のことを説明したくてたまらなかったし、クライトンがギルキーのいないところで何を話すのか知りたくてたまらなかった。

時代物のように見える、箔押しの背文字のどっしりした本の列をしげしげと見ながら、ギルキーは言った。「ここ十年間で、多くの稀覯本の値が急騰してしまいました。ぼくがこれから買うとしたら、サルマン・ラシュディ、ジャック・ロンドン、ブース・ターキントンのような作家の本を探すでしょう」

それからギルキーは金属製の伸縮シャッターがついた鍵のかかった本棚を指さしながら、言った。「ほら、あの本棚。本があまりよく見えないですよね」。そして中をのぞきこんでから結論づけた。「この中にあるのはほとんどが十九世紀文学だと思います。ですから、カート・ヴォネガットはありません」

テープレコーダーはスイッチが入ったままだが、私はメモをたまにしか取れなかった。この緊張した雰囲気の中で気持ちを集中させることができなかったのだ。どうか、レコーダーが会話をすべて拾ってくれていますように。クライトンが近づいてきた。ひょっとしたら、私も泥棒だと思っているのかもしれない。私は、ジャーナリストだと自分で言ったのにほとんど質問をせず、ギルキーの好きなようにさせていたのだ。

「お店はどんなふうに配置されているんですか?」私は慌ててたずねた。

クライトンは愛想もなく、手振りである方向を示した。「横に並んだ三本、あるいは四本の棚が十九世紀文学」。また手振りで別の方向を示した。「あっちはイギリスとアメリカの二十世紀文学。それから、もっと価値のある初版本はこっちにある。同じような配置だ。この後ろには……ええ……参考文献が……おっと、失礼」。クライトンは明らかに何かに気を取られていた。「今日は仕事が立て込んでいるから、電話番号を教えてくれればこちらから電話する。取材は慣れている」

やがてギルキーはやや大きめの声で、九歳のときに初めて稀覯本を——ウィリアム・サローヤンの一九四三年出版の『人間喜劇』初版本——六十ドルで買った話を私にし始めた。話の冒頭から眉唾物だ。「そしてどうなったかといえば、ぼくは実際だまされていたんですよ。六、七年前に、その本は初版本じゃないとわかったんです。それが彼らのやり方です。だからぼくは蔵書目録をよく研究し、細部までチェックするんです」と続けた。

ギルキーの声は大きくなっただけでなく、聞き覚えのある虚勢を張った声に変わっていた。盗みの成功談をするとき、彼はそんな声になる。気がつくと、彼は別の話を始めていた。「三千五百ドルで買った本はカバー付きで送られてくるはずだったんですが、送られてきたのにはカバーがなかったので価値は半分になってしまいました……」

ギルキーは取材のとき、いつも私に不満をぶちまける。たとえば、調べものをしていて、図書館の本を売っている業者に出くわしたと言い出した。

「ぼくは図書館でずっと調べものをしています。それがぼくの仕事の一部でもあるからです。本のタイトルをざっと見ていくと、『紛失』となっている本が次々と出てきます。『紛失』です。利用者が本を盗んでいると司書は言っていました」

ギルキーは憤慨しながらこの話をし、それから自分の意見を述べた。「古書店が人を雇って図書館の本を盗ませているんです。何者かを図書館に行かせて欲しい本を借り出し、返却させないんです」

たちの悪い少数の古書店が、同じようにたちの悪い人間を雇って図書館で汚い仕事を本当にさせているのかもしれないが、私はそうした犯罪記事を見たことがなかった。図書館はときどき蔵書を売ることがあり、古書店がそうした本を買うことがあるのは事実だ。しかし、書店に図書館印が押された本が持ち込まれ、一緒に押されているべき「売却済み」印がない場合、店はその図書館に連絡し、本が盗品でないかどうかを確認するものだ。この話は彼のいつもの被害妄想が出ただけのことで、要するに自分も犠牲者だとほのめかしたいのだろう。

取材中、ギルキーは古書店をなじり続けた。取材する立場の私は彼に反論すべきではなかったが、黙っていられないときもあった。ギルキーはこう言ったのだ。「ぼくにとってはひどく腹立たしいことです。ぼくは図書館でたくさんの初版本を、単に好奇心から借り出したいだけなのに、紛失中なんですから」

単に好奇心からですって？　私をばかにしているの？

「図書館から本を持ち去ったこと、あるでしょ？」と私が聞くと、ギルキーは何を言っているんだという顔をして、「ありません。窃盗になってしまいます」と答えた。

私は返す言葉もなかった。

ブリック・ロウ・ブックショップの床は、柔らかな緑色のカーペットが豪華に敷かれ、足音をほぼ吸収して音がしないようになっている。静かに話さないといけないような気がするものだが、ギルキーは大きな声で話し続けた。古本市で本を買ったが、あとでだまされたと気づいたときの話だ。私に聞かせるためというより、クライトンに聞かせるために話しているのだ。私は聞くに堪えなかった。

私たちは中央の本棚のほうに近づいていった。

「セオドア・ドライサー」とギルキーは話し出した。「彼の本も探しています。『資本家 *The Financier*』が、ここにあるかもしれません」。ギルキーは一番近くの本棚をじっと見た。

私の手は震え始め、ペンを落としてしまった。

だがギルキーは楽しんでいるようだった。そのとき、稀覯本について蘊蓄を傾けることは、彼の夢なのだと私は気がついた。「ここはぼくの理想の世界です。すみずみまで知り尽くしているのです。そしてぼくは、この世界をいつか手に入れます」とギルキーは私に言い続けているように思えた。

ギルキーは右に二歩進んだ。そこには台紙に貼られ、プラスチックのカバーがついた数枚の地図があった。「多くの古書店は地図も扱っています。これはサンフランシスコの地図ですね」と言って、一枚のほうに手を伸ばしながら、声をあげて言った。「古書店は、本から地図を切り取っているんじゃないかと思います」

私はクライトンの顔を見ないようにした。彼の反応を見なくてすむ。

ギルキーはもう一度、金属製の伸縮シャッター越しに本をのぞいた。「それから、普通のコレクターでは決して入手できない本があります。たとえばエドガー・アラン・ポーの本とか。そういう本は、一流のコレクターでない限り誰も買うことができません。家族がたまたま所有していたら、話は別ですが」

机に座っていたクライトンは、私たちをじっと見つめている。ギルキーはこんな話ばかり、あとどれほど続けるつもりなのだろうか……。

私はギルキーとここ数か月のあいだ、何回も会っていた。彼は「だまされた辛い話」をしたあとに、壮大な計画を次々と語って聞かせるのがお決まりのコースだった。そのうちのひとつは、「二十世紀の小説ベスト百」に関係し、彼はそれを「百冊の本、百枚の絵」プロジェクトと呼んでいた。百冊の小説からそれぞれ一シーンを選び出して描き、それを本にして出版したいそうだ。彼は経費を抑えるために、ひとりの画家だけに依頼するということまで考えていた。最初のうちは、自分で一冊ずつ読んでから、画家にどんな絵を描いてほしいか指示するつもりだと言っていたが、やがて百冊全部は読まないかもしれない、本の内容について人にたずねることになるだろう、と言い始めた。

ギルキーが好奇心旺盛で、想像力豊かなことはわかったが、知識を得たらすぐに満足してしまうこともわかってきた。この特徴は彼の蒐集癖にもよく出ている。彼はひとりの作家、ひとつの時代、ひとつのテーマにのめり込んだりはしない。二十世紀のアメリカのミステリーを盗んだかと思うとすぐに、十九世紀のイギリスの小説へと興味が移る。彼はジャンルを問わず本を盗んだが、それはまるで気もそぞろの図書館の利用者が本棚の前に立ち、背に沿って指を走らせ、目に留まったものなら何でもいいから抜き出す様子に似ている。

私は「働くこと」を話題にしようとしたことがあるが、ギルキーは露骨に話題をそらした。それは、彼が犯罪を正当化するのと同じくらい私には不可解だった。彼の将来の展望には、地道にお金を稼ぐ方法はまったく含まれていなかった。私は一縷の望みを抱いて、仕事探しはどうするのかともう一度きいてみた。

「仕事ですか？　実は、書店員の募集はあることはあります」

ああ、そう……。

ギルキーはブリック・ロウの入り口に近い鍵のかかった本棚のほうを、手振りで示しながらささやいた。「あそこに入っているのは、ここの店の稀覯本中の稀覯本です」。それから、クライトンに聞こえるように大きな声で言った。「ぼくがこれまで訪れた最高の古書店は、LAのヘリテージです。あそこにはこの手の本棚が二十ほど並んでいます。ときどきあの店にぶらっと入りますが、それはあれをするための下見です」。あれとは、本を盗むことだ。「それから電話で注文し、あとは受け取るだけです。だまされないように、最初に目録をざっと見るようにしています。なぜって、ちゃんとした古書店で数回だまされたことがあるからです。ぼくがちゃんとした客だったときのことです」

彼がちゃんとした客だったのはいつのことかときききたくなったが、やめた。

「古書店の広告には『当店では返品をお断りしています』といつも書いてあります」。ギルキーはさらにとんでもない主張を続けた。「それをするのは、ある特定の組織に加盟している古書店です。加盟店が従うべき倫理規定なのです。ぼくは古本市で本を買ったことが二度あります。買ってから、その古書店に電話して『この本は初版だとあなたはおっしゃったが、そうじゃありませんでした』と文句を言ったんです。でも、店主は返品は受けられないと答えました。まったくがっかりしましたよ。少し嫌気もさしてきました。コレクターでいることや、本をちゃんと買うこと、それからだまされることにも」

ギルキーはため息をついた。とうとうエネルギーが切れたようだ。「それじゃあ、そろそろ出ましょうか」

私はクライトンに礼を言い、すぐに連絡しますなどと言ってとりつくろいながら、テープレコーダーと、ほとんどメモを取らずじまいだったノートを持って店を出た。出たとたん、途方もない解放感がやってきた。

ブリック・ロウを出てエレベーターに乗ってから、どこで昼食を食べたらいいかとギルキーにたずねた。彼は私よりユニオンスクエアパークにくわしい。一ブロックほど先にある、高級百貨店ニーマン・マーカスのカフェがお勧めだと彼は答えた。高い天井にガラスの壁、淡い色の木製とスチール製の家具が配置されたそのカフェは、私たちがいつも落ち合うカフェ・フレスコとはまったく違った。ギルキーは小さなテーブルをはさんで私の真向かいに座ると、野球帽を脱いで、手のひらで髪をなでつけてから、黒のプラスチック製の櫛で頭のてっぺんをとかした。それは、エルヴィス・プレスリーの自慢げなしぐさとは似て非なるものだった。自分の身なりを整えるという点では同じなのだが、自信がなく、自意識過剰で、言い訳がましい行為に見えるのだ。それはまず二度と見ることのない、とくに若い男性では見ることのないようなしぐさだった。ギルキーは私の知っている誰とも似ていない、と思った。

私はまわりを見渡し、いまこのカフェにいる客は、このあたりで働いている人か、観光客ばかりであることにほっとした。友人にばったり会って、自分の連れが誰なのかを説明する心配はなさそうだった。しかしもしそんな状況になったら、なんと言えばいいのだろう？「こちら、話題の本泥棒さん」とでも？

取材の段取りは、ギルキーと私のあいだですっかり定着していた。取材される側とする側という役割に私たちは慣れつつあったが、私たちの会話にはまだ堅苦しさがあった。いつもの私なら、取材相手とくつろいだ、親密な関係を作ろうとするが、ギルキーの場合に限っては、その堅苦しさから生まれる心理的な隔たりを歓迎することにしていた。

「ちょっと緊張感がありましたね」と、彼はくすくす笑いながら言った。どうやらブリック・ロウに行って元気が出てきたようだ。「あそこの店主は警察を呼ぶつもりだったんでしょうか？　彼は後ろで何かささやいていましたよね？　きっと店員に何も見せるなと指示していたんでしょう。でもぼくは悪いことをする気はありませんでしたから。だから最初に、買いに来たのではなく、見に来ただけだと伝えたんです」

クライトンが本を盗まれたことにまだ憤慨しているとは、ギルキーには思いもよらなかったようだ。ギルキーはブリック・ロウ訪問がかなりうまくいったことに満足しているようだった。

「あの店主は少しばかり不作法でしたが、まあ紳士だと思います。それにしてもぼくのことを覚えていたなんて、本当に驚きました。二回しか会っていないのに」とギルキーは言った。二〇〇三年のカリフォルニア国際古本市でクライトンのブースを訪れたときのことと、のちにブリック・ロウで『クマのプーさん』シリーズを売ろうとしたときのことを言っているのだ。しかし、たとえ二回しか会っていなくても、犯罪者としてのギルキーはクライトンの記憶にしっかりと刻み込まれていたのだと思う。

「あの場にあなたがいなかったら、彼はきっと警察を呼んでいたでしょう。あるいはぼくに嫌がらせをしたとか……。確かにぼくは彼から本を手に入れました。だからこそ、ただ見ているだけだと言ったんです。ぼくはトマス・ハーディーの『カスターブリッジの市長』を取りましたが、彼は取り戻しました」

だから何の被害もなかった、と言いたいのだろうか？

「二度目に店に行ったとき、本を少し見せてもらえないだろうかと聞きました」。ギルキーは弁護士費用を工面するために、クライトンの店に立ち寄って『クマのプーさん』を売ろうとしたときの話をしている。「ぼくはその四冊に価値があることも、彼になら二千ドルで売れることもわかっていました……。だからあの店に行ったんです。ところが、彼はいきなり五百ドルと言ってきた。ありえないことです……。一万ドル近くするものなんですよ……。で、すぐにピンときました。警察から何か聞いているんだと。そうでなければ、もっと高値を言ったはずです。それで納得しました。彼はぼくに気づいたんですよ」

このときギルキーが言い忘れ、あとで私が知ったのは、クライトンが『クマのプーさん』のシリーズを買う気はないと答えたあとのふたりの会話だ(1)。

ギルキーはクライトンにたずねた。「この本に興味がないのでしたら、ほかに何か欲しい本があるんですか？」

「ある。実は、茶色の半モロッコ革の『カスターブリッジの市長』の初版本を探している」。クライトンは、ギルキーに盗まれた本のタイトルを言った。

ギルキーは顔色ひとつ変えず、平然として答えた。「ないですね。そういった本は持っていません」

「確かかね？　ずっと探しているんだが」

「確かです」。ギルキーはきっぱりと答えて、店を出ていった。

「その手の話をブリック・ロウでもしたわね」と私は口をはさんだ。その手の話とは、自分はだまされたと繰り返すギルキーの与太話のことだ。「で、あなたはクライトンへの当て付けに、だまされた話をしたの？」

驚いたことに、ギルキーはその通りだと認めた。「因果応報です。ぼくは仕返しをしただけです」

問題は、彼がサンフランシスコ周辺のたくさんの古書店で何度も——彼の言い方に従えば——仕返しをしてきたことだった。「ぼくはかなり有名人です。たぶん、サンフランシスコでは古書店に入ることはできないでしょう。LAやニューヨークなら大丈夫でしょうが、サンフランシスコはまず無理です。二度とできないでしょう。つまり、ああいった犯罪をするとしても、あの手は二度と使えないということです。ぼくのやり方は知れ渡っていますから。仮にほかの人が同じことをしたとしても、ぼくが犯人と思われるんでしょうね」

「二度とできない」「二度と使えない」——ギルキーは自分に言い聞かせているのだろう。私に断言するときと同じように力強く。私はそろそろ帰ろうと自分の持ち物をしまい始めたが、ギルキーは会話を終わらせたくなかったようだ。

「もうじきサンフランシスコで古本市が開かれます」。毎年恒例の公共図書館のセールのことを言っているのだろう。私を誘っているのかもしれないが、彼と一緒のところを、古書店主たちに二度と見られたくなかった。行かない代わりに、次の水曜日に会うのはどうだろうかと言ってみた。次回は、リサイクルショップのグッドウィルに行くことにした。

第10章　狂人たち

私はクライトンに電話をかけ、なぜギルキーと一緒に店を訪れたのかを説明した。彼は感じがよく、物わかりがよかった。私が何者なのかわからなかったので、騒ぎを起こすつもりも、ギルキーを追い出すつもりもなかったそうだ。ギルキーが本泥棒であることを私は知らなかったか、あるいは私はジャーナリストなどではなく、詐欺を働くために彼がスカウトした仲間の詐欺師かと思っていたようだ。いずれにしろ、用心をするにこしたことはないと腹を決めたそうだ。

翌週、ブリック・ロウ・ブックショップでクライトンに取材させてもらった。彼はときにいらだち、ときに言葉につまりながら、ギルキーに本を盗まれたときの話をしてくれた。彼はその事件以来――不断の努力をしても「確実」とは言えないのだが――すべての注文に今まで以上に注意を払うようになった。

「三つ揃いのスーツを着込んだ男たちが店にやってくることがあるが、そんな男たちが人をだまそうとすることだってある。悪いやつには気をつけていないといけないが、私は人を信用するようにしている――信用できないという理由がない限りは。この仕事を始めて二十五年になるが……稀覯本は高価になり、その結果、被害を受けやすくなった。盗めば相当な儲けになる。しかし、私はそうした連中のことをいつまでも考えているわけではない。サンダースはこだわっているがね」とクライトンは話してくれた。

家に帰ってから私はサンダースにメールを書き、ブリック・ロウ・ブックショップにギルキーと訪れたときの顚末を伝えた。ブリック・ロウにギルキーと一緒に行くのはとても気が重く、終わってほっとした私は、サンダースに聞いてほしかったのだろう。

数時間後、就寝前のメール・チェックをしたところ、サンダースから返信メールが届いていた。彼は私にとって古書蒐集の世界の案内人だ。だから、彼がどう思ったか早く知りたかった。

ところがメールはよそよそしく、私がよく知っているいつものサンダースの文章とはまったく違っていた。私がギルキーとブリック・ロウに行ったことにどれほど腹を立てているか、くどくどと書き並べてきた。行く前に私が相談したことをすっかり忘れてしまったようだ。文面からは彼の不快感が手に取るようにわかった。彼はメールの最後を、次のような叱責とも要求とも取れるような言葉で結んだ。「きみの異常なゲームの話は、もう金輪際、何も聞きたくない」。こんなふうに書かれたら、メールのやり取りはもうおしまい《シャットダウン》だ。本書のヒーローであるサンダースは、犯罪者であるギルキーよりも手に負えないということか……。私はその晩は眠れず、ベッドに横になったまま悶々と過ごした。これまでの苦労は水の泡ということ？　私は特ダネを失ってしまったの？

サンダースから最後通告のようなメールを受け取ってからほぼ一週間後、ギルキーはサンフランシスコのポーク・ストリートにある、稀覯本も置いている大型書店エイコーン・ブックスにでかけた。ところが、店員のアンドリュー・クラークに気づかれてしまった。二〇〇三年までブリック・ロウで働いていたクラークは、ギルキーから『カスターブリッジの市長』の電話注文を受けた本人だった。クラークはギルキーに近づいていった。(1)

「どうぞ、こちらへ」と声をかけ、ギルキーを受付カウンターに案内した。

「どういうことですか?」とギルキーは驚いてたずねた。

クラークはカウンターからカメラを取り出した。「あなたには店を出ていただきます。その前に写真を一枚」

ギルキーは身動きひとつせず、カメラを見つめた。カシャッというシャッターを切る音がした。「あなたはぼくを追い出すことはできない」とギルキーは言い返した。興奮気味ではあったが、怒りはしなかった。もう少し何か言い返したが、結局は店を出た。彼は捕まるときはいつも、運命だと思ってあきらめているような節がある。なかばそれを予想していたかのようにも思える。

ギルキーはその一件を振り返りながら、店から追い出されるなんて理不尽だと思ったようだ。「ぼくが何を考えているのか知らないくせに」と彼は言った。「あの店に入ったのは、実際にお金を払って古書目録を買うためでした」。店から出るように言われたのは人権侵害だと考えたギルキーは、「訴える人」のリストにあの店員を加えることにした。

本の窃盗同様、ギルキーは自分を正当化することに何の迷いもなかった。

一週間ほどたってから、私はエイコーン・ブックスでのギルキーの一件について、サンダースの感想を聞きたくて彼に電話をした。彼がまだ怒っていて、私を激しく非難するようなことはありませんようにと祈りながら、呼び出し音を聞いた。ところが、あのときの怒りを忘れてしまったのか、あるいは私を許すことにしたのか、電話に出たサンダースは感じがよかった。そして最近起こったばかりの窃盗事件について話をしてくれたが、それは明らかにギルキーとは無関係だった。本泥棒が罰を免れた話だ。

こんな内容の事件だった。サンフランシスコのボーダーランズ・ブックスの店員が、SF、幻想、ホラー小説などの初版本を売りにきた男を捕まえた。売ろうとしたのはスティーヴンソンの『ジキル博士とハイド氏』、ラヴクラフトの『眠りの壁の彼方』、クラーク・アシュトン・スミスの短編集『時空から *Out of Time and Space*』の初版本だ。ほかの十冊の本とともに、オレゴン州ポートランド市のボブ・ガヴォラが経営する古書店から盗まれたものだった。ガヴォラはサンダースに相談し、彼の指示に従って同じジャンルの古書を扱う店に盗難事件の詳細について知らせておいたのだ。

ボーダーランズ・ブックスの店主、アラン・ビーツも知らせを受けたひとりだった。ビーツは古書店を開く前はタワーレコードで数年間警備の仕事をしていたことがあったので(2)、ほかの店主よりも本泥棒に対して情け容赦のない、強圧的な態度で臨んだ。彼はガヴォラの代わりに本を取り戻しただけでなく、どこからどうやって本を買ったのか(たぶんオレゴン州のどこかの路上で買ったのだろう)を容疑者に白状させ、それを文書化してからサインさせ、免許証の番号と連絡先を書かせた。たっぷり三十分間、ビーツはその男を震え上がらせたわけだ。それから間もなく、男は残りの本をガヴォラの店に送り返した。そのとき、自分は盗んではいないと身の潔白を主張する四枚もの手紙を同封した。ガヴォラは州検事総長から、もっと証拠がないとこの男を起訴できないと忠告され、告訴するのをあきらめた。

この話には後日談がある。私がサンダースからこの事件の話を聞いた数か月後、ガヴォラからサンダースのもとに連絡が入り、この男がワシントン州のオリンピア市で盗品の本を、あろうことかその本が盗まれた店に持ち込んで逮捕されたと知らせてきた。ところが今回もまた釈放されたそうだ。(3)

「そんなもんだ」――それがサンダースのコメントだった。泥棒たちが高額な本を盗んでも、たいてい彼らの犯罪は法廷では軽く扱われる。(4) まず第一に、彼ら共通の特徴(礼儀正しさ、教養、気配り)のおかげで本を盗んでも逃げ切れる。さらに、こんな犯罪を再び犯すような人間ではないと裁判官に思わせることができる。しかし例外もある。ダニエル・スピーゲルマン事件だ。私はニューヨーク古本市でこの本泥棒の話を知った。

スピーゲルマンはコロンビア大学から、驚くほど多くの分野の貴重書籍を盗んだ。十三世紀のユークリッド幾何学の本。大統領の手紙と文書が二十六点。ドイツの医師・人文学者ハルトマン・シェーデルがラテン語で書いた『ニュルンベルク年代記』の一四九三年出版のインキュナブラ(揺籃期本)。中世、ルネサンス、近世の古文書が二十六点。そのほかにも多数。そして彼はオランダの古書店主セバスチャン・ヘッセリンクにその一部を売ろうとした。(5) 彼は逮捕されたが、盗まれたものすべてを取り戻せたわけではなかった。売却されたものもあれば損傷したものもあり、多くは永久に紛失したままだ。弁護側は寛大な処分を求めたが、裁判官は厳しい判決を下し、次のように言及した。

われわれ共通の知的財産である稀少かつ比類なきものを無情にも盗み、毀損し、破壊したことにより、スピーゲルマンはコロンビア大学から百三十万ドル相当の物的財産を奪っただけではなく、人類の知識の成長を妨げるようなことをし、かつおそらくは妨げ、われわれ全員に損失をもたらした。当犯罪の性質上、スピーゲルマンがもたらした損害を正確に知ることは不可能であるが、これだけははっきりしている。今回の犯罪は、盗まれたものの査定額に匹敵する現金の窃盗とはまったく性質が異なる。なぜなら、この犯罪により過去のかけがえのない作品と未来の学問的な恩恵がコロンビア大学からだけでなく、世界からも奪われたからだ。[6]

お金に変えられないほどの価値のある本に対する裁判官のコメントは感動的であり、本泥棒の判決に先例をつけたのは積極的な判断だったが、ほかの人間には、とくにギルキーのような人間には抑止力にはならないだろう。刑罰がどんなに過酷なものでも、情熱に駆られて犯す犯罪を阻止することは、まず無理だ。

本泥棒を捕まえるのはむだという風潮があったとしても、彼らを捕まえて何が何でも刑務所送りにしたいと思っている人たちには、そんな風潮は屁でもなかった。ガヴォラが本の盗難についてサンダースにアドバイスを求めたとき、サンダースはＡＢＡＡの防犯対策室長の任期（六年）をすでに終えていたが、サンダースの評判を聞いていたガヴォラは、新任の防犯対策室長ではなく、サンダースに相談した（サンダース自身が次のように認めている。「おれは何か新しいことに関わるたびに、のめり込む傾向がある。そして毎回、まさに猪突猛進だ。おれの人生はずっとその繰り返しだ。［泥棒を捕まえるには］いいことなんだが、これが女となると悪いほうに働く。まったくうまくいかない」）。サンダースも本泥棒を捕まえる手伝いをしたかったので、昔の仕事に喜んで戻っていった。

私はサンダースの強迫観念のようなものがわかりかけてきた。私もこの稀覯本の世界についてしじゅう考えるようになったからだ。今や私の机やベッド脇のテーブルは、トーマス・ジェファーソン・フィッツパトリックのような人たちについて書かれた本であふれている。植物学の教授であるフィッツパトリックは、一九三〇年代に本を大量に買い込み、その結果ネブラスカ州の自宅は建物の最大荷重をオーバーしてしまった。(7) 彼が一九五二年に八十三歳でこの世を去ったとき、ベッドとして使っていたのはキッチンに置かれた軍用簡易ベッドだった。彼は九十トンもの本に囲まれて暮らしていたのだ。ギルキーも捕まらずにすんだら、これほど大量になるまで本を盗み続けるのだろうか？

同じトーマス・ジェファーソンでも、はるかによく知られているアメリカの第三代大統領に関する話も、私はむさぼるように読んだ。彼は愛書家として有名だった(8)（彼の家族によれば、五歳のときには父親の書斎の本を読破していたそうだ。仮にこの話がオーバーだとしても、だいたいのところはあっているだろう）。ジェファーソンの初期の蔵書が一七七〇年の火事で焼失してしまうと、彼はさらに広範囲にわたって本を集め始めた。一七八五年から八九年までの駐フランス公使時代は、時間を作ってはパリの本屋をはしごし、ロンドンやほかのヨーロッパの町から本を取り寄せた。新古典様式の邸宅モンティチェロの書斎では、大きさで本を分類し、小さい本は上の棚、中くらいの本は真ん中、かさばる大きな本は一番下の棚に並べた。

米英戦争中の一八一四年、イギリス軍の攻撃でワシントンにあった合衆国議会の図書室が焼失すると、ジェファーソンは自分の六千七百冊にものぼる膨大な蔵書の売却を申し出た。本はモンティチェロからワシントンまで荷馬車で運ばれ、アメリカ議会図書館の基礎が築かれた。ひょっとしたら蔵書が多すぎて、モンティチェロの書斎で大中小という簡単な分類では立ちいかなくなったのかもしれない。なぜなら、ジェファーソンはフランシス・ベーコンの『学問の進歩』にある分類方式を提案したからだ。『学問の進歩』では、本は「記憶」「理性」「想像」という大まかなカテゴリーに分類される。「想像」に対応するのが詩の分野だが、私は今日でもこの分類法を採用している書店が好きだ。お目当ての本を見つけるのに時間がちょっとかかるかもしれないが、あちこち見てまわっても、何を探しているのか誰にもわからない。

私はトーマス・ジェファーソンやトーマス・ジェファーソン・フィッツパトリックに関する本、愛読書について思いのたけをつづった多数のコレクターの本を読めば読むほど、そうしたコレクターの男性が（女性もいくらかいる）、文化遺産の保護者として果たした役割を考えるようになった。一九七九年に亡くなった有名なコレクター、ウィルマース・シェルドン・ルイスはコレクターについて「狂っていようが、はたまた正気であろうが、文明を救うのは彼らだ」と述べている。(9) 何度読んでも味わいのある言葉だ。

もちろん文明の救済が、必ずしも彼らの蒐集の一般的な動機だったわけではない。中にはかなり自分勝手な人間もいた。夜遅くまで夢中になって読んだ話のひとつに、グリエルモ・リブリ（一八〇三－六九）の話があった。彼はコレクターとして最も高い評価を得たひとりだったが、自分で集めた蔵書とほぼ同量の本を職場から盗んだ。(10)

トスカーナ地方の由緒ある貴族の出で、まるで未来を予見するかのように「書物《リブリ》」を表す家名を持つイタリア人伯爵リブリは、驚くほど頻繁に起こる本の紛失に関わっていた。数学者、ジャーナリスト、教育者、フランス政府の顧問、科学史の権威であるリブリは、フランス、イタリア、イギリスの学会を自由に出入りしていた。そして一八四一年にはフランスの公共図書館で貴重な写本の目録作りを任された。仕事柄、どの部屋にも、どんな時間でも入館することができ、ときには夜の入館を希望することもあった。表向きの理由は、邪魔されずに研究に打ち込むためだった（ある司書が入館を断ると、リブリは決闘を申し込んだ）。あるとき、彼が本を盗んでいるのではという疑いが浮上したことがあったが、尊敬すべき学者という評判のおかげで、疑惑は消えてしまった。

彼はフランスの公共図書館が所蔵する膨大な本の目録作成者であり、どの写本がまだ目録に記載されていないかを知っていた。そんな写本を目の前にして、じっとしていることなんて彼にはできなかった。梯子に登って一番上の本棚で作業をしている彼の姿が目撃された。そこには最も稀少な、ときには未製本の、目録に未記載の写本が保管されていた。

リブリは貪欲なだけでなく、狡猾でもあった。高額な版の本を借りて、安い版の本と入れ替えた。そして図書館印が押されているページに紙やすりをかけて印章を取り除いてから、利益をたっぷりと上乗せして売った。写本の多くはきわめて貴重なもので、そのうちの九十三冊は十二世紀以前までさかのぼれるものだった。最後には、彼のコレクションは六十万フラン（今日なら百五十万ユーロ以上）と見積もられた。一八五〇年にとうとう彼は逮捕され、十年の禁固刑を言い渡された。服役後はイタリアに帰り、そこで一生を終えた。本を盗むために決闘さえ申し込んだ男が、その後も本を盗まずにいたとは私にはどうしても思えない。

◉

ギルキーはエイコーン・ブックスから追い出された話を私にした直後、サンフランシスコ公共図書館が本を守るために取った行動にとても感動したと言い出した。彼の説明によれば、彼は本のコピーを取りたかっただけなのだが、図書館司書はそれを許さなかったらしい。けれど私の頭に浮かんだのは、ギルキーが図書館の持ち出し禁止区域から本を持ち出そうとする場面、あるいは貸し出し手続きをせずに本を図書館から持ち出そうとする場面だった。

数か月後、古書店主たちと話す機会があった。そのときギルキーが話題にのぼり、私は彼がいつか図書館から本を盗み出すのではないか、それが心配だと口にしてしまったらしい。というのは、保護観察期間などがギルキーの言う通りかどうか確認するために私が保護観察官に電話をかけたところ、最後に観察官から、ギルキーも同席していた最近の保護観察審問で、彼は図書館から本を盗むかもしれないという私の懸念を話題にした人がいたと指摘された。人の口に戸は立てられない。ギルキーへの取材を続けたいと思っているなら、自分の発言にはじゅうぶん注意しなければならないと肝に銘じた。

当時、私は彼への取材と調査にすでに数か月を費やし、このテーマにすっかりのめり込んでいた。

だから、ギルキーともサンダースとも連絡が途絶えるようなことはしたくなかった。私たちは全員粘り強いハンターだ。ギルキーは本を、サンダースは本泥棒を、私はふたりの物語を追いかけていた。ただ、私の役割がますます複雑になっていくであろうことを、当時の私は考えてもいなかった。私はもはや客観的な観察者などではなく、すでに陰謀に加担していたのだった。

第11章 怒り

サンダースへの取材にソルトレイクシティまで出かけた。彼は心から尊敬する作家・詩人・環境保護活動家・農場主のウェンデル・ベリー[訳注1]を訪ねてケンタッキーに行ったときの話をしてくれた。サンダースはその土地のリズムと南部の言葉に合わせるかのようにリズミカルにしゃべりながら、ウェンデル・ベリーとタバコ農園だけでなく彼自身のことも熱心に語ってくれた。

「ウェンデルはこの世界に確かな居場所を持っているし、そのことを知っている。彼は若い頃、ケンタッキーの丘を離れて各地で暮らしたが、故郷に戻ってきた。そして彼流に言うと、『それからはずっと、自分自身を荒野にしてきた』。彼はおれを農場に招待してくれた……」

「彼は農場主で、収穫期だったから、近所の人が葉タバコの収穫をするのを手伝っていた……。おれはタバコ農園なんて見たこともなかった。まったくあれは化け物だぜ！　このテーブルくらいの大きさの葉がこのコップくらいの太さの茎にくっついた、ばかでかいエイリアンだ。「タバコの収穫が終わると」おれたちは彼の家に戻り、ポーチに座ってバーボンを飲みながら、夕闇にホタルが飛ぶのを眺めた。翌朝の六時になると、またタバコ農園に向かい同じことを繰り返す。そして日曜になると、ウェンデルはおれを森に連れていってくれた……。彼には『世界の中の自分の居場所』っていう感覚がしっかりあって、自分の考えを実践してるんだ」

「おれはソルトレイクシティに戻ってからこんなふうに感じた。ここはおれの故郷で、おれはモルモン教徒の家系だ。けれどどういうわけか、おれはここに自分との一体感のようなものは感じないし、この土地の一部という気もしない。自分の国にいながら、外国にいるような気がする。ウェンデルとケンタッキーみたいなつながりを、おれはこの土地に感じないし、これからも感じないと思う」

自分はソルトレイクシティと切り離されている、とサンダースは感じているのかもしれないが、古書店を開いていることで、サンダースは自分自身を別の種類の荒野に――実にさまざまなジャンルの本があり、本を愛する人々が絶え間なくやってくる荒野にしてきたように、私には思える。これこそ彼が作り出した世界であり、間違いなく彼が属する世界だ。ウェンデルが近隣のタバコ農園の葉タバコにくわしいのと同じくらい、サンダースは店に並べた本にくわしい。タバコ農園の労働者がある匂いをかぎ取って天気を予測するように、サンダースも古くて目立たない一冊の本から、同じように謎めいた方法でその価値を見抜く。

サンダースと並んで座り、彼の話を聞き、客と一緒に一冊の本を探し出す彼の姿を見ていると（その日の午後、グスタフ・ハスフォードの小説『フルメタル・ジャケット』の続編にあたる『ファントム・ブルーパー *Phantom Blooper*』と、「ラテン語で書かれた古典ならどんな本でも」というふたつのリクエストがあった）、ここでは私がよそ者なのだと思った。サンダースがウェンデル・ベリーの世界をうらやむように、私もサンダースの、古書の世界への生涯変わらぬ愛をうらやましく思った。

今の私をつき動かしているのは、サンダースの物語とギルキーの物語への興味と、ふたりが正反対の人生をどんなふうに送り、どんなふうに関わり合ったかを突き止めたいという思いだ。そして、ほかにも答えを出そうとしていることがある。なぜギルキーは本に対してあれほど情熱的なのか、なぜ本のために自分の自由さえ危険にさらすのか、そしてなぜサンダースはギルキー逮捕にあれほど躍起になっているのか、店の経営を危うくしてまでなぜそうするのか。私はその答えを導きだすために、ひとりひとりと多くの時間を過ごし、ふたりに共通な領域（本の蒐集）の奥の底まで探検することにした。

本質的にコレクターは全員、多少取りつかれているか、やや正気を失っていると言っていいように思う（蒐集に関する本で私が好きなのは『穏やかな狂気 *A Gentle Madness*』というタイトルの本だ）。コレクターはひとつのコレクションでは決して満足できず、あるコレクションが完成すると、別の何かを――まだ始めていなければ――すぐに集めようとする。蒐集は終わることがない。

サンダースはもう蒐集していないと言ったが、本の仕入れとは蒐集の代償行為であり、店に並んだ本は彼の蔵書の一部に過ぎないと彼も認めている。彼には「カタコンベ（地下墓地）」と名付けた倉庫があり、そこにはさらに数千冊の本が保管されている。彼は毎日本を売っているが、それ以上買ってもいる。ギルキーも同じように本への関心が強い。精力的に本を盗んでいないときでも、本の研究を怠らない。もしさまざまな条件がそろったら、ギルキーや、彼のように取りつかれたコレクターたちは一体どこまでいくのだろうか？

私はその答えを歴史に求めた。ドン・ヴィンセンテは十九世紀のスペインの修道士。スペイン北東部にあるシトー修道院に所属していたが、そこの図書館だけでなく、ほかの古い修道院の図書館からも本を盗んだ。[1] しばらく姿を消していたが、再び現れたときは、バルセロナの豊富な在庫を誇る古書店のオーナーになっていた。そこは売る本より買う本のほうが多い店として評判だった。売るのは、彼が取るに足らないとみなした本だけで、稀覯本は自分のために取っておいた。

彼にはどうしても手に入れたい本が一冊あった。『バレンシアに関する勅令と法令』だ。これはスペイン初の印刷工ランベルト・パルマルトによって一四八二年に印刷されたもので、一八三六年に所有者の死によって本はオークションにかけられた。それは唯一現存する本と考えられていたので、ヴィンセンテは何が何でも手に入れたかった。彼は全財産をはたいて入札しようとしたが、彼の店の近くで古書店を開いているアウグスティーノ・パチョートが彼よりも高値で落札した。ドン・ヴィンセンテは正気を失ってしまったらしく、脅迫めいたことをつぶやきながら街を歩きまわった。スペインのオークションの慣例である、最高額落札者が次点の入札者に払う少額の金を受け取ることもしなかった。三日後の夜、パチョートの家は炎に包まれ、翌日、彼の黒焦げの遺体が発見された。それから間もなく、九人の学者の遺体も発見され、全員刺殺されていた。

パチョートを逆恨みしていたドン・ヴィンセンテは第一容疑者とされ、家宅捜索が行われた。そして、本棚の一番上の棚に隠していた『バレンシアに関する勅令と法令』と、九人の学者の本が発見された。罪を認めなかったヴィンセンテが、パチョートの絞殺と九人の学者の刺殺をようやく自白したのは、彼の蔵書は適切に管理されることになると裁判官が保証したのちのことだった。裁判官がなぜ加害者から金を盗まなかったのかとたずねると、ヴィンセンテは「私は盗人ではない」と答えた。人の命を奪ったことについて質問されると、「人は皆、遅かれ早かれ死んでいく。だが良書は大切に保存されなければならない」と言い放った。

彼の弁護士は、被告は正気を失っていると主張し、『バレンシアに関する勅令と法令』がパリでもう一冊発見されたともったいぶって発表してから、それゆえドン・ヴィンセンテの家で発見された本がパチョートの落札した本とは限らないと反論した。それを聞いたヴィンセンテはすっかり絶望し、「ああ、なんてことだ。私の本はこの世でたった一冊の本ではなかったのか！」と叫んだ。ヴィンセンテは一八三六年にバルセロナで処刑される寸前まで、この言葉を繰り返していたそうだ。

このエピソードはギュスターヴ・フローベルの初期の短編とデビュー作『愛書狂』のヒントになった。『愛書狂』は、フローベルが十五歳の誕生日を迎える直前の一八三六年に執筆された。

ソルトレイクシティでの滞在が終わりに近づいた頃、雑誌の記事で自分をどんなふうに描くつもりなのかとサンダースが私に質問した。「ギルキーみたいな、いかれたやつか？」彼がこの質問をするのは初めてのことではなかった。取材の最中に、彼の話のスピードが落ちることがあった。私が彼の話を悪いほうに解釈しているのではないかと気になり、口が重くなるのだ。彼は人に認められたいという願望と私への不信とのあいだで揺れているようだった。私は彼の型にはまらない生き方、大胆な意見、旧習打破の性格、芸術家の友人たち、興味深いエピソード、子供たちや本への献身には敬服していたが、「ビブリオディック（古書探偵）」として活躍するときに必要な用心深さや疑り深さが、彼と私のあいだに今や壁を作っていた。私は、彼のことを好意的に描いていると納得させるのに苦労した。

一方ギルキーからは、どんなふうに描くつもりなのかと質問されたことはなかった。もし聞かれたらなんと答えよう……。「ギルキーみたいな、いかれたやつか？」とサンダースは言ったが、ギルキーは本当にいかれているのだろうか？　もしそうなら、病名は何なのだろう？　これまで集めた情報をすべて並べても、明確な答えはまだ見えてこない。サンダースもギルキーも、自分たちの経歴、願望、動機を私に話してくれたが、こうした情報がすべてそろっても、しっかりピントの合った大胆なポートレートにはまだなっていなかった。

サンフランシスコの自宅に戻った私は、ある日の新聞記事で『真夜中のサヴァナ』の著者ジョン・ベレントがその晩、サンフランシスコの書店で新作を朗読するのを知った。ギルキーが行く予定だと言っていたのを思い出した。私も行こうかと考えたが、やめた。知り合いにばったり会って気まずい思いをしたくなかった。それにギルキーとは次の水曜日に、グッドウィルで会うことになっている。

私は水曜日のことを確認するためにギルキーの携帯電話に連絡を入れたが、彼は電話に出ないし、私の伝言に対して折り返しの電話もしてこなかった。私は二度、三度とかけたが、結果は同じだった。これはおかしい。ギルキーは取材の日には時間通りに着くように、行かれないときは私にあらかじめ連絡をするようにいつも気を配っていた。

次の週、私はコレクトコールを受けた。

「ミセス・バートレットですか？」私のことをこう呼ぶのは、電話セールス業者以外ではひとりしかいない。「ジョン・ギルキーです」

トレーシー市のデューエル職業訓練施設（ＤＶＩ）の公衆電話からだった。初めて彼に取材するために、はるばる出かけていったあの刑務所だ。私がベレントの朗読会があることに気づいた日に、彼はモデストで逮捕されたそうだ。彼の説明によれば、あのブラームスの絵葉書のせいで再び刑務所暮らしになったらしい。

「三か月半の刑期でどうかと言われましたが、ぼくははねつけました」。すると、代わりに九か月半の刑期を言い渡されたそうだ。彼が量刑に同意しなかったのは今回が初めてではないが、今回は量刑不当と抗議したあとで刑期が長くなっていることに気づいたそうだ。「ぼくは委員会に訴えて、この件をはっきりさせるつもりです」とギルキーは言ったが、怒りよりもあきらめの調子を帯びていた。「今回は無実です。そこが笑えますよね」と言い足した。

まったくだ。

ギルキーの話によれば、警察はトレジャーアイランドの彼のマンションを家宅捜索したあと、盗品であることを証明できなかったものは返却してきたそうだ。その中に、彼がロジャー・グロスから盗んだブラームスの絵葉書があった。これによって彼の頭の中では「警察が盗品であることを証明できなかったものは、盗品ではない」という図式ができあがった。

「警察はぼくに絵葉書を返したんですよ。いったいぼくはどう考えればいいんですか？」

彼の屁理屈を理解しようとしていたら、テープの声で邪魔された。「この電話は録音されるか、盗聴されることがあります」

刑務所に面会に行ってもいいかと聞くと、大歓迎された。

「何か、署名しなければならないものがあるんですか？」ときかれた。

その頃には、彼の古書窃盗について私がどう思っているのか、包み隠さず話そうと決めていた。だから、彼の被害にあった店主たちを取材したこと、その中に保険に入っていなかったために損害に苦しんだ店があったことを話した。

「そうですねえ、もしぼくが善人なら……。おっと、ぼくは今、刑務所にいるんでした」。彼は自分が善人でないとわかっていながら、その言葉を口にした。「それがビジネスというものです――今のぼくの考えでは。ぼくが店主ならば、五百ドルを失いたくないでしょう。でも店をやるいじょう、そういったことは起こるものです。たとえば、酒屋なら月に一度は泥棒に入られるでしょう。ですから、店を始めたいなら対応策を取っておかなければなりません」

「そういったことは起こる」――ギルキーのせいで「そういったことが起こった」としても、自分とは無関係なのだ。自分の考えを述べているときの彼の声は、盗みの成功談を話しているときの声によく似ている。言葉を短く切って、自慢げにしゃべり、まるで一九四〇年代の映画に出てくるギャングのようだ。

彼には全体が見えないのだ、としか私には思えなかった。刑務官に後ろから見張られながら、刑務所の公衆電話から電話をかけざるをえないような状況に追い込まれたそもそもの原因を、彼は理解していないのだ。私は彼に「行為と結果」について理解してほしかったのだろうと思う。本のない生活を想像できるかと質問してみた。

「ええ、できますよ。だって、ぼくに本を寄付してくれる人がいない限り、本を蒐集できないわけですから」

本を「買う」なんてことは、彼にはありえないことなのだ。

「となると、ほかの方法で稀覯本を手に入れなければなりません。今の段階では、その方法がわかりませんが」

彼は豊かな想像力の持ち主かもしれないが、稀覯本のない未来を想像することはできないらしい。そして、本を不正に入手する方法をまだ考えているようだ。

「実を言えば、本を手に入れるために犯罪のようなことを考えました。でも、実行可能とは思っていません」。ギルキーはもう少しくわしく話した。「保険金詐欺のようなことを考えたんです」。そして自分の告白を正当化するかのように言い足した。「正直に言っただけですよ」

「この電話は録音されるか、盗聴されることがあります」という諭すような声がときおり流れているにもかかわらず、彼は夢と猜疑心と警戒心とプライドに順番につき動かされながら、話し続けた。

「『現代文学のリストから』一度に百冊の本を手に入れるための保険金詐欺です。それはうまくいくかもしれないし、いかないかもしれない。ぼくはたぶんしないでしょう。つまり、ちょっと考えただけですから」

これまでしてきたことは正しかったのか、間違っていたのか――彼自身はどう思っているのかと私は彼にたずねた。

「百分率で答えれば、ぼくが百パーセント悪いとは言えないと思います。強いて言えば、六十パーセント悪くて、四十パーセント正しいという感じです。だって、そうでしょう、それこそが彼らの、古書店の仕事でしょう。彼らは本好きの人がもっと稀覯本を見られるようにすべきなんです」

私の意見を求めるかのように、彼はつけ加えた。「そう考えるのはおかしいんでしょうね」。だが、すぐに自己中心的な考えに戻っていった。「けれど、大富豪でもない限り、どうやって本を蒐集していけばいいんですか？」

ギルキーには願いがあったが、自分ではかなえることができなかった。ならば、それを妨げている人たち、つまり古書店主にこそ非がある。彼のように、世の中をそんなふうにとらえ、欲しいと思ったものはすべて自分のものにする権利があると考え、それを手に入れるためにはどんな手段も正当化できると思うのは、いったいどんな感じなのだろう？　彼が本当にそんなふうに世界をとらえているのだとしたら、そして彼との会話すべてがこの世界観を裏付けるものだとしたら――彼がそうした世界観を手を替え品を替えて私に示した理由がわからないし、話してくれたからといって、私はうれしくも何ともなかった――おそらく彼は精神を病んでいると言える。

彼は本を盗むことは違法だと知りながら、盗み続けてきた。なぜなら、「違法＝悪」とは考えなかったからだ。この精神状態がこのままずっと続くのだろうか？　彼は変わることができないのだろうか？いや、違う。彼は変わることを望んでいないのだ。それどころか、本を蒐集しながら、コレクションがそろったら自分の社会的地位はどれくらい上がるのだろうと想像して、にやついているのだ。コレクションがそろえば、資産管理会社の広告に載っていた、高級古書店を出ようとしているあの女性のように教養のある、博識な人物と思われるだろう。彼が映画、テレビ、本、広告、服のカタログなどで目にする古書に関する映像や画像は、本そのものではなく、古書のコレクション（上流階級の出であることの証）に対して私たちの文化が払っている敬意を表現しているものなのだ。だからこそギルキーは自分のコレクションで、「憧れの世界」の「尊敬される地位」を占めたいのだろう。彼はほかのコレクターよりほんの少し常軌を逸しているだけなのかもしれない。

録音テープのメッセージに再び邪魔をされた。「この電話は録音されるか、盗聴されることがあります」。

なぜトレジャーアイランドのマンションにあれほどたくさんの本を置いたままにしたのかときくと、彼はくすくす笑いだした。

「そう……ぼくは本当にばかですね。本をちゃんと保管せずに、あそこの本棚に置いたままにしたんですから。集めるのに五万ドルかかりました……。まさか家宅捜索されるとは思ってもいませんでした」

ギルキーが正直に話してくれたので、残りの本はどこにあるのかと思い切って質問してみた。これ以上本は持っていないと前に言ったのを忘れたのか、「本は保管してあります。あの人たち［警察］がほとんど持っていってしまいましたが……まだいくらか残ってます」と答えた。

私は畳みかけるように、本は実家にあるのか、それとも倉庫に置いてあるのかとたずねた。

ギルキーは一瞬考え込んだ。

「いえ……実はオークションハウスに預けてあります。オークションに出す場合、かなり前から品物を預けておきますよね。そのシステムを利用したんです。つまり、ぼくはオークションで本を売ると見せかけて、倉庫代わりに預けているんです。ただし、売るつもりはないからある程度の期間預けたら、売るのをやめましたと言って本を引き取り、別のオークションハウスに預けます。その繰り返しです」

「もうそろそろ時間です」とギルキーが言った。そのとき私は、彼が一九九四年に『ロリータ』と『シャーロック・ホームズの復活』を「自分のクレジットカード」で買ったと言ったのを思い出した。残りわずかな時間の中で、私はもうひとつ質問した。自分のお金を使うのは好きじゃないと言ったのに矛盾しないのかときいてみた。

「こういうことなんですよ。アメリカンエキスプレスカードには、リボルビング払いの支払方式もあります。ぼくは一万五千ドルくらいのものを買いましたが、それだと毎月三百ドル支払うだけですみました」

彼が進んで支払ったことに疑問を感じ、そのことを聞こうとすると、彼は話をどんどん進めた（本当のことまでしゃべった）。

「その裏には別のちょっとした計画があったんです。それで、実はただだったんですよ！」

「どうやって？」

「……ええと」ギルキーはきまり悪そうに言った。「カードを紛失したとアメリカンエキスプレスに連絡したんです。紛失後、不正請求があったとも伝えました」

あと五分を切ったところで、ギルキーは、二冊の稀覯本を買ったこと、リボ払いでその代金を支払うことにしたこと、だが実際は一セントも払っていないことを話してくれた。それどころか、請求金額の本を買ったのは自分ではないとカード会社に主張したのだ。

「じゃあ、もう電話を切らないと」とギルキーが言い、私たちはさよならと言い合った。

受話器を置いてから、このカード詐欺事件のことを知ってる人はほかにいるのだろうかと私は考えた。アメリカンエキスプレスはどうだろう？　警察は？　なぜギルキーは私に話したのだろう？　私が人に知らせるのではないかとなぜ疑わなかったのだろう？　法律的には私は知らせるべきなのだろうか？

ギルキーがこの話を私にしてくれたのはうれしかったが、彼を警察に売るようなことはしたくなかった。私は答えを出すのを先延ばしにした。自分は何をなすべきなのか、そのうちわかるだろう。いま自分が悩んでいるのは、法的義務の問題だけでなく、倫理的責任の問題なのだということはわかっていた。古書店主に知らせるべきか？　本を保管している倉庫がどこにあるのかはまったく知らないが、それでも伝えれば、何かの役に立つだろうか？　とにかく、何をするにしても、その前に弁護士に相談しなければ。

◉

その年（二〇〇五年）の晩秋、私はギルキーの被害者であるヘルドフォンド・ブックギャラリーを訪ねた。エリック・ヘルドフォンドと電話で話したとき、彼は妻のレーンと直接話したほうがいいと言った。彼女こそ、ギルキーの相手をした人間だからだ。

私が店に入ると、レーンはふたりのイギリス人男性の接客をしていた。どうやら常連客のようだ。商売の邪魔をしたくなかったので、本棚を見せてもらうことにした。大部分の本に豪華なカバーがかかっており、本の背ではなく、表紙がよく見えるように並べてあった。その日は、イアン・フレミングの『サンダーボール作戦』の目を見張るような表紙の初版本、T・S・エリオットの長編詩『荒地』が初出した文芸誌『ダイヤル *The Dial*』、リチャード・アヴェドンの写真集『アメリカ西部の人々 *In the American West*』、さらにドクター・スースの『緑のたまごとハム *Green Eggs and Ham*』『アンデルセン童話集』『ピーターパン』などの児童書の初版本が多数陳列されていた。

レーンはカウンターの後ろの高い椅子に座って、怪しむようなまなざしで私を二度ちらっと見た。万引きとでも思ったのだろうか？　先ほどのイギリス人の客が店を出たので、私はカウンターに行って自己紹介をした。

「どの雑誌で記事を書いているの？」彼女は私をじろじろ見ながら、ぶっきらぼうに言った。私がギルキーの記事を書いていることはエリックから聞いているはずだが、彼女は明らかに不機嫌だった。

「名刺は？」

私は名刺入れを別のバッグに入れたまま持ってくるのを忘れたことを謝り、『サンフランシスコ・マガジン』で記事を書いていると伝えた。彼女はレジの横に置いてあったメモ用紙に私の名前と電話番号を書き留めた。本当に電話番号をメモする必要があるのだろうか？　彼女のこれらの言動は、だまされるものか、私はあなたを調べるわよと私に意思表示しているように思えた。

私のことを調べ終えると、彼女はしぶしぶながら話してくれた。ギルキーが電話で注文してきたときの様子。本を受け取りに来たとき、歯の治療直後だと言って口もとを手で押さえて、声をごまかそうとしたこと。マンソン刑事からの依頼で、メールで容疑者の写真を特定したこと。話の大半は、マンソン刑事とサンダースから聞いてすでに知っていた。しかし、彼らはある重要なことを私に言わずにいた――レーン・ヘルドフォンドは怒っていた。

まず例外なく、古書店は稀覯本を売ってもらうからない。そして、ほとんどの古書店にとって三千ドルの損失はかなりの痛手だ。事件から四年たった今でも彼女のギルキーへの怒りは収まっていなかったし、私の相手をすることさえ嫌なのだという態度を隠そうともしなかった。

「あなたが彼について何か書く――ねえ、それは彼を賞賛することになりはしない？」と彼女は言って、連続殺人犯チャールズ・マンソンが世間の注目を浴びたことに言及した。「今じゃ、マンソンは超有名人よ」

殺人犯のマンソンと本泥棒のギルキーを同列扱いするのは少し極端だと思ったが、彼女が言わんとすることはわかる。彼らは犯罪者なのに世間の注目を浴びた。彼らのしたことを考えたら、注目される資格なんてないと彼女はいきどおっているのだ。

「古書店って、好きだからやる仕事よ」。彼女は胸に手を置いてから、続けた。「あなたもそうでしょ。だから、こんなやつにはすごく腹が立つの」

レーンはもう話したくなさそうだったので、私はノートをしまった。けれど私がドアから外に歩き出そうとしたとき、呼び止められた。

「ねえ、この店には本当に特別な本だけを置いてあるの。店に来る大勢の本好きの人たちでさえ、うちに陳列しているような本は見たことがないだろうし、この店以外ではたぶんこれからも二度と見ることはないような本ばかりなの……。私たち夫婦は十五年間、一所懸命働いてきたわ。最初は八ドルの本を『高く売れますように』って思いながら買った。次は八十ドルの本を買った。そんな調子でやってきたの。どこにもないような、素晴らしい店を作ろうと必死だったのよ。だからそうやって集めた本は、本を愛してくれる人、本をちゃんと買ってくれる人、本を高く評価してくれる人のものになってほしいの……。私はあの男にすごく怒っている。冒瀆されたと同じよ。あの男は本を盗んだ。それは私の本を盗んだってことよ。彼の本を盗んだってことよ」。彼女は夫を指さしながら言った。それからちょっと娘のほうを向いて、「あの子からも盗んだ」と低い声で言った。九歳か十歳の黒っぽい瞳に黒っぽい髪の少女が、母親の手伝いをして本棚を拭いていた。

レーン・ヘルドフォンドの言葉が胸に突き刺さった。彼女たち家族が本の盗難によって受けた個人的な被害をいたましく思っただけでなく、書棚に並べた本への思い入れの強さに衝撃を受けたのだ。「たぶんこれからも二度と見ることはないような本」とは、単に美しいだけの存在ではなく、それ以上の何かであり、その物理的な存在のおかげで本の内容もさらに意味のあるものに思えてくるようなもののことだ。彼女の怒りは正当である。

私は『薬草図鑑《クロイタブーフ》』と出会い、やがて古本市に出かけるようになってから、「物理的な存在」としての本について考えるようになった。そしてレーン・ヘルドフォンドに取材してからは、いわゆる歴史だけでなく、私たち個人史における「紙の本」の位置も考えるようになった。そのことが頭から離れなくなったのは、それから数か月後に、友人のアンディ・キーファーが電子書籍の利点についてほめちぎるのを聞いたからだ。アンディと夫人は、メキシコ中西部にあるグアダラハラ市に引っ越す直前にそれぞれ電子書籍端末を買った。その町では英語の本を手に入れるのはまず無理だし、郵便もあてにならないから、本当に買ってよかったとふたりは喜んでいた。アンディはチェーホフの『かもめ』とスティーヴンソンの『宝島』をタブレット端末で読んだが、何の問題もなかった。そして日刊紙『ニューヨーク・タイムズ』、雑誌『ザ・ニューヨーカー』の記事を数件、電子辞書、さらに軽い読み物をいくつかを端末に入れて持ち歩くようになったそうだ。

アンディはそれでいい。しかし、紙の本を簡単に入手できる人がなぜ電子書籍に乗り換えるのか、私にはまだ理解できない。私は、自分の十代の子供たちのことを考えてみた。ふたりは一日の大半をパソコンの前に座り、電子メールやインスタントメッセージだけでなく、宿題のために長い文章を読んだりもする。ふたりは電子書籍で本を読むことに抵抗はないだろう。だが同時に、否それだからこそ、自分の蔵書である紙の本への愛着は増すものなのかもしれない。息子が高校を卒業するときのお祝いとして、私が最後まで迷った末に買ったものは、黒いポケットサイズの合衆国憲法だった（息子は歴史と法律に興味があった）。安くて小さなその本を渡すと、いつもはあまりしゃべらない息子が、「一生大事にするよ」と言って胸に抱きしめてくれた。

娘も、自分の本棚に私の母の（かつては私の祖母の）本だったルーシー・モード・モンゴメリの『赤毛のアン』『アンの青春』『果樹園のセレナーデ』を並べている。「本を開いて読み始めるとき、本がこれまでどこにあって、ほかにどんな人が読んだのか考えるのが好き。きっとすてきなエピソードがあるはずよ」と娘は言う。

図書館で、本がぎっしり詰まった高い本棚に囲まれていると、私は真に豊かな学問の歴史をまさに実在するものだと感じる。そして謙虚な気持になると同時に、刺激も受ける。同じことがほかの人工物についても言える。たとえば私たちは、ホロコーストや、詩人のエミリー・ディキンソンが「世界への手紙」を書いた場所や、ドアーズのジム・モリスンが眠っている場所について読んで知ることができるし、それらの場所の写真をインターネットで見ることもできる。それでもそれらが実在したものだと感じたくて、とても多くの人々が毎年アウシュヴィッツ＝ビルケナウ強制収容所やディキンソン家の屋敷やパリのペール・ラシェーズ墓地を訪れる。

本のそばにいたいという私たちの願望も、これと似たような衝動から生まれるのだろう。本のおかげで私たちは、自分自身より大きなもの、素晴らしいものと結びつくことができる。だからこそ、ハードカバーの本は、電子書籍が普及したあともずっと生き延びると私は確信している。町ですれ違う人が全員、ｉＰｏｄや携帯電話の世界に引きこもっていても、本とのつながりは今でも――そして数百年後も――重要なのだと思わずにはいられない。このつながりがあるからこそ、私の両親や祖父母の本は私にとって特別な存在なのであり、『薬草図鑑』が卓越した存在となるのである。

訳注1　アメリカの小説家・詩人・環境保護活動家・農場主。一九三四年ケンタッキー生まれ。大学卒業後ケンタッ

キーを離れ、西海岸や東海岸、ヨーロッパで教師や研究者として暮らした後、ケンタッキーに戻り、大学で教えるかたわら農場を購入し、現在に至る。

第12章

快適な暮らし

　またしても自由の身となったギルキーだが、彼の好きな古書店には出入り禁止になっているので、本のそばにいたいという欲求を図書館に行くことで満たす日々が続いていた。彼は図書館にほぼ毎日通った。今度はノーベル賞受賞者が執筆した本の初版を集めることにしたらしく、次に会ったときには、一九九七年にノーベル文学賞を受賞したイタリアの劇作家ダリオ・フォの初版本をすでに手に入れたとうれしそうに報告し、私に見せてくれた。小さな薄いペーパーバックで、赤い無地の表紙だった。私は本の裏表紙に、図書館のラベルのようなものが付いているのに気がついた。そのことを口にするとギルキーは、モデストの図書館セールで買ったときの様子をもごもごと話し出した。取材中、彼はずっとラベルをつついては、はがそうとしていた――私にはそう見えた。

　どこに本を保管しているのかともう一度質問すると、彼は肩をそびやかして、抜け目のなさそうな顔をした。「厳密に言えば、ぼくはどんな本も持っていません」。彼は見るからにくわしく話したくて仕方なさそうだったが、そうすることのリスクも自分でよくわかっているので――彼らしくもない警戒心から――話すことはなかった。

彼は自分自身が作り出したジレンマに苦しんでいた。自分のコレクションが絶賛されることを夢見ているギルキーは、それを見せびらかしたいのだが、そんなことをしてしまえばコレクションを失ってしまう。だから自分のコレクションに加える本はどれも他人が目にすることはできない。ただひとりの例外は――私だ。私は彼のただひとりの観客になってしまった。だが彼は私に何もかも話すことも、本をすべて見せることもできないし、しないだろう。図書館のセールで購入したかもしれないし、しなかったかもしれない小さなペーパーバックを私に見せ、その本の重要さについて語ることはできるが、もっと大きな「買い物」となると話は別で、私に隠したままなのだろう――少なくとも今のところは。

しかし私は、ギルキーとたっぷり話せば何か本に関係した特別な話が出てくるような気がしていた。それを見つけるしかない。本のコレクターが真剣に掘り出し物を探すように、私もとびきりの話を発見したかった。私は次の取材日を決めた。

稀覯本という宝物が発見されるのは、ニューハンプシャーの人里離れた骨董品倉庫（エドガー・アラン・ポーの処女詩集が発見された）ばかりではない。私の友人の古書店主、ジョン・ウィンドルが見つけたのも素晴らしい宝物だった。

数年前にロンドンのあるオークションに出かけたときのことだそうだ。ある有名な本のコレクターが亡くなり、本、家具などの遺品がすべて競売にかけられた。ウィンドルは競売品の目録を見ながら、書き物机の引き出しを開けた。その中にあったのは、誰も（オークションハウスの人間も、彼と同業者の古書店主も、入札者も）気づいていない、ウィリアム・ブレイクの挿絵による『ヨブ記』――二十一枚の銅版画のそれは美しい本――だった。厳格な詩人、画家、銅版画家であるブレイクは、昔からコレクターのあいだで人気が高かった。そして『ヨブ記』は彼の最高傑作のひとつと言われていた。

「さらに『ヨブ記』には何かが折りたたまれて入っていた」。ウィンドルはちょっともったいぶって言った。「ぼくはさらに価値のあるものを発見したんだよ。四つ折りの大判の紙で、そこにはブレイクの手による『自由の歌 *A Song of Liberty*』が書かれていた」。ロシアのマトリョーシカ人形のように、宝物の中からまた宝物が出てきたのだ。書き物机は二千ドルくらいの値段だが、その中に入っていた『ヨブ記』は十万ドルの価値があった。『ヨブ記』にはさまっていた四つ折り判の『自由の歌』は、四十年間オークションに出品されたことがなく、自分の手の中にあるものがどれほど価値があるのか、ウィンドルにもわからなかった。今この瞬間、引き出しの中にあるものの存在を知っているのは自分だけだとウィンドルは認めた。「ぼくの中の九割は、『ヨブ記』はむずかしいが『自由の歌』ならポケットに突っ込んで何食わぬ顔で行ける、と思っていた。けれど、やはり良心がそうさせなかった」。彼は発見したものをオークションハウスの人に見せた。三か月後、『自由の歌』は二万五千ドルで落札された。

カフェ・フレスコでの次の取材のときに、ギルキーは本探しの方法について話してくれた。彼はアイリス・マードックの本をずっと探していたが、それは彼女のデビュー作『網のなか』が「二十世紀の小説ベスト百」の九十五位に入っているからだ。実は彼は小説よりも、実存主義についての彼女の哲学書にとても関心があった。ジャン＝ポール・サルトルとシモーヌ・ド・ボーヴォワールは読んだことがあるそうで、彼らの哲学を支持する彼の見解は、かなり個人的なものだった。「彼らが善悪の区別ができないように」とギルキーは実存主義者たちについて語った。「まあ、ぼくもそうなんだろうとずっと考えてきました」

ギルキーはロサンゼルスの古本市とアリゾナのホラーブック祭りに行きたいそうだ。サンフランシスコを離れるのはかなりまずいのではないか、保護観察中の遵守事項を守らないと捕まるのではとやんわり言ってみたが、逮捕はありえないと彼は言い切った。私は、古本市なんて誘惑が強すぎて抵抗できないのではないかときくと、「正直にいえば、ときどきもう一度やりたくなりますが、あまりにも危険です」と答えた。しかし彼の場合、逮捕されて刑務所行きとなったことはすでに何度もあり、彼の「危険」という認識は抑止力にはまったくなっていなかった。

以前、本を注文するときに使う公衆電話を見せてくれるとギルキーが言ったことがあったので、これからそれを見にいくのはどうだろうかと私は提案した。

「実際、あそこの電話はかなりいいです」。それが彼の答えだった。

私たちがよく使うカフェの隣にクラウンプラザ・ホテルがあり、そこのロビーの公衆電話は彼のお気に入りだった。私たちは荷物をまとめてカフェを出ると、隣のホテルまで歩いていった。

ロビーの公衆電話まで行くと、ギルキーは電話帳を開いて古書店のページをめくり、指先で店の広告をたどった。

「さて、ええと、ぼくはこのうちの何軒かでやったことがあるから……それを考えると、あの店はたぶん避けるべきでした……」。そう言いながら、ページの下のほうまで指を動かしていった。「カヨは行ったことがあるし、アーグノートも……ブリック・ロウも……トーマス・ゴールドバッサーも行ったことがあります。ここの店主のせいで厄介なことになるところでした。それから、ブラック・オーク・ブックス」。彼はその店の広告を指さしながら言った。「ここにしましょう。フリーダイヤルです」

私は彼の話をちゃんと聞いていなかったのだろうか？　彼は電話をかけるふりをするだけだと思っていたが、数秒後には番号を実際に押していた。耳に受話器を当て、誰かが電話に出るのを待ちながら、「こういうときに使うセリフをしっかり覚えています。暗記したんです」と言った。

私はあっけにとられたが、こういう場面を目撃できる幸運に感謝しつつ、うしろめたさも感じていた。

「誰も出ません」。そう言って彼は受話器を置いた。「誰も出ないと、ちょっといらいらします。店主や店員が電話に出さえすれば、こっちのものです。その店から確実に本を手に入れます。出てくれなければ、話になりません」

ギルキーはもう一度、電話帳の広告を見た。「ブリック・ロウはどうです？」

私は開いた口がふさがらなかった。「本当に電話する気じゃないわよね？」

「ちょっと質問をするだけですよ。……わかりました。やめましょう。ジェフリー・トーマス・ファイン・アンド・レアブックスはどうですか？」彼は広告を見ながら名前を挙げていった。「ロバート・ダッグはどうかな？　モエズ・ブックスは？　両方とも実際、かなりいい店です」

彼はバークレーにあるセレンディピティ・ブックに決め、番号を押し始めた。その店からは何度も本を盗んでいた。

「もしもし、結婚祝いを探しているんですが、アイリス・マードックの本はありますか？『網のなか』が希望ですが、なければほかの本でもけっこうです。それからJ・P・ドンレヴィーの小説はありますか？　たとえば『赤毛の男』とか？」（『赤毛の男』は「二十世紀の小説ベスト百」の九十九位）。

女性店員がマードックやドンレヴィーの本を探しているあいだ、ギルキーは受話器を手で押さえもせず私に話しかけた。「これがいつものやり方です。たまたま読んでいる本を探してもらいます。今、彼女は探しまわっています。言ったと思いますが、古書店には数千冊の本がありますから」

ギルキーはひたすら待ち続け、私はその姿を観察し続けた。

「この電話の唯一の問題点は、店からかかってきた電話を取れないことです。ですから、忙しいから仕事中に電話は受けられないと店に伝えます。あとで店に電話して、カード会社から承認がおりたかを確認します」

女性店員がギルキーの希望の本を探しているあいだ、彼はじっと待っていたが、そのうちしびれを切らした。

「ほら、こんなふうにぼくをひたすら待たせるんですよ。だからぼくはそういう店を次のターゲットにするんです」

セレンディピティの女性店員は電話口に戻ってきて、ギルキーの電話番号をたずねたに違いない。彼は公衆電話に貼られた番号を読み上げた。そして名前も聞いたのだろう。彼が次に言った言葉は「ええ……ロバートです」だった。

「インターネットで知ったんですが、お宅はアイルランドの作家、とくにジェイムズ・ジョイスを専門に扱っているんですね。贈り物用に、アイルランドの作家の中から誰か推薦していただけませんか？　そう、予算は五千ドルまでということで。はい、結婚祝いです。それからジェイムズ・ジョイスかチャールズ・ディケンズあたりの直筆サイン入りの本があったら……もし今見ていただけるなら、お願いします。わかりました、ありがとうございます」

このシナリオなら知っている。ギルキーの被害者とサンダースから聞いたことがあった。電話で注文するときのギルキーの声色、古書の知識のひけらかしかた、贈り物として購入したいというつくり話を、彼らはくわしく教えてくれた。今こうしてそれらを目の当たりにすると、つくり話や声音に表れる彼の演技は、彼らから聞いた話のパロディのように思えてきた。店員とのやり取りはとても順調に進んでいた。ギルキーは店員にクレジットカードの番号やホテルの住所を教えるつもりはなかった――と私は思う――が、私は人がだまされるのを、半ば犯罪を目撃しているわけだ。私は恐ろしかったが、同時に魅せられてもいた。

ギルキーは受話器を置いてから、こうした電話注文について彼の見解を述べたが、そこには詐欺にまんまと引っかかる古書店への軽蔑と、それをうまくやり遂げる自分への賞賛がまざり合っていた。「ほら、今の電話は完璧だったでしょう。店主が留守だったからです。きっとあの店員は正しい手続きの仕方を知らないでしょうし、本のある場所も知らない。ぼくが今日、あの本を欲しかったら、難なく手に入れられたでしょう。クレジットカードの番号を彼女に教えたら、問題なく使用許可が出たでしょう。出なかったら、予備の別の番号を言えばいい。ポケットにはカード三、四枚分の番号を控えたメモが入ってます。本を注文したら、次に『何時に閉店ですか？』とききます。『贈り物用の包装をしていただけますか？』と頼むかもしれません。店員は何かぶつぶつ言うかもしれませんが、最後には『はい、わかりました』と答えます」

「店が五時に閉まるなら、四時十五分か四時半くらいに店に行って、まず店のまわりを見回して怪しい人物がいないかを確認します。それから店に入って、『ロバートの代わりに本を受け取りにきました』と店の人に告げます。手続きや包装がすべて終わっているといいのですが、ときにはまだのときもあります。そんなときはちょっと不安ですね。それにしても、彼らはなんて愚かなんでしょう。本来ならクレジットカードを提示させるべきでしょう。ぼくが店に着いてから、あわててカード会社に番号の照会をするような店もありました。いったいどういうことです？　ぼくにはさっぱりわからない。ぼくは受け取りにサインをして、それでおしまい。疑われるようなことをするどころか、まったく何もしませんでした。『ありがとう』と返事するだけです。ほかに二冊くらい本を見て、『これは素晴らしい。じゃあ、どうもありがとう。きっとまた来ます。お宅には素晴らしい本がそろってますから』などと言って、静かに店を出ます」

私はうなずきながら、隣の公衆電話の下にある小さな棚の上にノートをどうにか乗せて、彼がどんなに得意げだったかをメモした。

「もちろん、二度とぼくはしませんが、さっきのは完璧なチャンスでした」と彼は未練がましく言った。

ギルキーがもうひとつの完璧なチャンスについて話したのは、私たちがクラウンプラザ・ホテルを出て、数ブロック先のグランドハイアット・ホテルに向かっているときだった。そこにも彼のお気に入りの公衆電話があった。そのもうひとつの完璧なチャンスが訪れたのは、彼と父親が夜行便の飛行機に乗ってニューヨークに行ったときのことだ。ギルキーは盗んだクレジットカード番号を使って、彼のいう「快適な暮らし」を親子ふたりで数日楽しんだ。

その旅行は「非常に実り多かった」。『クマのプーさん』シリーズ（後で売ろうとしたがうまくいかなかった）と、テネシー・ウィリアムズの『欲望という名の電車』（三千ドル）を手に入れたのはそのときだった。場所は、最高級ホテルのウォルドルフ＝アストリアに入っている「店」、としかギルキーは用心して言わなかった。「それがどんなに簡単なことか、あなたには想像もできないでしょう」と自慢げに言った。

ニューヨークでの三つ目の盗みは、「笑える話」だ。彼と父親は、古書店が立ち並ぶマディソン街に近いハイアット・ホテルに泊まった。彼はある店（やはり名前を明かさなかった）の蔵書目録の中から、選り抜きのものを数点選んだ。その中には旅行本のシリーズも入っていた。そのうちのどれを選ぶか決めかねたギルキーは、父親に選んでもらうことにした。旅行本がよさそうじゃないか、と父親が言ったので、彼はハイアットの公衆電話から旅行本のシリーズを注文した。

「それからぼくはその店に行きました。店の人はぼくが注文した旅行本を包装しているところでしたが、なんとそれは十七巻のセット本でした。七十五ポンド（三十四キロ）くらいはあったはずです。ぼくはホテルまでずっと抱えていきました」。お金を使いたくなかったから、タクシーには乗らなかったと言う。「それはもう大仕事でした。休み休み……よろよろ歩いていきました」

この窃盗事件について誰か知っている人はいるのだろうか？　サンダースはどうだろう？　ABAAは？　どこの店でその十七巻セットを手に入れたのかとたずねると、「言わないでおきましょう」と彼は答えた。最近はこの手の返事が増えたが、それだけ彼が犯罪について告白する機会が増えたからでもある。つまり、私のことをさらに信用するようになったということか？　最後には本の隠し場所を教えてくれますように。

ニューヨークでギルキーはスーツケースを稀覯本とほかのコレクションでいっぱいにするだけでなく、父親と一緒に「百ドルもする食事をし、エンパイヤ・ステート・ビルに登り、グリニッジ・ヴィレッジを散歩して過ごしました。ぼくたちは毎日、豪華な食事をしました。ぼくは父に言ったんです。『ぼくにすべて任せてよ。ホテル代も食事代もただになるんだ。保証するよ』って」

この旅行で、彼はあるインスピレーションがわいた。

「それこそが、ぼくがしたかったことです――旅行プランを立てること。ニューヨークは本当に素晴らしかった。何もかもうまくいきました」

しかし、それはサンフランシスコに戻るまでの話だった。ギルキー親子は戦利品の入ったスーツケースをチェックインカウンターに預けて飛行機に乗ったが、サンフランシスコ到着後、自分たちのスーツケースが何者かに持っていかれてしまったことに気づいた。

「これ以上ないってほどの最悪の事態でした。数千ドルの本を全部持っていかれたんですから」

サンマテオからの乗客がギルキーと同じモデルのハートマンのスーツケースを預け、うっかり間違えて持ち去ったのだが、数時間後には返しに戻ってきた。そんなことがあったにもかかわらず、ギルキーがニューヨーク旅行の話をするときの様子から、彼にとっては一番いい思い出なのだとわかった。

「それこそが、ぼくがしたかったことです。ただで飛行機に乗って、ただで都会のホテルに泊まる。ニューヨークは何もかもうまくいきました。ぼくは八十から九十枚分のクレジットカードの番号をメモしておきました。ひとつの番号で少なくとも千ドル、二千ドル、三千ドルは使えます……。ただでいろいろなものを手に入れられたら、それこそが完璧な旅です。罪の意識なんて感じませんでした。ただの休暇、ただの食事、ただの本。ぼくはワクワクしていました。都市から都市へと移動するつもりでした。ニューヨーク旅行は、言ってみれば実験のようなものです。ニューヨークは、ぼくがこれからすることを先取りした未来でした。なぜなら、何もかもがただなのですから、ほかに何を望みます？」

第13章

自慢の息子

ギルキーと一緒に、ユニオンスクエアパークにあるホテルの公衆電話めぐりをしてから数週間、彼からは音沙汰がなかった。本を盗んで逮捕され、また刑務所に逆戻りしたのだろうかと思ったが、私は忙しさにかまけて連絡を取り損ねていた。あるとき、娘のお供でリサイクルショップのグッドウィルに服を見にいったとき、私はなんとなく本が並んだ棚のほうに行った。そこは、確率は低いが宝物を見つけられる可能性がいくらか残っているような場所だった。

古書コレクターのホセ・セラーノは、グッドウィルで最近、二冊の掘り出し物を見つけたと話してくれた。一冊は野球の名選手ウィリー・メイズの自伝のサイン入り初版本で、二ドル四十九セントで購入（あとでネットで調べたら、サイン入りでない初版本が二冊出ていて、それぞれ四百ドルだったそうだ）。もう一冊はギルキーが刑務所でたまたま読んだ、ジョン・ダニングの古書ミステリー『死の蔵書』の初版本で、三ドル四十九セントで購入したという（セラーノの予想だと、四百ドルから五百ドルの値）。

私は狙いをふたつに絞り、まずスティーヴン・キングの棚にまっすぐ向かった。だが、初版本はなかった。次にきわめて高価と聞いたことがあるエドガー・ライス・バローズの『ターザン』シリーズを探したが、やはりなかった。私の見る限り大したものはなく、あるのはくたびれた、空港で売っているようなペーパーバックと、染みのついた料理本だけだった。私は上の棚から下の棚へと順に見ていき、ハードカバーの本を入念に調べたが、初版本は一冊もなかった。後ろにも本棚があったが、もうあきらめかけていた。隣には黒っぽい染みのついたパーカーを着た、しかめっつらの男性が何かを（初版本だろうか？）熱心に探していた。

グッドウィルに以前行ったことがある、とギルキーが言ったのを思い出した。ほとんど収穫が期待できないのに、彼やコレクターたちが探し続ける気持ちが理解できなかった。私は、娘がいるチュールと別珍生地のスカートが積まれたラックのところに戻り、もう店を出るつもりだった。娘も私と同じようについてなく、私たち親子は何の収穫もないまま店を出た。出口に向かっているとき、本コーナーにいた先ほどの男性を見るとまだ探していて、床の上に本が数冊積まれていた。私は何を見逃してしまったのだろう？

翌週、私はカリフォルニア州の受刑者の収監先を教えてくれるサービスセンターに電話をかけ、ギルキーが刑務所に舞い戻ってしまったのかどうかを調べたが、そんなことはなかった。彼の母親の家に電話をした。電話に出たのは姉のティーナで、ギルキーが今どこにいるのかはわからないと言われた。しかし、ギルキーがティーナとしょっちゅう連絡を取り合っていることは本人から聞いていたので、ティーナが本当のことを言っているとは思えなかった。

最終的にはギルキーのほうから私に電話をくれ、また会うことになった。サンフランシスコ郊外にあるストーンズタウン・ギャレリア・ショッピングセンターのイタリア料理店「オリーブガーデン」で会いましょうと言われた。

ピザをはさんでテーブルの向こう側に座っているギルキーは、保護観察官との毎週の面会に行かなくなり、今は所在不明の「逃亡中の仮釈放者」だと冗談ぽく言った。だが、ひどく楽しそうだった。彼は新しいノートパソコンを買ったと言い、わざわざ見せてくれた。そして「近くの大学」で講義を受けていると言ったが、自分の居場所を明かしたくないので、どこの大学かは言いたくなさそうだった。彼はニーチェ哲学のクラスに登録したそうだ。

そういえば、以前ニーチェに興味があると言っていた。法律やシステムが不公平ならば、それを破壊すること、それに抵抗することは悪ではないという考えを、ニーチェの思想として述べるのがとくに気に入っていたようだ。ギルキーのいう「不公平なシステム」とは、彼が欲しいものをほかの人は買えるが自分は買えないようなシステムだ。高額の本があるとする。ギルキーにはとうてい買えない。となると、彼はそれを盗んでしまう。それは、彼にとっては「不公平なシステム」を正す行為なのだ。

彼はサンフランシスコのウォーターフロントでアルバイトをしていると言ったが、くわしいことを私に教える気はなさそうだった。サンフランシスコのような物価の高い都市でホテル暮らし――たとえおんぼろのホテルだとしても――をしながらアルバイトだけで生活するのは、至難の業だ。私はギルキーに、どうやって暮らしているのかとたずねた。

「昨日は十八ドル使ってしまいました。そこで宝くじを一枚買ったら、十九ドル当たりました。というわけで、ぼくは昨日は一ドル勝ち越したわけです……。今は運がいいんだと思います。そろそろ大当たりする頃です」。彼はエネルギッシュで、とても楽観的だった。「もしそうなったら、すごいことになりますよ！　ぼくは宝くじで一億ドル当てて、高級古書店を買うんです」

彼は、私の執筆中の本の結末を提供しようとしているのだとピンときた。この手のことを彼が言いだすのは初めてではなかったし、たぶん最後でもないのだろう。別の日にも彼はこう言ったからだ。「あのう、ずっと考えていたんですが、あなたが本を書き上げる頃には、ぼくはおそらく『二十世紀の小説ベスト百』を読み終えていると思うんです。画家を雇って、ぼくの『百冊の本、百枚の絵』を描かせているかもしれません。できあがったら展覧会を開きましょう。本の結末としては、なかなかのものだと思いますよ」

彼はちょっと考えてから、言い添えた。「ぼくが何か悪いことを、何か……をしない限りは……。でもそんなことはないと思います」

「最近、何か困ったことがあったの？」私はきいてみた。

「ないです。ただ忙しかっただけです」そうギルキーは答えた。

◉

ギルキーがまだ仮釈放中で、私の知る限り、サンフランシスコの安ホテルで暮らしていた頃、私はモデスト市の実家まで車で行き、母親のコーラと姉のティーナに会ってきた。この取材は、ギルキーの助けを借りて実現した。

ギルキーの実家は、大牧場主の住宅を模した、屋根の勾配のゆるい平屋が立ち並ぶ地区にあった。家の前のつつましやかな芝生を囲んでいるのは背の高いモミジバフウの並木で、落葉して歩道に枯葉の小山を作っていた。三十年前は、子供が自転車のベルを鳴らしながら走り去り、母親がその背中に向かって何か大声で言っているような、理想的な郊外の町だったのだろう。私は車を歩道に停め、玄関の呼び鈴を押した。コーラとティーナに迎えられ、すぐに薄暗いリビングルームに通されたが、部屋の隅、壁、テーブル、棚のいたるところに蒐集品が置かれていた。あるコーナーには真ちゅうの燭台が置かれ、別のコーナーにはイギリス製の磁器が置かれていた。「安物の、中国製の偽物じゃないのよ」とコーラはわざわざ指摘した。フィリピン製のラグ、銀のスプーン、世界中の人形、ノーマン・ロックウェルのイラストが描かれた皿、塩とコショウ入れもあった。

それらを見せてもらいながら私は、ギルキーは自分の母親のことを大したコレクターじゃないと言っていたが、何らかの理由で事実を隠そうとしていたのではないだろうか、と思った。いや、彼にしてみればそもそもこの程度ではコレクションのうちに入らないということか。似たようなものを大量に集めること、蒐集することは、彼の家では夕食のときに食卓につくのと同じくらい当たり前な、つまり、あまりにも自然なことだったので、わざわざ注意を払わなかったのだろう。

コーラは小柄なフィリピン女性で、澄んだ茶色の瞳に、八十代とは思えないようなしわのないきれいな手をしていた。耳は遠くなりかけ、ためらいがちな声だったが、頭の回転はよく、記憶力も確かだった。薄暗いリビングルームの大部分を占めている黒っぽい革張りのソファに私を座らせると、軍人だった夫と沖縄のアメリカ軍基地でどんなふうに出会ったか、どういう事情でサクラメント市に引っ越し、やがてモデスト市のこの家に落ち着いたかを語り始めた。この家のコレクションは、八人の子供が次々に生まれるにつれて増えていったそうだ。

「アンティークのカップもたくさんです」とコーラはややたどたどしい英語で話しながら、自分のコレクションを指さし、家じゅうを案内してくれた。「それからベル、真ちゅう製品、本、時計もです。ジョンは、少しは価値があるだろうって……。これはカメオのコレクション。『今、売っちゃだめだよ』ってジョンに言われてます……。中国製の彫金された銀製品を集めるのも好き。こっちはフンメル人形が描かれた銀製のシンブル（指ぬき）よ。これもイギリス製。店に行くでしょ、そこにあるのは、もうあれとは似てないわ。ジョンがこれを、ろうそくをあたしにくれたです。あれも」。そう言いながら、真ちゅうの燭台を指さした。「あそこにある天使たちを見てちょうだい。ジョンがみんなくれたです。あたしはたくさん持ってるの。ふたり［ジョンとティーナ］には言ってあるわ。『ほかの者［きょうだい］に勝手に持っていかれないように』って。あたしが死んだら、そのときはみんなで分ければいいわ……。でもあの子たち［きょうだい］はあたしに会いに来やしない……。娘のひとりはステーションワゴンごと勝手に持っていった。車にあたしの古い帽子をみんな積み込んで。パトリシアがしたの」

「母は六十年代の帽子を持っていたんです」とティーナが解説してくれた。

「あたしはパトリシアに言ったわ。『この帽子なら、持っていっていいよ』って。でもあの娘が持っていったのは、全部よ」

私たちはファミリールームに入った。「見て。あっちにも本、こっちにも本。本だらけ。あそこまでずっとフランクリン・ミント社の革表紙の本よ。[訳注1]『罪と罰』もあるわ。ミステリー・シリーズもね。それから下のほうを見て。そこにある本の山。あのたくさんの本は彼のよ。ビニールで包んであるでしょ」。彼とはギルキーのことだ。「それから、あれはコインを見つけるための金属探知機」

案内が一段落し、またソファに座った。コーラは息子のジョン、つまりギルキーのことを話したくてうずうずしていた。幼い頃の息子を思い出しながら、声を立てて笑った。「あの子は物語を作ったわ。頭の中から湧き出てくるみたいに話してた！　本を読むのも好き。一日とか一晩で一冊丸ごと読めるのよ……。ほんとにたくさんの、いろいろなコレクションを持ってる。ポスターもね。注文して、買うの。もうかるって知ってるのよ。そうやって、お金をもうけてる」。コーラはギルキーが自慢のようだった。「最近あの子に会った？　そう！　あの子は背が高いでしょ。体格もいいし。あの子のいいところは、兄弟の中でも姿勢がほんとにいいこと。昔からぴしっとしてる。ほかの息子たちはだめね」

ティーナは、母親と私から少し離れたところにある安楽椅子に座って、会話に加わるべきかどうか思案しているように見えた。彼女は、ギルキーと同じようにアジア系の顔立ちはしていないが、母親によく似ていた。結局彼女は話に加わり、ギルキーが子供の頃、芝居をするのがどんなに好きだったかを話してくれた。ギルキーは家族のために物語を作ってはリビングルームで披露し、それを録音したそうだ。母親の言葉を繰り返すかのように、ティーナも「けっこう面白かったんですよ」と言った。

ところが私がギルキーの古書窃盗の話を切り出すと、コーラの笑い声は止まった。ギルキーが刑務所を出たり入ったりしていることをどう思うかとたずねると、息子は誤解されたんだと私を説得しようとした。

「つまり、無実ということ。たぶん、あの子はただうろうろしてたか、本を持ったまま棚を見ていただけよ。自分がいま本を持っていることを忘れてしまったんでしょう。それで捕まったんだわ」

コーラは息子にだまされているのだろうか、それともコーラが私をだまそうとしている？

「あの子の父親は……」。そう言って、ティーナのほうをちらっと見た。「それは父親の影響だと思うわ」。コーラはティーナのほうに顔を向けて、娘の同意を待った。けれど、ティーナはこの手の話につき合うつもりはないようだった。仕方なく、コーラは話を続けた。贅沢な暮らしをしたいという父親の願望が息子に影響を与えた、それどころか、法に触れるような問題を起こさせたと言い出した。コーラは確認を求めるように、娘のほうをもう一度見た。けれどティーナは反対するように首を横に振った。それからコーラは、夫が彼女のもとを去ったとき、どんなふうにして当時十九歳だったジョンを連れていってしまったかをうらみがましく話し始めた。

「夫が私から奪ったものは――」コーラは悲しそうに言った。「私の末っ子の坊やよ」

それは、彼女が頭から否定しなかった唯一の窃盗だった。

もしコーラとティーナがギルキーの盗みに加担していたとしても、ふたりはそのことを告白するつもりはなかっただろう。しかし、さまざまな資料を読んでいた私は、本泥棒は家族に協力してもらうことが多いという事実を知っていた。

二〇〇三年にデンマークで起きたある事件で、コペンハーゲン警察は六十八歳の女性の家の地下室で大量の稀覯本、古文書、古地図を発見した。彼女の亡夫はデンマーク王立図書館の東洋部門で働いていた文献学者で、一九六〇年代後半から七八年まで、図書館の書庫から本を持ち出しては、自宅の本棚に並べていた。警察が未亡人と息子夫婦をマークするようになったのは、彼らがロンドンのクリスティーズに本を持ち込んだからだ。その中には、デンマーク王立図書館所蔵の、唯一現存する一五一七年刊行の本も含まれていた。また、ジョン・ミルトン、マルティン・ルター、イマヌエル・カント、デンマークの天文学者ティコ・ブラーエの著作もあった。二〇〇三年にこの窃盗事件が公表されたときには、三千二百冊の紛失図書のうち回収されたのは千八百冊のみで、少なくとも百冊はすでにオークションにかけられ、落札されていた。たとえば、トマス・モアの『ユートピア』の初版本は、二十四万四千五百ドルの値で落札された(1)。

コーラとティーナに、ギルキーの幼い頃の写真を見たいかときかれた。順番が少々でたらめなそのアルバムの中に、六歳のギルキーや十代のギルキーがいた。セピア色の六十年代の写真が、角が丸い七十年代の写真や平面仕上げの八十年代の写真と交ざっていた。

「父親の写真も見たい?」とコーラはたずね、私を玄関のほうに案内した。壁には家族勢ぞろいの写真が何枚も飾られていた。ギルキーは父親にほんの少ししか似ていなかった。父親の肌の色はもう少し白く、顔はふっくらしていた。コーラとティーナは私に残りの部屋も案内し、ギルキーが描いた花の油絵など、彼が本以外に大事にしてきたものまで見せてくれた。

「ジョンはあなたにあの絵を見せたがっていたから、この上に置いたの」とコーラが言った。なるほど、ギルキーは私の訪問に準備万端整えていたわけだ。自分のことを、人生の上質なものを理解できる人間だと思わせたかったのだ。

私たちは狭い廊下の角を曲がった。「ここがジョンの部屋。中に入って、あの本を見てちょうだい！」とコーラが言った。ティーナも部屋に入ってきた。彼女はドレッサーの上にあった、ワインに関する新品の大型豪華本を手にとり、私に見せてくれた。その下にも新品の大型本が数冊置かれていた。

私は部屋を見回した。床にきちんと並べられた彼の靴、壁に飾られたさまざまな美術品、棚に並んだ陶製のカエル（ギルキーがずいぶん前から集めているものだそうだ）……。コーラがクローゼットのほうに私をうながし、扉を開けた。

「ほら見て、きちんと整理してるでしょ。それに本がたくさん！」

確かにたくさんあった。ジャケット。ワイシャツ。ズボン。上下の棚にはやはり本が山積みだ。本の背はクローゼットの奥のほうを向き、まるでタイトルを隠しているかのようだ。ここはギルキーの部屋の中でも最もプライベートな、最も秘密に満ちた場所のようだが、私は中をのぞいて盗品の本があるかなどと見ることはせず、クローゼットに背を向けた。今すぐこの部屋から出るべきだ、と私は思った。ぞっとするような山の断崖から下を眺めろとうながされたような気分だった。のぞいてみたくもあったが、恐ろしかった。私は不安だったのだと思う。本の山から引っ張り出したものが盗品だとわかったらどうしよう？　盗品の本があることを知りつつ誰にも言わなかったら、どの程度の罪になる？　どういった責任を負うことになるの？

しかし私は、本を見る勇気がなかった自分をあとで間違いなく呪うことも、わかっていた。

◉

二〇〇六年十二月。私はカフェ・フレスコでギルキーと会ったが、取材はうまくいかなかった。確認したいことが何点かあって質問を始めたところ、そばで清掃作業員が掃除をしだし、あたりは掃除機の立てる轟音で何も聞き取れなくなった。録音できなくなったので取材を切り上げることにし、近いうちにまた会うことを提案した。お互いに荷物をまとめていると、ギルキーがカバーをはずしたむき出しの本を取り出して私に見せた。

「ぼくはこれを図書館で借りました」。ギルキーは掃除機の轟音を無視して言った。「パターンを気づかれないようにするために」

私は本のタイトルがよく見えなかったし、彼の言っていることもわからなかった。

「どういうこと？」

「ぼくはいつも価値のある本を借ります」

「それで？」私はまだ話が見えなかった。

「いいですか、ぼくは図書館の本からいろいろ貼り付けてあるカバーを取りはずして、本だけにしたんです。わかりますよね。これを作者に送って直筆サインをもらうためです」

なるほど。

「それから、地図。本から一枚切り取りました」

図書館からは本を盗まないと言っていたが、それももう終わりというわけだ。

それは当然の成り行きだった。想像すればわかることだ。宝石泥棒にたとえるとわかりやすい。泥棒がティファニーに入ったら、最高級のダイヤモンドとサファイアとエメラルド以外の宝石はすべて、ベルベットのジュエリートレイに載ったまま、誰でも見られる状態になっていた。だから盗んだ。本泥棒なら図書館に行く。何しろ、初版本がいまだに開架書架で見ることができるのだから。

ギルキーは図書館の本からカバーと地図を取ったことを私に話してくれた。数年前に盗んだ本のことならこれまでも話してくれていたが、こんなふうにごく最近の窃盗について彼が告白するのは初めてだった。

私はニューイングランド地方の地図の専門家が、図書館所蔵の数百万ドルの古地図を切り取ったかどで告訴された記事を読んだことがあった。ギルキーがとても貴重な本から地図を切り取ったとは思えないが、もし本当にそうだったらどうしよう？　私が追い求めていた特ダネって、こんなことだったの？　私はどうすればいいのかわからなくなった。贖罪司祭の役をやるなんて予想もしていなかった。犯罪に関与していると思われたらどうしよう。警察に通報すべきなのだろうか？　図書館に対してはどうすればいい？　でも、どこの図書館かわからない。もし私がこのことを誰にも知らせず、司書や古書店主が真実を知ったら、どんなことになってしまうの？

私は弁護士の友人ふたりに相談してみた。自分たちは刑事事件専門の弁護士ではないがと前置きをしたうえで、私には関係機関に通報する法的義務はない。ただし、その犯罪のために誰かが肉体的に危険な目にあったり、あるいはあいそうな場合は別だが、と言った。

けれど、倫理的責任はどうなのだろう？　法的責任と倫理的責任の境界線は、私の役割と同じようにぼんやりとしていた。何しろ私は、ギルキーの物語のナレーターからいつのまにか登場人物のひとりになってしまっていたのだから。私はこの図書館の一件を古書店主たちに伝える義務があるのでは？　彼らは私の取材にとても協力的だった。でも、もし彼らに知らせたら、ギルキーはこれから先、窃盗について私に話してくれなくなるかもしれないし、これまでの重大な窃盗についても口をつぐんでしまうかもしれない。彼に盗まれ、地上から消えたことになっている本が今どこに保管されているかも言わなくなるだろう。

気がつけば、私は身勝手な考えと偽善者ぶった考えとのあいだで揺れていた。ギルキーが私に打ち明けた秘密を暴露するか……そうすれば、おそらく彼とのつながりは失われ、彼を刑務所に送り返すことになるだろう。あるいは誰にも話さず、彼の被害者に対して不誠実でいるか……。悩んだ末、いずれにしろ私には直接的な責任はない、と自分自身に言い聞かせた。

二か月後、この問題はそのままにして、ＦＢＩに電話をした。稀覯本の窃盗事件を担当してきたＦＢＩの捜査官の記事を読み、彼らは年間どれくらいの件数を追いかけ、どういったタイプの事件を扱い、どのような犯罪傾向を見出しているのかを知りたかったのだ。私はボニー・マグネス＝ガーディナーへの電話取材を許された。彼女は稀覯本の盗難事件を捜査する美術犯罪チームのチーフだった。私は自己紹介をしつつ、自分は何を追いかけ、なぜそれを追いかけるようになったかを説明した。

すると彼女は、ここ数年の稀覯本盗難事件の総数に関するデータは教えられないが、五千ドルを超える盗品の稀覯本が州をまたがって輸送されたケースにFBIは関心を寄せるようになったと語った。

「条件がそろえば、このケースはFBIが扱うべき事件になりうるでしょう。ただし、五年の時効が壁になります」

私はギルキーがニューヨークで盗んだ九千五百ドルの旅行本のことを思い出した。あのシリーズ本はニューヨークの州境を越えて、カリフォルニアに持ち込まれた。

「もしその本泥棒がこの条件にあうものを盗んでいたら、私に知らせるように。いいわね?」FBIの女捜査官は念を押した。

「はい、もちろんです」――心から言っているように聞こえますように。

電話を切るやいなや、私は自分のノートを片っ端から調べた。ギルキーがあの旅行本を盗んだのはいつだっけ? 思い出せない……。あの話はいつ聞いたんだっけ? 警察に通報するには遅すぎる? それとも今、FBIに通報する? 必死になって、テープ起こしした分厚い原稿をめくった。

私は徹底的に調べ、とうとう見つけた。ギルキーは二〇〇一年五月に旅行本を盗み、二〇〇六年九月に私に初めて話した。犯行から五年を少し越えている――時効成立。私は無罪放免だ。とは言え、古書窃盗の時効が成立したちょうど四か月後にギルキーが話したことが引っかかる。彼は抜け目がないということか? それとも今回もまた、単に運がよかっただけなのだろうか……?

訳注1　コインや精巧な模型で有名なフランクリン・ミント社の出版部門フランクリン・ライブラリーが一九七三年から二〇〇〇年までに（この年、出版事業は撤退）、世界の名作やミステリーを革表紙で製本して出版した。

第14章 悪魔の散歩

二〇〇五年のニューヨーク古本市の開催中、私は時間をやりくりしてモルガン・ライブラリーを訪れた。J・P・モルガンの個人コレクションのことは読んで知ってはいたが、実際に間近で見てみたかった。特別展示品の「フェデリーコ・ダ・モンテフェルトロと彼のコレクション」はとくに見たかった。十五世紀のウルビーノ公国の君主だったモンテフェルトロのコレクションは、個人コレクターが所有するものではイタリア・ルネサンス期最大のコレクションだ。(1) いつもはバチカンで保管されているが、重要なものが数点、モルガン・ライブラリーに貸し出された。

モンテフェルトロは伯爵の非嫡出子として生まれたが、軍人となって名将の名をほしいままにし、公爵という高い地位に就いた。私が見たり読んだりしたものから判断すると、彼はコレクションを大事にしたが、同時に人に見せるのも好きだったようだ。ウルビーノにある宮殿の入り口近くに図書館を作り、多くの人に彼の蔵書を公開した(実際に本を読む特権を与えられたのは、ほんのわずかな人だけだったが)。また公爵は二巻本の聖書をよく見せびらかしたが、ある研究者によれば、それは「キリスト教的人文主義の君主としてのアイデンティティを明らかにする」ためだった。(2) ギルキーなら、アイデンティティの証として本を所有することに心から賛同しただろう。

「フェデリーコ・ダ・モンテフェルトロと彼のコレクション」は小さなギャラリーに陳列されていた。ギャラリーの壁には彼の有名な肖像画が飾られ、ガラスケースには六百年前の写本と装飾写本が収められていたが、一番興味をそそられたのは、公爵が自分の小書斎《ストゥディオーロ》のために注文した、大きな数枚の木のパネルだった。そのパネルは複雑な寄せ木細工で描かれただまし絵《トロンプ・ルイユ》で、本がぎっしりつまった書棚や、アストロラーベ（天体観測儀）、機械時計といった最先端科学の賜物、オルガン、クラヴィコードといった楽器が本物そっくりに描かれていた。どれも象徴的なものだが、全体としては、公爵の博識ぶりや教養の深さを物語っている。

公爵は財力も権力もある押しも押されもせぬ人物だが、ギルキーはまったくそうではない。私はその小さなギャラリーで展示品を眺めながら、考えずにはいられなかった。コレクションの価値を評価してくれる観客――ギルキーの場合は夢の中の未来の観客――がたとえひとりもいなくても本を集めたのはふたりのうちのどちらだろうと。この点も含めてあらゆる側面から考えた結果、ギルキーは数多くいる典型的なコレクターのひとりに過ぎないと思うようになった。ただし、ほかのコレクターと彼との最大の違いは、彼が犯罪を犯した事実と、自分の犯罪を誇らしげに正当化し、自己陶酔している点だ。

ギルキーは二〇〇七年の夏を刑務所で過ごした。仮釈放中の遵守事項に違反したため（保護観察官との面談を拒否し、所在をくらませた)、警察はついに彼を母親の家で逮捕した。秋になり仮釈放されると、私は彼への取材を再開した。ここ数か月のあいだ私の頭から離れない疑問をぶつけてみたかったのだ。それは、調子に乗って古書を盗みまくっていた二〇〇一年当時、彼はいろいろなことを知りながら抜け目なく行動していたのか、あるいはたまたま運がよかっただけなのか、という簡単な質問だ。盗みを働いた場所が毎回異なり、その結果、所轄の警察や郡や州が異なると、裁判所は容疑者を有罪にしにくくなることを、彼は知っていたのだろうか?

「そうなんですか?」ギルキーはきょとんとした顔で私にきいた。そして、その事実が意味することを少し考えたのか、「ああ、そうです。もちろん知ってました」と言い直した。

なるほど、ギルキーは運がよかっただけなのだ。

次に、FBIが担当している古書窃盗には五年の時効が設けられていること、つまり、彼が五年より前に犯した犯罪はもはや起訴されないことを知っているかとたずねると、さっきと同じように驚いた顔をした。

そして、ギルキーは別の理由でも幸運な人間だった——それがわかるのに私は少々時間がかかったが。彼の本への情熱は人生を台無しにするほど激しいが、同時に彼の人生に明確な形と目標を与えている。彼のことを話すと、たいていの人は「なんて悲しい話だ」「あわれね」と言う。確かに、ギルキーは刑務所送りになるような行為をやめられない、救いようのない男のように見える。だが、私はそうは思わなくなった。こうしたひたむきな情熱は、決して満たされない欲望、あきらめきれない夢によく似ていて、それを達成しようと努力することで、無上の喜びを与えてくれるものなのだ。

ギルキーは刑務所にいると気が滅入る、二度と戻りたくないと言ったが、彼の「マイレージ会員」（ある刑務官が使った言葉）というステータスは、彼が支払わなければならない代償——彼もたぶんわかっているのだろう——なのだと私は思うようになった。代償は人によって違う。成功のために高血圧や離婚という代償を払う人もいる。ギルキーの場合は、服役という代償を払ったのだ。

私にはギルキーが、目標や野心を持って生き、そこそこの成功をおさめた幸せな人間に思えてきた。彼のただひとつの代償は、夢の実現までの道のりに設けられた強制的な小休止——服役だけなのだ。

ギルキーへの取材が終わりに近づいた頃、まるで時間が迫っているのを感じているかのように、彼はまた別の将来について語り始めた。

「『稀覯本のために働きます』とプリントしたTシャツを作って、スーツの上にそれを着たぼくの写真を撮り、あなたの本に載せるのはどうでしょう？」

続きがあった。

「ここにメモが二枚あります。あなたの本の結末を考えていたんですが……。もし読者が、ぼくが刑務所に入らずにすむように本を一冊寄付したいと思ったら、それこそ完璧な結末じゃないでしょうか？　ぼくはそんなたわいないことを考えていました」

これで終わりじゃなかった。

「首振り人形についてどう思います？　有名な作家のですよ。ぼくは著作権についてずっと研究してきました。首振り人形の限定版を千個ほど作ります。ぼくは本にそれを付けて売りたいんです」

彼はビデオカメラと金属探知機を持って、ニューメキシコのゴーストタウンに行ってみたいとも言った。「歴史についてちょっと語りたいし、宝探しもしてみたいんです」。そこでの体験を録画して、インターネットで流したいらしい。

著作権保護期間が過ぎた本を出版することも考えていると言う。ブース・ターキントンの『偉大なるアンバーソン家の人々 *Magnificent Ambersons*』は、たしか過ぎていたはずで、もしそうなら、五百部印刷して本と一緒にターキントンの首振り人形を売ることも考えているそうだ。

「アイデアならまだあります。目下検討中です。稀覯本コレクターのデータを入手し、本をもらえないかとお願いするんです。ダメもとでね。つまり、違法なことをしないようにするということです」

「やめられないんじゃない？」私はたずねはしたが、これは質問ではなかった。

「ぼくは本やものを集めるのが好きなだけです。実はあなたに新しい計画をお話しするつもりでしたが、今はやめたほうがよさそうですね。今度、話します。ぼくは刑務所には戻りたくないから、違法なことはしたくありません。でも、ただで本を手に入れられるものなら、それに越したことはありません」

彼が私の本の結末に貢献したくてうずうずしていることにもう慣れたつもりだったが、甘かった。私の本には派手なエピソードが足りないと思ったのか、彼は問いかけるような表情を浮かべて私をじっと見つめながら、こう言ったのだ。

「ぼくは今、百冊の本をすべて手に入れたほうがいいでしょうか？」

「ノーコメント」。私はあっけにとられて、やっと返事した。

次の取材のときのこと。彼は自分の人生が活字になったときの出来栄えを気にして、人生を演出し始めたようだ。一方私は何の手を加える気もなく、物語が展開するままに記録しているに過ぎなかった。この物語を監督する気はまったくなかった。

ところがギルキーは違った。彼は自分の考えをくわしく語りだした。

「ぼくは大団円について考えてみました……。『二十世紀の小説ベスト百』の百冊をすべて手に入れたところで終わるんです。ぼくがやり遂げたってことを伝えるために」

私はあきれた。しかし同時に、ほっとする気持ちもあった。ふいに夜明けが訪れたような感じだった。ギルキーへの取材が終わろうとしている今、かつては緊張し、気づまりだった時間が、今ではすっかり慣れた、ときには愉快な時間へと変わっていた。彼は本を愛している。私もそうだ。これは私たちの共通点だ。二年にわたる取材で、私たちはたくさんのカフェのテーブルをはさんで座り、私は彼の語る話に耳を傾けた。そしてわかったことは、彼は犯罪者にもかかわらず、好奇心旺盛で、野心に満ち、礼儀正しい――私が一目置く彼の三つの長所だ。ところが家に帰ってから録音された会話を聴くと、私は目の前にいるギルキー本人に注意をそらされ、話の内容をじゅうぶんに理解していなかったことがわかった。詐欺師の表面的な魅力は、ある種の計算されたものであり、ファサード（装飾が施された建物の正面）の後ろには、貪欲という名の丈夫な控え壁があった。

ギルキーは盗んだ本を売った話をしてくれたが、そのとき彼は「蛇の道はへび、です」と言って話し始めた。私は続きの言葉を聞くまでは、自分自身の動機について語っているものとばかり思っていた。

「古書店主たちは盗品とわかっていても、買わずにいられないんです」。サンフランシスコのある店主の話らしいが、名前を教えてはくれなかった。ギルキーによれば、その店主は彼から本やほかの蒐集品を定期的に購入していたそうだ。ギルキーは現金が必要になると、市場価格の何割かの値段で売っていた。その店主は、「もうこんなことはやめないと」と一度ならず言ったそうだ。盗品であることを承知のうえで買ったその店主のような人々のせいで、この業界は堕落している人が多いという確信をギルキーは得てしまったようだ。私はもう一度その店主の名前をたずねたが、教えてはもらえなかった。「邪の道はへび」なのだろう。(3)

◉

私は古本市で、びっくりするような本に出会ったことがある。本のタイトルやそのほかの詳細については忘れてしまったが、ひとつだけはっきりと覚えている。あるブースで店主が金箔の小口《こぐち》の本を持ち上げて、私の前でゆっくりと本を折り曲げていった。本は折り曲げられると、前小口の金箔が消え、荒れ狂う海の絵が現れた。よく見ると、船乗りたちが船を巧みに操って嵐の海に乗り出そうとしている。「それは、『前小口絵』と呼ばれているものですよ」と教えてくれた。口をぽかんと開けて見とれていた私は、もう一度やってほしいと頼んだ。

彼の説明によれば、数世紀ものあいだ、腕のいい職人たちは顧客のために前小口絵を描いて、本をより魅力的なものにしてきたそうだ。彼らはたいていは本の内容に関係したテーマを絵にして、丁寧に描いた。たとえば、詳細な戦闘場面や、大統領の肖像画、アール・デコふうの美人画、春画――前小口絵の秘密めいた特性を考えれば、驚くにあたらない――すらあった。秘宝がひとつでは物足りないとばかりに、ときにはふたつの小口絵が描かれることがあった。片方に折り曲げると絵がひとつ現れ、反対方向に折り曲げると別の絵が現れるという仕掛けだ。非常に高価な本に小口絵が描かれることはまずないが（本を折り曲げることは一種の破壊行為とみなされる）、所有者に特別な思い入れがあったり、愛着があったりする本には描かれることがある。こうした絵がふいに現れると、魔法にかかったような気がする。本を折り曲げることで、紙に書かれた生気のない黒色の活字が、豪華なカラーの絵に変身するようなものだ。本が普通に置かれた状態では、金箔のほんの少し内側に描かれたものを誰も推測することはできない。

二年にわたる取材が終わり、私はギルキーという本の金箔の小口を眺め、それが一方向に折り曲げられ、次に反対方向に折り曲げられるのを目撃してきた。彼を一言で表せと言われれば、次の三つを信じている男と答えるだろう。(1)稀覯本のコレクションを所有することが自分のアイデンティティの究極の表現であると信じる男。(2)そのコレクションを手に入れるためならどんな手段も公平かつ正しいと信じる男。(3)そのコレクションを一目でも見れば、人はそれを蒐集した男、つまり彼を賞賛するだろうと信じる男……。

しかし、それだけではなかった。テープに録音された会話を繰り返し聴くと、ギルキーの自己中心的な考えが、文章の中の太字のように毎回はっきりとわかった（本人を目の前にすると、柔和な物腰というベールにすっぽり包まれてわからなくなるのだが）。前小口絵が描かれた本のように、ギルキーは金箔の小口の内側に自分自身をすっぽり隠してきたのだ。彼は礼儀正しく好奇心旺盛な野心家なのか？　あるいは貪欲で身勝手な犯罪者なのか？　もちろん両方だが、不思議なのは、目の前の「現実の彼」と録音された「テープの彼」が私にはまったく別人のように思えたことだ。「現実の彼」が本来の姿を歪めてしまったのだろう。あるいは、私が彼のことを礼儀正しく好奇心旺盛な野心家と思い込んだがために、貪欲で身勝手な犯罪者であることを見逃してしまい、その結果、私には「現実の彼」と「テープの彼」が別人のように思えたのだろう。ギルキーは「現実の彼」には人を納得させる力があることをよくわかっているのだ。

　ギルキーは、他人から教養ある紳士と思われたくて本を盗んでいる。偽りのイメージやにせのアイデンティティを築きながら、教養ある紳士になるために懸命に努力している。彼は近くの大学で哲学講座を取り、作家の研究をし、文学書を読み、自分でエッセーや芝居まで書いている。そうした努力を通じて、彼は理想の自分を作ろうとしている。そして理想の自分を生み出すもうひとつの方法が——最後の二回の取材で私は直感的に悟ったのだが——私との取材を通じて自分の物語を語ることなのだ。

　ある朝、私は本書の執筆をしながら、古本市や古書店、その店主の家などで古書好きな人たちと過ごした実り豊かな時間を振り返った。私は多くの美しい稀覯本のそばにいられることを愉しみ、さらにはそれらの本にまつわる話を聞いて胸を躍らせた。

　しかし、本に関する書物を読んでいくうちに私が繰り返し目にしたのは、「焚書」という本の歴史の暗部だった。紀元前二一三年に農業、医学、薬学、占いについて以外の書物はほとんどすべて燃やすように命じた秦の始皇帝から、二万五千冊の本の、火による「払い清め《ゾイベルング》」をしたナチス・ドイツに至るまで、全体主義のリーダーたちは人を啓発する危険な力を持つ書物に対して、断固たる行動を取ってきた。今日でも、アメリカ合衆国の指導者の中には、図書館の本の貸し出しを禁じることで、同じことをしている人がいる。

それを考えると、『薬草図鑑』のような古い書物が現存していることが、一層喜ばしいことに思えてくる。本を破壊したり、禁じたりするのは、つまり書物には力があると認めているからにほかならない。そして、偉大な科学や政治や哲学の本だけでなく、小さな、つつましやかな詩や小説にも、私たちを変えるとても大きな力が宿っている。

私は稀覯本やそのコレクターたちに囲まれて時を過ごした。書物の力とそのさまざまな魅力に心を強く動かされた。本格的な愛書狂——私自身、そうなるかもしれないと思っていたのだが——にはならなかったけれど、宝物を探し出す満足感なら、すっかり理解できるようになった。宝物を掘り出せば、もちろんそれ自体が自らへの褒美となる。

だが最終的にもっと満足感が得られるのは、それによってコレクションが増え、物語が生まれることだ。それぞれに特徴のあるコレクションにまた新たな本が加わると、たとえば民主主義の歴史やルネサンス期の料理やヘルス・エンジェルス（彼らはオートバイ小説を書いた）について、まったく新しい事実が明らかになり、さらに大きな物語へと発展してゆく。

古書店主やコレクターに初めて取材したとき、彼らが話してくれた古書発見のエピソードや窃盗事件に私はすっかり夢中になった。しかし当時の私は、もっと大切なものがあることにまだ気がついていなかった。彼らが話してくれた一番大切な話とは、本のコレクションを通じて形作られる、さらに大きな物語のことだったのだ。彼らは「文明を救済」しているだけでなく、本と本を結びつけることで、日々新たな解釈を加え続けていたのだ。

私は愛書狂とまではならなかった。けれど今では自分のことを熱心なコレクターだと思っている。子供の頃のように砂浜で紅玉髄《カーネリアン》のかけらを探したり、スティックシュガーのような縞模様の紙袋を集めたりはしなくなったが、今はせっせと物語を集めている。物語を探し、調査・取材し、執筆することによって、私の人生は目的を得て、形作られる。古書店主がコレクターのために本を探し、集め、蔵書目録を作るのと同じだ。私たちはみな物語を作り上げようとしている。私はギルキーとサンダースの物語、取材を通じて知ったコレクターたちと本泥棒の物語を考えるうちに、それらの物語が私の頭の中でひとつになって、さらに大きな物語へと成長していった。そしてその大きな物語が、本――その内容や来歴、革表紙や紙表紙、滑らかな表紙やカビ臭い表紙、反り返った本や折れ曲がった本や破れた本、木版画の本や著者サイン入りの本――への彼らの情熱の証となるのだ。こうした情熱を、私は彼ら全員と分かち合っているのである。

◉

最後にギルキーに取材したとき、彼の人生が、彼の物語が活字になることによって起こりうるさまざまな事態を、現実的に考えているの?と率直にたずねた。彼は時効について何か小声で言ってから、私のノートをじっと見つめた――そこに自分の未来が書かれているかのように。しばらくのあいだ彼はじっと黙っていたが、やがて本が出版されたら今後の自分の就職活動に悪影響が出るかもしれない、と言った。

「でも、平気です。そのことは気にしていません」。彼は気を取り直したようだ。「ただ、合法かどうか、いくつかチェックしなければなりません。嫌疑を受けないように確認しなければ」

それから、ギルキーはあっという間に（本をパタンと閉じるくらいすばやく）、彼特有の論理で重大なリスクから目をそらすと、輝かしい可能性へと目を向けた。

「あなたの本の結末をずっと考えていました。ぼくは推理小説のシリーズものを書けます。第一作目には、サミュエル・テイラー・コールリッジが一八二〇年に書いた詩『悪魔の散歩[訳注1] *Devil's Walk*』に魅せられた連続殺人犯を登場させます。まったく素晴らしい詩です。詩の中で、書店や強迫観念のようなことが書かれています……。とにかく、ぼくの小説では、FBIが古書と詩と古典文学の第一人者に助言を求めることになります。なぜなら、殺人事件を解決できる古書店主なんていないからです。この男は、ケン・サンダースが言うような、悪事に手を染め、本を盗む方法を熟知し、世界一の稀覯本コレクションを完成させたような人物です。ですから彼は刑務所行きになったのですが、今は出所してコンサルタントとしてFBIに協力しています。残念なことに、彼は前科者です。ええ、ちょっといかれていて、稀覯本を盗みました。一部は自分の経験に基づいて書くことになるでしょう……」

「ぼくもこの男のように独り立ちするつもりです。それから、ぼくは政府が隠匿しているある本を手に入れようとするかもしれません。いいですか、あの本です。わかりますよね……。決して手に入れられない、あの本です。彼もあの本を手に入れるためにFBIに協力しているのかもしれない……。それはアメリカ議会図書館にあるのかもしれないし、死海文書やJFK暗殺者の日記といった、特別に秘匿された本かもしれない。そういったものです。そして、最後にどんでん返しがあるかもしれません。彼は今その本を入手するところですが、たぶん……」。ギルキーは一瞬、間を置いてから、「ぼくはまだ泥棒なのかもしれません」と自分のことを総括した。

「この小説、どう思いますか？　忌憚《きたん》のない意見を聞かせてください」

訳注1　「悪魔の散歩」は、実際はコールリッジではなくイギリスの詩人パーシー・ビッシュ・シェリーが一八一二年に書いたバラッド。シェリーはこの詩を、コールリッジとロバート・サウジーが書いた詩"The Devil's Thoughts"（一七九九）を基にして書いた。「古書店」が出てくるのは、コールリッジの詩のほうである。

あとがき

私は本書の大部分を自宅の仕事部屋で執筆した。部屋の窓からは、息子が九歳のときに植えたハーブの小さな菜園を見下ろせる。あれから数年たち、まだ元気に生えているハーブはヘンルーダとパープルセージだけ。ヘンルーダは苦みのあるハーブで、英語では「ルー rue」といい、動詞だと「後悔する」という意味になる。そのためかヘンルーダを目にするたびに、「rue the day（過去の出来事を後悔する）」という熟語が頭に浮かんでしまう。パープルセージのほうは、息子が一度乾燥させてから束にして縛り、ある晩友人とふたりで、悪い気を払うために燃やしたことがあった。ヘンルーダもパープルセージも、私を本書執筆へと導いてくれた数百年前のドイツ語の『薬草図鑑』に載っていた。そもそも息子がハーブを植えることを思いついたのは、ハリー・ポッターの中でホグワーツ校の読書リストに薬草学の本が載っていることを知った彼が、クリスマスプレゼントにハーブの本を私にせがんだことからはじまった。息子と同じように、本書の執筆を通じて出会ったほとんどの人も、物語や本から強い影響を受けている。

この三年間、間違いなく私に大きな刺激を与えてくれた『薬草図鑑』は、私の机の上に――私のものではないけれど――置かれていた。そのあいだ、何度も自問した。この本を返却しないと、私は泥棒になるのだろうか？　この本を持っている限り、私は泥棒？　どこで線引きされるのだろう？　ギルキーの話を書き留めた私は、少しタイプは違うものの、やはり泥棒になってしまったのだろうか？　しかし、私は次のような結論に達した。私は本泥棒ではないし、ギルキーの話を盗んだわけでもない。私はどこの図書館のものかはっきりしない本を借りているだけだし、ギルキーは進んで私に自分のことを話してくれた。

私はこの物語に出会ったことを何度も後悔《ルー》した。私は犯罪を描くことで生じた悪い気を追い払うために、乾燥したパープルセージの束に火をつけて、自分の仕事部屋で振りまわすべきだったのだろうか、とも思った。しかし同時に、こんなに人の心を魅了する物語に出会った幸運に、ずっと感謝してきた。それは、コレクションへの強迫観念と自己欺瞞、つまり私たちをつき動かす情熱のすごさと、本の蒐集を正当化するときの言い訳についても考えさせられた物語だった。コレクター垂《すい》涎《ぜん》の的である稀覯本の初版のように、この物語は最初から最後まで私に魔法をかけっ放しだった。

本書の原稿が印刷にまわされた直後に、サンダースは「ビブリオディック（古書探偵）」を引退したが、引退とは名ばかりで、ギルキーの最新の古書窃盗（カナダの店主から本を盗んだ）について、同業者に警告メールを送っていた。ギルキーは逮捕されなかった。この物語に終わりはないようだ。

この本は私以外の誰のものでもない。
私の名前が本の扉にあるからだ。
もしこの本を盗もうとする人間がいたら、
首にひもをかけられて
高く吊り下げられるだろう。
やがてカラスが集まってきて
目玉をつつき、抜き取るだろう。
「おお、うう、ああ！」と叫びながら
この苦痛は当然だと思い知るがいい。
――中世ドイツの写本の筆記者によって書かれた警告

謝辞

ケン・サンダースとジョン・ギルキーの協力がなければ、本書が誕生することはなかっただろう。ふたりは並はずれた忍耐強さと寛容さで、私の延々と続く質問に答えてくれた。心よりお礼申し上げる。

本書ではサンダースとギルキー以外にも大勢の方の協力を得たが、古書店主のジョン・クライトンと刑事のケネス・マンソンからの助言と専門知識にはとりわけ助けられた。私が取材した古書コレクターの方々全員、とくにセリア・ザック、ホセ・セラーノ、デイヴィッド・ホーゼインにも感謝の言葉を贈りたい。それからマルコム・デイヴィスにも。彼とともに頭を悩ましたあの数百年前の学術書に導かれて、私は稀覯本の世界へ、やがてはその歴史へと足を踏み入れた。

サラ・マグラスと一緒に仕事をする機会を得られたのは、思いがけない幸運だった。賢明な彼女のギルキーに対する深い洞察力のおかげで本書の結末を書き上げることができた。心から感謝している。お礼を言いたい人はまだまだいる。マリリン・ダックスワース、マイケル・バーソン、サラ・スタインを初めとするリバーヘッド・ブックス社のスタッフ。『サンフランシスコ・マガジン』の有能な編集者、ナン・ワイナーにも感謝の言葉を述べたい。彼女はジョン・ギルキーとケン・サンダースの最初の記事を雑誌に載せてくれた。

私の著作権の代理人であるジム・レヴァインにも心からのお礼を。彼の本書に対する洞察力、専門知識、誠実さに、私はどれほど感謝していることか……。著作権エージェントのレヴァイン・グリーンバーグのダニエル・ツヴェトコフとリンジー・エッジコルムの献身的な働きにもお礼を述べたい。

ものを書くのは孤独な作業だが、私は幸運にも十年ほど前から、「ノース二十四番ストリート」というライターのグループに所属している。そのメンバーにも心からお礼を言いたい。レスリー・クロフォード、フランシス・ディンケルスピール、キャサリン・エリソン、シャロン・エペル、スーザン・フラインケル、キャサリン・ニーラン、リサ・ウォルグレン・オクーン、ジル・ストーリー。

サンフランシスコ・ライターズ・グロットの皆さん、とくにナタリー・ブラジルとメラニー・ギデオンには感謝している。私を助け、励ましてくれたアンディ・カイファー、ウルスラ・ベンディクソン、ウォルトラウト・ベンディクソン、それから私の両親、ライル・フーヴァーとシドニー・フーヴァーにもありがとうと言いたい。

本書を執筆しているあいだ、私は子供たち、ジュリアンとソニアにずっと感謝していた。ふたりが本泥棒の話の続きを読みたがったので、私は書き続けることができた。そして夫のジョン。彼の支えと私への揺るぎない信頼に対して、心からの感謝と愛を。

訳者あとがき

本書は *The Man Who Loved Books Too Much: The True Story of a Thief, a Detective, and a World of Literary Obsession*（Riverhead Books, New York, 2009）の全訳である。本書の始まりは実にミステリアスだ。二〇〇五年、サンフランシスコ在住のライターである著者が、友人からピッグスキン（豚革）の革表紙に真ちゅうの留め金がついた五キロ以上もある立派な装丁の本を預かるところから始まる。それは友人の自殺した弟が女友だちからやはり預かっていた本で、「彼女が勤め先の大学の図書館から持ち出したまま返し忘れた本だから、匿名で返却してほしい」というメモがついていたそうだ。著者は人脈をフルに使って、その本が一六〇〇年代に書かれたドイツ語の『薬草図鑑』であり、三千ドルから五千ドルもする稀覯本であることを突き止める。そして友人の弟の願いをかなえるべく当の図書館に問い合わせたところ、司書からは「当図書館の蔵書ではございません」というにべもない返事。

納得のいかない著者は『薬草図鑑』を預かったまま、こうした稀覯本や、稀覯本をめぐる世界について調べ始める。古書業界の意外なしきたり、「愛書狂《ビブリオマニア》」と呼ばれる一部のコレクターたちの奇妙な生態、高学歴で教養のある本泥棒のエピソードなど興味深い話ばかりだったが、ライターである著者の心を魅了したのは、北カリフォルニアを中心にここ数年派手に活動している本泥棒の話だった。この本泥棒について書いてみたいと思った著者は、素人ながら探偵のように長い時間をかけて彼を追いかけ、逮捕にも全面協力した古書店主に取材を申し込む。この本泥棒と古書店主こそ、本書のふたりの主人公――ジョン・ギルキーとケン・サンダースだ。

ギルキーは普通の本泥棒のように転売目的で本を盗むのではなく、本を愛するあまり盗むのだとサンダースから教えられ、ますます興味を持つようになった著者は、彼が再度服役中であることを調べあげ、車を走らせて刑務所まで面会に行く。強面の犯罪者をイメージしていた著者の予想に反し、ギルキーは言葉遣いの丁寧な、愛想のいい、有名大学を卒業した三十代半ばの男性だった。それから間もなく仮釈放されたギルキーを相手に、著者は二年にわたる本格的な取材を開始する。著者が聞き出したのは巧妙な犯罪の手口をはじめとする驚愕の事実ばかりだが、それは本書を読んでのお楽しみ。

一方、型破りで一本気な性格のサンダースは生まれも育ちもソルトレークシティで、自然と本をこよなく愛する五十代の古書店主。彼はその度胸を買われてアメリカ古書籍商組合（ＡＢＡＡ）の防犯対策室長に任命される。直ちにＡＢＡＡの本部に加盟店数百店の電子メールシステムと盗まれた本のデータベースを作らせたサンダースは、ギルキーの情報を古書店主たちと緊密に交換し、じりじりとギルキーを追い詰めていく。

サンダースの他にもユニークな古書店主が本書には多数登場し、彼らが披露してくれる本にまつわる数々のエピソードもとてもおもしろい。酔っ払ったヘミングウェイとトマス・ウルフが相手の本に長い献辞を書きあった話。エドガー・アラン・ポーの処女詩集『タマレーン』を骨董品倉庫で発見した郷土史家の話。

また、取材の過程で著者が知った古今東西の愛書狂・本泥棒たちのエピソードも、一度読んだら忘れられない話ばかりだ。九十トンもの本を蒐集し、自宅の建物の最大荷重をオーバーしてしまったアメリカの植物学教授。唯一現存する本を手に入れるために殺人を犯した十九世紀のスペインの元修道士。世界的な研究者という地位を利用して自らが勤務する図書館の本を盗みまくった、やはり十九世紀のイタリアの貴族。一九九四年にコロンビア大学から中世の古文書を含む貴重書籍・史料を大量に盗んだダニエル・スピーゲルマン等々。

さて本書には相当数の本のタイトルが出てくる。書き出してみたら百冊以上にもなった。エドガー・アラン・ポー、H・G・ウェルズ、アーネスト・ヘミングウェイ、J・D・サリンジャー、ウラジーミル・ナボコフ、スティーヴン・キングなどの十九世紀、二十世紀文学。ビアトリクス・ポター、A・A・ミルン、ルーシー・モード・モンゴメリなどの児童文学。著者の好きなゲイ・タリーズやジョン・ベレントなどのノンフィクション作品。『スパイダーマン』や『X-メン』などのコミックまで登場する。読者の皆さんはこれらの作家をすでにご存じと思うが、自分の読んだ作品が何冊本書に登場するかを数えてみるのも楽しいかと思う。

最後になりましたが、原書房の中村剛さんには大変お世話になりました。とくに今回は「本」がテーマでしたので、本と古書の用語などについていろいろと教えていただきました。この場を借りて心からお礼申し上げます。

二〇一三年十一月

築地誠子

そして、書誌学用語辞典の至宝ともいえる
John Carter, *ABC for Book Collectors*［ジョン・カーター著『西洋書誌学入門』第6版、横山千晶訳、図書出版社、1994年］

参考文献

稀覯本やそのコレクターに関する本が山ほどあっても、驚くにあたらない。それらの本を読めば、本の豊かな歴史、その変化に富んだ形態を知ることができ、なぜ特定の時代、ジャンル、作家、挿絵画家、出版社の本が蒐集に値するように映り、その対象に選ばれるのかを理解することができる。だがその一方で驚くべきことに、本泥棒の実態を詳述した本はほんのわずかしかない。そこで私は彼らに関する情報を定期刊行物や雑誌で探しだし、彼らとじかに接したことのある人に取材した。

古書についてもっと学びたい読者は、稀覯本を所蔵する図書館や古書店に足を運ぶことをお勧めしたい。そこに行けば、古書を眺め、触れ、読んで、その良さを発見できる。さらに、紙に書かれることのなかった話、本にならなかった話を聞くことができるだろう。

個人コレクターの手になる素晴らしい回顧録や自伝は何冊かあるが、次に紹介する本を読めば、読者は稀覯本の世界やそこに住む人々をひととおり理解することができるだろう。

Nicholas Basbanes の著作。*Among the Gently Mad, A Gentle Madness, Patience and Fortitude, A Splendor of Letters*

Philipp Blom, *To Have and To Hold: An Intimate History of Collectors and Collecting*

Rick Gekoski, *Nabokov's Butterfly: And Other Stories of Great Authors and Rare Books*

Holbrook Jackson, *The Anatomy of Bibliomania*

Robert H. Jackson and Carol Zeman Rothkopf, eds., *Book Talk: Essays on Books, Booksellers, Collecting, and Special Collections*

Werner Muensterberger, *Collecting: An Unruly Passion: Psychological Perspectives*

Harold Rabinowitz and Rob Kaplan, *A Passion for Books: Book Lover's Treasury of Stories, Essays, Humor, Love and Lists on Collecting, Reading, Borrowing, Lending, Caring for, and Appreciating Books*

William Targ, *Bouillabaisse for Bibliophiles*

注　［訳者による注記は各章末に示した］

ライター仲間から「調べもの中毒」にかかったときの話を聞いたことがあったが、私も執筆中は似たようなものだった。古書取り引きに関する歴史的情報を得るために文字情報（本、定期刊行物、インターネットなど）に大幅に頼っていたが、面と向かった取材（古書店主、図書館司書、コレクターなど）こそが私のリサーチの大部分を占めていた。とくにケン・サンダースとジョン・ギルキーが人生を語るシーンは彼らへの取材を通してほぼ独占的に聞き出したもので、追加情報は彼らの親族、友人、仕事仲間から集めた。裁判所文書と逮捕歴もとても貴重な情報だった。さらに毎月のように新聞や雑誌で本泥棒の記事を見かけた。それらの記事は、その犯罪がいかに横行しているか、それが過去の話ではなく、今もなお続く現代の話であることを強調していた。

序章　『薬草図鑑』

(1)　スミソニアン協会図書館の稀少博物誌の学芸員であるレスリー・オーバーストリートと電子メールでやり取りをした。

(2)　ヒエロニムス・ボックは毀誉褒貶の多い人で、医師であると同時に哲学者でもあった彼は、植物の部位は人体の部位や突起に一致すると信じていた。ストリビング植物園にあるサンフランシスコ植物園の園芸学図書館館長バーバラ・ピッチェルと電子メールでやり取りした。

(3)　ジョン・ウィンドルに取材。

(4)　ジョン・ウィンドルに取材。

(5)　ジョン・ウィンドルに取材。「有名な話があって、19世紀のある学者がドイツの魚屋に入っていったところ、店主や従業員が聖書のページを破って魚を包んでいるのを目の当たりにした。それはなんと、グーテンベルク聖書だったんだ」と話してくれた。

(6)　ウルスラ・ベンディクソンとヴァルトラウト・ベンディクソンに取材。

(7)　コペンハーゲンの事件：デンマークの公式ウェブサイト（www.denmark.dk）の2004年５月28日の記事「王立図書館書籍窃盗事件の紆余曲折」よ

り。
ケンタッキーの事件：レキシントン・ヘラルド・リーダー紙の電子版（www.kentucky.com）の2005年10月11日の記事「トランシルバニア大学窃盗事件は映画の模倣」より。この本泥棒はいつになく粗暴だった。2004年12月17日、トランシルバニア大学特別コレクション担当の女性司書、B・J・グーチのところにある青年から電話がかかってきて、貴重図書展示室に入れるように手続きをしてほしいと頼まれた。数日後、青年はその展示室に入ると、図書館所蔵の最高の貴重本を見せてほしいと言い出した。彼はダーウィンの『種の起源』の初版本があることは知っていたが、ほかにはどんな秘蔵の品があるのかを知りたがり、さらにあろうことか、友人に電話をかけて見に来ないかと誘った。グーチは鍵のかかった金属製のファイルキャビネットとガラスケースからどの書物を取り出すかをすでに決めていた（そこには、さらに驚くべき書物の一部が保管されていた）。すぐに彼の友人はやって来たが、帽子をかぶり、マフラーを巻き、サングラスまでしていたので、顔を見ることはまずできなかった。グーチはこのふたり組に対して嫌な予感がしたが、まさかあんなことが起ころうとは思ってもいなかった。彼女が引き出しのひとつに手をかけたとたん、彼らはスタンガンで彼女を気絶させ、きつく縛りあげ、ダーウィンの『種の起源』のほかに２冊の貴重な写本と、画家・鳥類研究家のジョン・ジェームズ・オーデュボンの素描を持ち去った。「彼らは走り去りました。私はまるで生まれたての赤ん坊のように弱々しく床に横たわっていました」と彼女は語った。数日後、ふたり組はオークションハウスのクリスティーズに、およそ75万ドルの戦利品を持ち込んだ。ところがふたりが語った映画そっくりの、ありえない話に疑問を抱いたクリスティーズは警察に通報し、彼らふたりと、強盗を計画した別のふたりの仲間も一緒に逮捕された。４人は実刑判決を受けた。ケンタッキー大学貴重書籍専門司書、B・J・グーチへの取材。
ケンブリッジ：隔月刊誌『ハーバード・マガジン』の1997年５月の記事「書籍泥棒」より。
(8)　ジョン・ウィンドルに取材。

第1章　大古本市

（1）　John Carter, *ABC for Book Collectors*, 5th ed.（New York: Alfred A. Knopf, 1973）, p.118. 邦訳：ジョン・カーター著『西洋書誌学入門』第6版、横山千晶訳、図書出版社、1994年。

（2）　Nicholas Basbanes, *Among the Gently Mad: Perspectives and Strategies for the Book-Hunter in the Twenty-First Century*（New York: Henry Holt, 2002）, p.81

（3）　同前 p.72

（4）　季刊誌『ブック・コレクター』24号（1975年秋号）掲載。M.S.Batts, "The 18th-Century Concept of the Rare Book," p.383

（5）　同前。

（6）　このテーマをもっと深く掘り下げたい読者は、世界に数校しかない貴重書籍の学校に入学するのもいいかもしれない。最も古く、最も有名なのはバージニア大学で、古書、貴重書籍、写本、特別コレクションに関するテーマで成人講座を開いている。ほかにはイギリス、ニュージーランド、カリフォルニアにある。

（7）　本のコレクションは昔から男性の趣味と相場が決まっていたが、メイン州ケネバンクポートの古書店主プリシラ・ジュベリスによると、変化が起きているそうだ。「コレクターの中には昔から大富豪のグループがいました。そのうちの一部がたまたま女性だったということです。彼女たちは、遺産相続人がすること、つまり貴重書籍の蒐集を始めたのです……。私はこの仕事を始めて27年になりますが、そのあいだのドラマチックな変化といったら……。1980年に開店しましたが、当時女性は図書館の特別コレクションの主任司書になれませんでした。なれたとしても、まず例外的なことでした……。今はもちろん特別コレクションの女性主任司書がいます。ハリエット・ビーチャー・ストウ［ストウ夫人。『アンクル・トムの小屋』の著者］の業績をきちんと教えるべきだと主張する女性教授もいます……。女性作家や、女性の権利を論じた書物を蒐集したいと思っている女性コレクターもたくさんいます。そういった書物を買ってくれる女性コレクターは、自分だけの資産や自由に使える収入があります……。時代の流れは劇的に変化しました」と取材で語ってくれた。

（8）　2009年初頭のアップダイクの死以降、彼の本への関心が高まり、本の値が上がった。有名な作家が亡くなると、こういった現象がほぼ必ず起こる。

(9) ケン・サンダースへの取材。

(10) Nicholas Basbanes, *A Gentle Madness*, p.xix

(11) 同前 p.59

(12) 同前 p.62

(13) 同前 p.25

(14) Thomas Frognall Dibdin, *Bibliomania: Or Book Madness* (Richmond, VA: Tiger of the Stripe, 2004), p.15. ディブディンは、19世紀前半の彼が生きた時代には、コレクターが夢中になった順番は次のようなものだったと述べている。「Ⅰ. 紙の大型本、Ⅱ. アンカット本、Ⅲ. 装飾本、Ⅳ. 珍本・奇本、Ⅴ. ベラム（上質皮紙）に印刷された本、Ⅵ. 初版本、Ⅶ. 真正版、Ⅷ. ひげ文字本全般（重々しく、凝ったフラクトゥール書体の本で、最古のものはグーテンベルク印刷機で印刷された)」。ディブディン自身は「アンカット本にほれ込んでいた。常識人には、アンカット本は嫌われものだ。読めないからだ。だが、このような『触れられざる処女』の本に大金を払うコレクターは山ほどいる」。

(15) Rita Reif, "Auctions", *New York Times*, April 1, 1988

(16) ジョン・ウィンドルに取材。

(17) 容疑者のダニエル・スピーゲルマンは、自分はオクラホマシティ連邦政府ビル爆破事件の犯人たちに武器を提供したと言い出した。それは、もしアメリカに引き渡されたら死刑になる可能性があるということを意味した。オランダの犯罪人引き渡し条約では、引き渡しを求める国で犯罪容疑者が死刑になる場合は、引き渡しを拒否することができると明示されている。しかしスピーゲルマンは爆破事件の犯人たちと決定的なつながりはないと判断され、アメリカに引き渡された。そして裁判を受け、６か月の懲役、３年の監視下の釈放、300時間の社会奉仕活動を言い渡された。Travis McDade, *The Book Thief: The True Crimes of Daniel Spiegelman* (New York, Praeger, 2006), pp.58-60

(18) Basbanes, *A Gentle Madness*, p.29

(19) California Department of Corrections and Rehabilitation inmate locator (telephone service)

(20) "Brutal Trade of Rare Books," *The Age, February* 19, 2003

第２章　本泥棒ジョン・ギルキー

(1)　Basbanes, *A Gentle Madness*, p.411-414

(2)　William Davies King, Collections of Nothing（Chicago: University of Chicago Press, 2008）は、ものを蒐集することに関する最近の最も説得力のある研究のひとつに挙げられる。

(3)　カリフォルニア大学サンタクルーズ校に確認したところ、ギルキーは同校の卒業生だった。

第３章　仮釈放

(1)　Modesto Convention and Visitors' Bureau. "Area Information History." http://www.visitmodesto.com/areainfo/history.asp.

(2)　"Stanislaus County Is 'Picture Perfect.'"
http://www.visitmodesto.com/films/default.asp.

(3)　アメリカ司法省所属、FBI 犯罪情報サービス部作成の「2007年版アメリカ合衆国犯罪白書」
http://www.fbi.gov/ucr/cius2007/data/table_08_ca.html.

(4)　セリア・ザックへの取材。

(5)　ギルキーは十代の思い出も話してくれた。彼はテレビを見るのがとても好きだったそうだ。好きな番組は『世にも不思議なアメージング・ストーリー』。一番好きなエピソードは以下のもの。「母親が息子に『こんなにものを集めるなんておまえはどうかしてる』と言い続けたんです。そしてある日、息子は自分の持ち物を車に積み込んで家を出ていってしまいます。ところが数年後に、息子のコレクションは数百万ドルもの価値があることがわかったんです」。ジョン・ギルキーへの取材。

(6)　有名な性研究家アルフレッド・キンゼイ博士はコレクターでもあり、次のように述べている。「われわれ人間はたいていものを集めるのが好きである……。もしあなたのコレクションが、世の中のほかの似たようなコレクションよりも充実し、ほんの少しばかり大規模だったら、あなたの幸福感はかなり増す。それは、あなたがいかに完璧にコレクションを完成させたかを示し、それをいかに整然と分類し、いかに卓越した知恵で展示し、その分野の権威と話したかを示しているからだ」。Kinsey, *An*

Introduction to Biology（Philadelphia and London: J.B.Lippincott, 1926）からの引用として、Geoff Nicholson, Sex Collectors（New York: Simon & Schuster, 2006）, pp.236-237に記載。

（7） ジャニーン・バーク（Janine Burke）は、自著 *The Sphinx on the Table: Sigmund Freud's Art Collection And the Development of Psychoanalysis*（New York: Walker, 2006）, p.290 で、Max Schur, *Freud, Living and Dying*（London: Hogarth Press and the Institute of Psychoanalysis, 1972）, p.247［マックス・シュール著『フロイト――生と死』上下（誠信フロイト選書）、安田一郎、岸田秀訳、誠信書房、1978年、79年］を引用。

（8） バークは自著 *The Sphinx on the Table*, p.7で、Jeffrey Moussaieff Masson, ed., *The Complete Letters of Sigmund Freud to Wilhelm Fliess*, 1887-1904（Cambridge and London: Harvard University Press, 1985）, p.398を引用。

（9） Walter Benjamin, "Unpacking My Library," in *Illuminations: Essays and Reflections*, trans. Harry Zohn（New York: Schocken, 1969）, p.67.

（10） Rick Gekoski, *Nabokov's Butterfly*（New York: Carroll and Graf, 2004）, p.12

（11） 1998年、モダン・ライブラリーの編集部は、1900年以降に出版された英語の小説ベスト100のリストを公開した［訳者注：詳細は http://www.modernlibrary.com/top-100/100-best-novels/］。

第４章　金鉱

（1） ケン・サンダースへの取材。

（2） スーザン・ベンに電子メールで取材。

（3） Patricia Hampl, Blue Arabesque: *A search for the Sublime*（New York: Harcourt, 2006）, p.52.

（4） 2003年にポール・リアルにより監督・編集された映像より。*Bibliomania: A Documentary Film of the 34th California International Antiquarian Book Fair. An Antiquarian Booksellers' Association of America*（ABAA）Production of a Session Seven film.

（5） Eugene Field, *The Love Affairs of a Bibliomaniac*（New York: Charles Scribner's Sons, 1896）, pp.97-98

第６章　透明人間

(1)　ケン・サンダースへの取材。

(2)　サンダースによれば、完成本が最近、百万ドル以上で売られたそうだ。

(3)　James Thorpe, *Henry Edwards Huntington: A Biography* (Berkeley and Los Angeles: University of California Press, 1944).

(4)　www.huntington.org (website of The Huntington Library, Art Collections and Botanical Gardens).

(5)　サンフランシスコ植物園の園芸学図書館館長バーバラ・ピッチェルに電子メールで取材。

(6)　書物に振るわれた暴力の詳細は以下の書籍にくわしい。Fernando Baez, *A Universal History of the Destruction of Books*, trans. Alfred MacAdam (New York: Atlas, 2008).

(7)　Basbanes, *A Gentle Madness*, pp.42-43

第７章　この男は嘘をついている

(1)　当時は、スマートフォンやWi-Fiは普及していなかった。

(2)　John Milton, *Areopagitica*. [ジョン・ミルトン著『言論・出版の自由――アレオパジティカ 他一篇』、原田純訳、岩波書店、2008年]

(3)　Walt Whitman, "So Long," *Leaves of Grass*. [ウォルト・ホイットマン著『草の葉』酒本雅之訳、岩波書店、1998年]

(4)　Basbanes, *A Gentle Madness*, p.20

(5)　トニー・ガルシアへの取材。

(6)　ケン・ロペスへの取材。

(7)　ケネス・マンソンへの取材。マンソンの説明によれば、被疑者は存在しない共犯者をでっちあげるとき、身近にいる人間の身体的特徴をあげることが多いとのこと。ギルキーの場合、杖をついた男性とは自分の父親のことだろうとマンソンは考えた。

第８章　宝島

(1)　これは広く流布している誤解。その原因はおそらく、ルイス・キャロル

の1876年出版の『スナーク狩り』が、カバーが現存する有名作家のごく初期の作品であったからだろう。カバーがかかるようになった1830年代の、比較的無名な作家のカバーなら、まだ出回っている。

(2) ケン・サンダースへの取材。

(3) アーノルド・ハーへの取材。

(4) ケネス・マンソンへの取材。

(5) 同前。

(6) これは、一時収容施設にいる囚人にとっては標準的手続きであるとサンクエンティン州立刑務所の広報官、サミュエル・ロビンソンに確認。

第9章　ブリック・ロウ・ブックショップ

(1) ジョン・クライトンへの取材。

第10章　狂人たち

(1) アンドリュー・クラークへの取材。

(2) アラン・ビーツへの取材。

(3) ボブ・ガヴォラへの取材。

(4) この手ぬるい処罰は、昔からずっとそうだったわけではない。ヘンリー４世の時代（14世紀後半から15世紀前半）に、ジョハネス・ルーセスターと妻のセディリアは「古い教会の小さな本」を盗んだ。ジョハネスの受けた罰は、「絶命するまで首つりにしておけ」だった。セディリアはどうなったかといえば、当時の多くの女性同様、記録する価値もなかったようだ。以下参照。Edwin White Gaillard, "The Book Larceny Problem," *The Library Journal*, vol. 45 (March 15, 1920), pp.247-254, 307-312.

(5) セバスチャン・ヘッセリンクへの取材。および Travis McDade, *The Book Thief: The True Crimes of Daniel Spiegelman* (Westport, CT: Praeger, 2006).

(6) Nicholas A. Basbanes, *A Splendor of Letters* (New York: Harper Perennial, 2004), p.15.

(7) Robert Vosper, *A Pair of Bibliomanes for Kansas: Ralpf Ellis and Thomas Jefferson Fitzpatrick* (Bibliographical Society of America publicarion), Vol.55

(Third Quarter, 1961).

(8) James Gilreath and Douglas L. Wilson, eds., *Thomas Jefferson's Library* (Washington, DC: United State Government Printing Office, 1989).

(9) Basbanes, *A Gentle Madness*, p.23からの引用。ウィルマース・シェルドン・ルイスは、スピーチのためにこの草稿を書いたが、披露されることはなかった。

(10) P. Alessandra Maccioni Ruju and Marco Mostert, *The Life and Times of Guglielmo Libri* (Hilvesum, Netherlands: Verloren, 1995).

第11章　怒り

(1) Lawrence Sidney Thompson, *Notes on Bibliokleptomania*, Bulletin of The New York Public Library, September 1944 と Basbanes, *A Gentle Madness.*

第13章　自慢の息子

(1) American Library Association online newsletter, December 12, 2003.

第14章　悪魔の散歩

(1) Marcello Simonetta, ed., *Federico da Montefeltro and His Library* (Milan: Y.Press and Biblioteca Apostolica Vaticana, 2007).

(2) Simonetta, *Federico da Montefeltro and His Library*, p.17 で引用された Jonathan J. G. Alexander, "Perfection of Illustraion and Ornament"

(3) フロイトによれば、コレクターの気質には「探究心」「秘密主義者的傾向」「合理主義者的傾向」がよく見られる。バークは自著 *The Sphinx on the Table*, p.196 で、Patric Mauries, *Cabinets of Curiosities* (London: Thames & Hudson, 2002), p.182. を引用している。

アリソン・フーヴァー・バートレット（Allison Hoover Bartlett）
ライター。旅行、芸術、科学、教育等について、ニューヨークタイムズ、ワシントンポストその他の新聞や雑誌に寄稿している。サンフランシスコ在住。

築地誠子（つきじ・せいこ）
翻訳家。東京都出身。東京外国語大学ロシア語科卒業。訳書に『紅茶スパイ』（サラ・ローズ著、原書房）、『さむらいウィリアム』（ジャイルズ・ミルトン著、原書房）、『スタッズ・ターケル自伝』（スタッズ・ターケル著、共訳、原書房）、『ヒトの変異』（アルマン・マリー・ルロワ著、みすず書房）など。

本《ほん》を愛《あい》しすぎた男《おとこ》
本泥棒《ほんどろぼう》と古書店探偵《こしょてんたんてい》と愛書狂《あいしょきょう》

●

2013年11月25日　第1刷
2013年12月27日　第3刷

著者………アリソン・フーヴァー・バートレット
訳者………築地誠子《つきじせいこ》
装幀………佐々木正見
発行者………成瀬雅人
発行所………株式会社原書房
〒160-0022　東京都新宿区新宿1-25-13
電話・代表03(3354)0685
振替・00150-6-151594
http://www.harashobo.co.jp

印刷………新灯印刷株式会社
製本………東京美術紙工協業組合

ISBN978-4-562-04969-1 Printed in Japan

古本屋ツアー・イン・ジャパン

全国古書店めぐり　珍奇で愉快な一五〇のお店

小山力也

古書店めぐりに取り憑かれた男の全国古書店訪問記。２００８年５月に突如始まったツアーで訪れた古書店（古書市や古本関連のイベントを含む）は再訪問を含めると現在のべ２０００件以上に及ぶ。本書は特に異様で奇抜なお店、店主が独特すぎるお店、めったに開店していないお店など、あまりガイドブックには載らない個性派を中心に選び構成したベスト版。

２４００円

（価格は税別）

地図をつくった男たち

明治の地図の物語

山岡光治

明治維新の後、もっとも基本的な情報基盤である地図情報の脆弱さに直面した明治政府は、国家の急務として「地図づくり」に取り組む。伊能忠敬以降、維新前夜から明治時代の陸軍参謀本部陸地測量部（国土地理院の前身）の地図測量本格化まで、近代地図作成に心血を注いだ技術者たちの歴史を描いた、「知られざる地図の物語」。

２４００円

（価格は税別）

大戦前夜のベーブ・ルース
野球と戦争と暗殺者

ロバート・K・フィッツ／山田美明訳

昭和9年、国際連盟も脱退し孤立を深める日本に、戦争回避へ一縷の望みを託した大リーグ親善選抜チームが来日。正力松太郎の思惑、ベーブ・ルースらの活躍、極右テロリストの暗躍、沢村栄治の悲運などを重ね合わせて激動の時代を活写した力作ノンフィクション。２８００円

日本兵を殺した父
ピュリツァー賞作家が見た沖縄戦と元兵士たち

デール・マハリッジ／藤井留美訳

第二次大戦時に米国軍海兵隊員だった父は、死の間際に「自分は沖縄戦に加わり、日本兵を殺した」と告白した。残されたのは謎の写真と日本人のパスポート。ピュリツァー賞作家は、父の真実を知るために帰還兵たちを訪ね、沖縄へ飛び、戦争の凄惨な実像に迫っていく。２５００円

（価格は税別）

中国スパイ秘録

米中情報戦の真実

デイヴィッド・ワイズ／石川京子、早川麻百合訳

二重スパイ、ハニートラップ、サイバー攻撃……。謎とされてきた中国スパイの実態とは。米国を震撼させた核兵器機密情報漏洩事件から近年のサイバー攻撃まで、その独自な手法・組織・歴史と現在を関係者の貴重な証言と綿密な取材で描く衝撃のノンフィクション。　２４００円

紅茶スパイ

英国人プラントハンター中国をゆく

サラ・ローズ／築地誠子訳

19世紀、中国がひた隠ししてきた茶の製法とタネを入手するため、英国人凄腕プラントハンター、ロバート・フォーチュンが中国奥地に潜入。アヘン戦争直後の激動の時代を背景に、ミステリアスな紅茶の歴史を描いた、面白さ抜群の歴史ノンフィクション。　２４００円

（価格は税別）

少女の私を愛したあなた
秘密と沈黙　15年間の手記

マーゴ・フラゴソ／稲松三千野訳

自らの性的虐待の経験、人間の心が抱えるあらゆる情念をたぐいまれな描写力で書いた本書は、作家アリス・シーボルトが「文学作品としても一級品」と絶賛するなど世界的に大きな話題を呼んだ。20か国以上で翻訳出版されたベストセラー・ノンフィクション。

２４００円

亡びゆく言語を話す最後の人々

K．デイヴィッド・ハリソン／川島満重子訳

絶滅の危機に瀕する言語の記録のために、シベリアからパプアニューギニアまで、世界中の僻地を旅する言語学者。グローバリズムに呑みこまれ、現地語が消滅しようとしているいま、そのフィールドワークから語られる、少数言語が失われてはならない理由。

２８００円

（価格は税別）

あなたはなぜ「嫌悪感」をいだくのか
レイチェル・ハーツ／綾部早穂監修／安納令奈訳

異国の発酵食品、死を想起させる現象や病気、ホラー映画、他人が汚した痕跡などを人はいかに受け入れるか。五感で思わず拒絶するその正体と、反応の謎。「生理的に受け付けない」メカニズムを解明する。　２４００円

石原慎太郎を読んでみた
栗原裕一郎、豊崎由美

誰もが石原慎太郎を知っている。しかし小説家としての彼は、そして戦後史に彼が残した功罪は、どれほど知られているだろうか？　知られざる膨大な作品群を読み解き、その真価と業績を徹底討論！　１８００円

図説 図書館の歴史
スチュアート・Ａ・Ｐ・マレー／日暮雅通監訳

古代の粘土板から羊皮紙、印刷物、現代の情報デジタル化まで。２００点にのぼる多彩な図版とともに図書館５０００年の歩みをたどる！　日本の国立国会図書館をはじめ、50を超える世界の図書館案内も付録。　４２００円

フォトミュージアム 地球の夜　空と星と文化遺産
ババク・Ａ・タフレシほか／武井伸吾日本語版監修／高木玲訳

国境を越えたプロジェクト「The World at Night」のもとに、全世界から結集した30名の写真家による地球の夜空。各地の名勝を前景にした、崇高とも言える驚異の天空１３３点を収めた星景写真集。　５８００円

サグラダ・ファミリア　ガウディとの対話
外尾悦郎／宮崎真紀訳

世界遺産サグラダ・ファミリアの「生誕のファサード」を完成させた彫刻家・外尾悦郎が読み解くガウディの壮大な構想、図面のないまま彫刻に挑む産みの苦しみと喜び。通常は見られない細部まで詳しく解説。　８０００円

（価格は税別）

図説 世界史を変えた50の植物
ビル・ローズ／柴田譲治訳

サフラン、コショウ、ジャガイモ、トウモロコシ……文明の発展や生活様式に大きな影響をあたえてきた植物のなかでもよりすぐりの50種と人間とのかかわりを美しい図版とともに紹介。

２８００円

図説 世界史を変えた50の動物
エリック・シャリーン／甲斐理恵子訳

ミツバチ、カイコ、ネコ、ヒツジ、ライオンなど小動物から大動物まで、その興味深い物語を美しい写真とともに紹介する。人類の発展に大きく貢献した、動物と人間とのかかわりを、幅広い視点からとらえる。

２８００円

図説 世界史を変えた50の鉱物
エリック・シャリーン／上原ゆうこ訳

「鉱物」を広義にとらえ、人類が文明を築くうえで重要な役割を果たしてきた金属、合金、岩石、有機鉱物、宝石の原石をとりあげる。経済史、文化史、政治史、産業史の面から鉱物と人類のかかわりを紹介。

２８００円

図説 世界史を変えた50の機械
エリック・シャリーン／柴田譲治訳

人類が生み出した機械を通して、文明の発展をたどる。第一次産業革命の傑出した発明から、通信に革命を起こした機器など様々な項目をとりあげ、時代の可能性を広げたこと、その歴史的、技術的背景を解説。

２８００円

図説 世界史を変えた50の鉄道
ビル・ローズ／山本史郎訳

鉄道が近代文明にあたえた多大な影響は、社会、商業、政治、技術、軍事の範囲におよぶ。豊富な写真と図版でロンドンの世界最初の地下鉄からアメリカの世界最初の大陸横断鉄道まで網羅する。

２８００円

（価格は税別）